批评作为一种生活

李一鸣 著

中国书籍出版社
China Book Press

图书在版编目（CIP）数据

批评作为一种生活 / 李一鸣著 . -- 北京 : 中国书籍出版社 , 2020.12
 ISBN 978-7-5068-8248-4

Ⅰ . ①批… Ⅱ . ①李… Ⅲ . ①文学评论—研究 Ⅳ . ① I06

中国版本图书馆 CIP 数据核字 (2020) 第 254345 号

批评作为一种生活

李一鸣 著

图书策划	成晓春 崔付建
责任编辑	尹 浩
责任印制	孙马飞 马 芝
出版发行	中国书籍出版社
地 址	北京市丰台区三路居路 97 号（邮编：100073）
电 话	（010）52257143（总编室）（010）52257140（发行部）
电子邮箱	eo@chinabp.com.cn
经 销	全国新华书店
印 刷	阳谷毕升印务有限公司
开 本	650 毫米 ×940 毫米 1/16
字 数	225 千字
印 张	18.25
版 次	2021 年 2 月第 1 版　2021 年 2 月第 1 次印刷
书 号	ISBN 978-7-5068-8248-4
定 价	56.00 元

版权所有　翻印必究

序　言

重建开阔、理性而有情的批评境界

李云雷

李一鸣老师的评论集《批评作为一种生活》即将付梓，他嘱我写一篇"序言"，这让我既惶恐又不安，作为一个后辈，安敢对前辈说三道四？但一鸣老师的嘱托又无法推辞，只好先写一下试试。2012年，李一鸣老师由山东调到鲁迅文学院任职，我大概就是在那时认识他的，一见之下就有一种亲切感，他有着山东人特有的质朴、豪爽，性格诙谐幽默，行事稳重大方，极像来自家乡的父兄。我记得有好几次在鲁院开过作品研讨会之后，他特意将我们几个年轻的评论家留下，其间咖啡一杯，品评作品，臧否人物，大家畅所欲言，宛如又开了一次研讨会。此后我们的交往便持续下来，每次见面他都笑呵呵的，开几句玩笑，我也时常在报刊上读到他的理论评论文章。此次通读他的评论集《批评作为一种生活》，才从整体上对他的评论有了新的认识与理解。

李一鸣的评论视野宏阔，收在此书中的，既有"理论""学术"，也有对具体作家作品的评论，后者又包括散文评论、诗歌评论、小说评论、报告文学评论，甚至还有为评论集所写的序言或评论，可以说诸体兼备、无所不包，这在分工越来越细密的当下文学界可以说是一个异数。当前的评论界，写小说评论的似乎就只是写小说评论，写诗歌评论的似乎也只是写诗歌评论，其间似乎有一种隐约然而鲜明的界限，很少有人能够突破文体的藩篱，在不同的领域都有建树。评论界的细分有其长处，那就是可以更加专业化，但也有其短处，那就是过于技术主义，写小说评论的就只关注叙述、视角与形式，写诗歌评论的也只关注节奏、音韵、隐喻，而忽略了文学作品与时代、生活的关系。李一鸣的评论之所以无所不包，就在于他以作协的批评传统为依托，超越了当前的文学与文体观念，而重建了"五四"时期与传统中国文学的"大文学观"，传统中国的观念是"文史哲不分"，而在"五四"时期，鲁迅等人既写小说又写评论，既写文学史又做翻译，鲁迅的评论也是既有小说评论，也有散文评论、诗歌评论，甚至还有美术评论等，在他的眼中，文学与评论都是"改造国民精神"的利器，只要对之有利，便无不可用，可见其在对诸多文体的批评之上，有一个整体的精神目标以及对文学和评论的深刻理解。李一鸣也是如此，在"理论""学术"诸辑中，我们可以看到他对文学、批评与时代精神的理解，在《文学批评作为一种生活》中，他指出，"文学批评对于批评家，不仅意味着是一种职业实践、一种价值追寻，而且意味着是一种生活方式。批评即生活。在批评这种文学生活中，批评家既是读者，又是对话者，更是创造者"。在这里，他将批评视为"对话""创造"，更视为一种生活方式，既然生活无所不包，他的评论自然也无所不包，是一种在诸多作品中发现美的"灵魂的冒险"。

在李一鸣无所不包的评论文章中，也有重点关注的对象，在体裁上，他更偏重于散文，在地域上，他更偏重于山东作家，在群体上，他更偏重于鲁迅文学院的中青年作家。当然这只是大略言之，也与李一鸣的"生活"有关。他偏爱散文这一文体，此书中关于散文的学术与评论文章大约占到半数以上，这或许与他也是一位有影响的散文作家有关——他十五岁即发表作品，他的散文善于在广阔的时代背景下，深深植根于生命沃土，至细至微地描写人的命运和心理的悸动，结构精致自然而又纵横捭阖，文字精美绵密而又高古凝练，意象丛生，充满灵性，重视对感觉和印象的抒写，质感蕴藉，品味独具，获得过多个奖项，被选入十几个年度散文选本，他还获得了首届"山东省十大青年散文家"等称号。而他长期工作、生活在山东，自然对山东作家有着较多的关注与较深的情感，他来北京后最初在鲁迅文学院工作，对鲁院的中青年作家也有着较深入的了解。当然并不是说更偏重于散文、山东与鲁院的作家，他就不重视其他体裁以及其他地域与群体的作家，书中关于刘醒龙、李宇樑等人小说的评论，关于任林举报告文学的批评，关于理想长篇小说三个维度的思考，关于文学创作大气、静气与锐气的思辨，关于诗歌意象的精彩阐释，都让我们看到了李一鸣的多方面的兴趣与评论才华。

关于鲁院的文章在书中专门编为一辑，名字就叫"鲁院"，在这些文章中李一鸣投入了很深的情感，在《鲁院讲堂》中，可以看到他侃侃而谈的风采，在为学生所写的序言与评论中，我们可以看到他作为一个教师与院长对学生的真挚感情，有鼓励，有期许，有如慈父般殷殷叮嘱。而鲁院也是让他难忘的"心中的园子"："正是七月，古朴典雅的几座小楼，默默静立，不见一个人影；池塘边，万木葳蕤,柳绿花红,六七座名人雕塑,或坐或立,隐在绿丛中。偶有几声嘀嘀咕咕的鸟叫,远处弹起扑闪扑闪的白的灰的翅影。院门外,高楼耸立,直插云霄,而扰扰市声进入园门,就仿若被绿色吸纳过滤,竟变得缥缥缈缈。漫步小园,雨丝扑面,沁凉润泽,恍在红尘滚滚之外另一个世界。"在这如诗一般的语言中,我们可以看到李一鸣内心世界的澄明。在为其恩师王鸣亮散文集所做的序《雅洁的情怀》中,他回忆往事,抚今追昔,字里行间充满了情意,"毕业时,他把我招到房间,给我倒上一杯茶。那杯茶的馨香,在我嘴角,二十多年,一直到今,从未散去。就在那时,他建议我改名字,在'李鸣'两字中间加了一个'一'。'不能惊人,也可发表点意见么',吴侬软语,略带些山东乡音,言犹在耳,时光倏去。唉,老师的期许!"对老师的敬重与留恋之情流于笔底。但像这样流露情感的笔墨在他的文章中如吉光片羽,在更多的时候他是理性、客观、平静的,如在对清风诗集《一座城的味道》的古典意蕴做了高度肯定之后,他也指出,"诗歌不能远离时代、语境,否则就会缩化了诗歌不断展开的可能空间","对博大精深的中华诗学传统,如何创造性转化、创新性发展,需要我们无尽的智慧,需要我们勇敢的创造",这正显示了一个批评家的客观理性,以及与作家诗人平等对话的品质。在山东作家中,李一鸣对刘玉栋、王方晨等作家做出了精彩而细致的分析,如他以"深重而诗性的土地挽歌"为题对刘玉栋小说所做的分析,分别以"冒险"的"轻逸"的诗性书写、时间掂量的生命存在、童年记忆的寓言意味三个层面,深入细致地分析并把握住了刘玉栋小说的诗性特征,如他指出,"在这幅'鲁北平原上河图'之间,无数的人物,无尽绵延的故事,大地上的生命旅程与家园结构,既如此与你我相似,细细端详又似迥然不同……这条不动声色的河,暗藏乡村岁月文明的潜流，每个故事都漫溢出明亮、朦胧、安静、忧伤，如鲁北平原上一曲深藏在喉不能吟出声响的挽歌，或午夜里一个母亲哀恸的泪水，只于眼里深深包含，却从未溢出"，形象而生动地勾勒出了刘玉栋小说的个性与特点，令人为之耳目一新。

散文是李一鸣偏重的文学体裁，《历史变迁中现代知识分子精神心理的写照》《中国现代山水游记散文审美精神的超越》《游走社会人生的精神镜像》三篇长文，从不同角度对现代游记散文的发展脉络及其精神源流做出了深入而细致的梳理，他论述现代山水游记散文有寄寓自然的主体性、寄情自然的社会性、寄迹自然的自由性，又指出，"冷峻的家国想象、热切的心魂还乡、深陷都市的心理困境……使中国现代游记散文成为栖居大地的审美诗学，由此呈现出复杂的思想、心理、情感特征，获得独具特色的现代性和超越性"，他探讨"'怀乡'何以成为中国现代游记散文的重要主题？"，指出"怀乡，是人的集体无意识"，"源自中国现代作家的乡村背景"，"离不开时代的境遇"，又指出"'游走'总是指向外在世界和陌生未来，'怀乡'却取向过去和内心世界。游走中的漂泊不定与内心的希求安宁，奔波中的挫折孤寂与回望中的温情暖意，理性认同的西方文化观念与积淀血液的传统文化心理，这一切的内在冲突，必然造成一种张力"。在古今、中外、城乡以及传统与现代等诸多视野的参照中，他对游记散文的研究既有学术性，又重点关注"精神镜像"层面，并融入了个人的生命体验与之"对话"，因而显示出其独特性。此外，书中还有他的诸多散文评论，如《乡土地理与平民情怀》《生活深处的打捞者》《对地域文化深度而自觉的观照》《穿透一轴连绵的市井人生图卷》等，这些评论也都各有特色，既能深入其中细品其艺术质地纹理，又能跳出其外对之做出客观的评价和更高的期许。

另外值得关注的是，在批评对象的选择上，李一鸣较少关注成名作家，而主要关注成长期特别是在基层创作的青年作家，评论名家作品易于受到关注、收获名气，可以"锦上添花"，但处于成长期的青年作家是最需要被关注被推介的，李一鸣主要致力于关注未成名作家与基层作者，所做的正是一种"雪中送炭"和"沙里淘金"的工作，他将目光下沉，看到了更加丰富复杂的中国经验与中国文学，以及文学的未来及新的生长点。

李一鸣的批评是开阔、理性而有情的，如果我们从"批评作为一种生活"的角度来看，他的评论几乎包括了所有的文学形式，但如果从生活的角度来看，我们就会觉得他的文章中并没有完全呈现出其生活中的精彩部分，比如他的性情、他的神采、他的诙谐幽默，而正是这些构成了他独特的魅力，当然这里有批评文体本身的限制，我们希望李一鸣老师可以"发明"一种新的批评形式，将这些因素都容纳进去，那样我们就可以看到一个更加丰富、立体、多元的一鸣老师。

2020 年 6 月 15 日

目 录

【理 论】

文学批评作为一种生活 / 002

文学创作的大气、静气与锐气 / 008

现实主义更是一种创作态度 / 014

"五四"启示：散文真挚与高远的审美品格 / 021

理想的长篇小说的三个维度 / 029

批评品格与批评责任 / 038

【学 术】

历史变迁中现代知识分子精神心理的写照 / 042

中国现代山水游记散文审美精神的超越 / 053
游走社会人生的精神镜像 / 064
评《中国现代诗歌意象论》/ 076

【在　场】

现代人的彷徨、隐逸与逍遥 / 080
乡土地理与平民情怀 / 086
生活深处的打捞者 / 098
乡村叙事的美学策略 / 103
《最后的乡贤》：有意味的指向 / 106
难能可贵的文学质地 / 109
魔幻或现实的南国树 / 113
对地域文化深度而自觉的观照 / 116
穿透一轴连绵的市井人生图卷 / 120
披文入情幽必显 / 124
重凝大地的一脉深情 / 128
蕴涵人生大道的深情絮语 / 132
世道人心走向或精神风骨初衷 / 137
向草木借取灯盏　照亮前行的路 / 141
雅洁的情怀 / 144

浓郁的中国韵致与谐和的诗情律动 / 149

青竹，从静海走向大海 / 154

一个民族歌者的诗心 / 160

刻骨的精神沐浴 / 163

不可名状的依恋 / 166

魂通英杰诗心阔 / 169

诗意生活的可能与经验 / 172

突破　突进　突围 / 176

【鲁　院】

金声玉振　寥亮人心 / 182

建构中国特色叙事学的探索 / 184

鲁院讲堂：文学的哲学意蕴与作家的人文情怀 / 188

深重而诗性的土地挽歌 / 211

《老实街》：难被一眼看穿的"活书" / 219

报告文学创作的思辨力 / 222

一朵雨中的笑莲 / 226

血性的文字 / 230

生活意义的参与者 / 234

西藏的声音 / 238

无尽的光阴 / 241
与乡村大地共成长 / 248
南方的高度 / 252
小说应有传达独特价值的力量 / 255
《守望初心》：一部追求史诗性的大作品 / 259
2019年散文一瞥：栖居心灵的审美诗学 / 262
心中的园子 / 270
生命在鲁院 / 274

理论

批 评 作 为 一 种 生 活

文学批评作为一种生活

文学批评对于批评家,不仅意味着是一种职业实践、一种价值追寻,而且意味着是一种生活方式。批评即生活。在批评这种文学生活中,批评家既是读者,又是对话者,更是创造者。

批评的本真是对话

"对话"是人类生活交往的常态。从表层意义上,批评是批评家与作品、批评家与作者的平等对话,扩而言之,是批评家与文学界的内在对话,从本质意义上,批评乃是批评家与世界的独立对话。首先,批评家面对的是文学作品,他需历经赏读、体验、研玩、审阅、思辨、批评之途。于作品而言,批评家是作为读者与之对话,正如德国阐释学理论家伽达默尔所认为的,"艺术存在于读者与本文的对话之中",在他看来,"作品的意义是在读者与本文对话中生成";亦如德国接受美学家伊瑟尔所指,"文学本文是一个不确定的'召唤结构',它召唤读者在其可能范围内充分发挥再创造的才能,去丰富、补充文本"。没有读者自身体验和认知的渗入,作品价值就不能实现。批评家首先是读者,当然他是区别于普通读者的特殊读者，因为他肩负着别样的批评使命。对于批评来讲，作品是原点，阅读是起点，文本分析是基点，生命融入是燃点，任何完全撇离文学文本的批评都会失去支点。其二，批评家与作者也处于对等交流关系。通过作品，两者实现文学的漫步、思想的沟通、精神的互补。如果批评家以上者检点、师者指点、裁判者查点，那就会遮蔽文学的亮点，放大作品的斑点，批评就会成为无底线的批判，背离批评的公允性；如果批评家以追随者仰慕、依附者仰视、诠释者仰承，批评则会成为无原则的庸颂，那就丧失了批评的有效性。其三，批评过程又是批评家与文学界的对话活动，批评家通过批评实践，或呼应，或反拨，或涵括，或强调，或拔升，或超越诸种文学批评形态，解析文学现象，阐释文学思潮，建构文学理论，与批评同仁形成对话互动关系。最后，批评乃是批评家与世界的对话。批评家与作家一样，对于自然界、人类社会和人本身，具有自己独立的追寻与探索、独有的思考与见解，只不过作家是以创造艺术形象表达，而评论家则假借作家作品为蓝本，通过评析申辩，以逻辑力量来呈现。美国文学批评家希尔斯·米勒将文学批评称为"意识的意识，文学的文学"，他认为，"文学批评家，像小说家或诗人一样，也是在进行着他自己的灵魂探险，虽然这种灵魂探险采取的是隐秘的或间接的形式"。诚哉斯言！批评家面对一个个文化载体，沉浸浓郁，含英咀华，以理性冷静的理论视野和感性随心的心理体验，穿越习以为常的观念和司空见惯的表面，展开价值考量和批判重构，力图寻找被扭曲的真实，全面把握事物的本质，还原世界饱满丰富的深邃内涵，实现永恒的精神获得。批评文本乃是评论家对世界认识的复写与提升，对历史的个性追忆与重建，对现实的精神解读与审视，对未来的想象揭示与敞开。"对话"，是批评家与世界的关系定位。

批评的魅力在创造

生活就是创造，创造赋予生命以意义。文学批评本然是人类重要的文学活动，它以鉴赏为基础，以理论为指导，以作家作品和文学现象为对象，甚而像普希金所称的，"深刻研究典范的作用和积极观察当代突出的现象"，亦即贴近时代生活，进行科学分析和研究、独立阐释和评价。从文本意义上，文学批评文本并行于文学作品，其本身同样是人类创造的一种独立审美范式。作为人类的精神产品，批评含蕴着对优秀文学的卓然发现，对人类精神秘密的去蔽追寻，对批评文本的创造性建构。批评是判断。恰如别林斯基所指出的，"批评源于一个希腊字，意思是'作出判断'；因而在广义上说来，批评就是判断"。当然，这种判断"既评判内容，也评判形式"（普列汉诺夫语）。批评也是发现。别林斯基说，"批评总是跟它所判断的现象相适应的；因此，它是对现实的认识……"批评不能就作品而作品，它应通过个别现象揭露普遍法则。途经现实状况追寻理想典范，建立多重联系打开意义世界，是批评家自觉经由作品而产生的对世界、对人生的独特发现。正缘于此，高尔基才呼唤艺术家"发现自己！发现自己对生活、对人们、对特定的事实的主观态度，并把这种态度用自己的形式和自己的语言表达出来"。批评又是创造。一切优秀批评都是创新性批评。马克思、恩格斯提倡"历史的和美学的"批评。马克思主义批评的目的，"不是制造一个审美对象，不是揭示已经先验地构成的文学,而是介入阅读和创作的社会过程"(贝尼特语)。马克思鲜明标举他的理论本质"是批判的和革命的"。按照列宁的诠释,"这种批判就是把政治、法律、社会和习俗等等方面的事实拿来同经济、生产关系体系,以及在一切对抗性社会关系基础上所必然形成的各个阶级的利益加以对照"。正是秉持这种唯物主义思维方式,马克思、恩格斯提出了"现实关系的本质性""典型环境中的典型性格"等文学批评概念,使得他的文学批评呈现出巨大的历史穿透力。鲁迅的文学批评特质在于超越"文学批评"而延伸至"文化批评"。他不满足于仅仅通过批评文学作品对社会现实作平面化批判,而是尖锐地透过表层现象对潜藏背后的"社会—文化"结构进行立体化剖析,这成就了鲁迅文学批评的独特风格与艺术魅力。刘西渭(李健吾)则钟情于中国传统文论重直觉顿悟的品文精神,强调批评家的任务是鉴赏作品和完善人格,从而独创以感悟印象方式描述中国传统文化内在生命的批评模式。考察一部中国现代文学批评史,无论是茅盾的宏观整体性"社会—历史"批评,还是胡风的"心理体验型"现实主义文学批评,无不是创造性成果。至于西方的结构主义批评、符号学批评、形式主义批评、新历史主义批评、女性主义批评、语言批评、神话批评等,莫不是产生于西方文学土壤的创新性文学实践。这里的创造,不仅涵盖批评模式的开创建构,而且包含批评文本的特异表达,就像屠格涅夫所说,在文学天才身上,"我以为也在一切天才身上,重要的是我敢称之为自己的声音的一种东西。是的,重要的是自己的声音。重要的是生动的、特殊的自己个人所有的音调,这些音调在其他一个人的喉咙里是发不出来的"。秘鲁作家略萨指出,"博尔赫斯的风格是不可能混淆的，也是不可模仿的"，"由于博尔赫斯是一位惊人的创造大师，因此留给'小博尔赫斯们'的就只有愤怒和烦恼了"。一个有追求的文学批评家，必然敏锐地把握文学现实，超前发现文学问题，承继传统并予以创造性转化，接受新知而实现多学科融通，创造新概念，构建新理论，发挥创造性思维的敏觉力、变通力、独创力、精进力、流畅力，赋予自己的文学批评以全新的生长力，努力呈现独一无二的成熟徽记和鲜明风格。创造乃是批评家与世界的意义定位。

批评的品格靠底蕴

言为心声，文如其人，吐纳英华，莫非情性，生活的辩证法同样适用文学批评。文学批评作为人类把握世界的一种方式和精神实现形式，它必然是批评家世界观、人生观、价值观的外在表达。批评家的思想境界、审美态度如何，决定批评文本的品质。歌德曾说，"一个人如果想写出明白的风格，他首先要心里明白；如果想写出雄伟的风格，他首先要有雄伟的人格"。威克纳格则指出，"风格是由含蓄着无穷意蕴的内在的灵魂产生出来的"。这里的风格既直指文学风格，又内蕴文学品格。普列汉诺夫认为，"批评家应该既是美学家，又是思想家"，"只有那种兼备极为发达的思想能力跟同样极为发达的美学感觉的人，才有可能做艺术作品的好批评家"。可见，提升批评品格的关键在于涵养批评家的底蕴。批评家必须提升思想境界，能够站在人类思想的最前沿，达到时代思维的最高度，透视社会生活的最深层，像19世纪俄罗斯批评家别林斯基、车尔尼雪夫斯基、杜勃罗留波夫那样，把准人类社会发展的趋势，体现时代前进的方向，成为深邃的思想家。要把握精深的文学理论，杜绝鲁迅所批评的20世纪所谓的青年文学批评家那样的现象，"独有靠了一两本'西方'的旧批评论，或则捞一点头脑板滞的先生们的唾余，或则仗着中国固有的什么天经地义之类的，也到文坛上来践踏"，要做他所提倡的"坚实的，明白的，真懂得社会科学及其文艺理论的""能操马克思主义批评的枪法"的批评家。要练就高超的审美嗅觉，达到蒂博代所倡导的"进驻到文学内部——从里面认识文学，就是要感受文学的潮流，分辨它们，追踪它们，对它们进行分类"，甚至在"艺术家可能根本没有想到，他自己在描写什么"的地方，挑明"隐藏在艺术家创作内部的意义"，促成文学作品的"增值再增值"（韦勒克语）。要锻造强大的思辨能力，以唯物辩证的逻辑思维，促成从感性上升到理性、由现象洞察到本质、以特殊扩展到普遍，纵向上打开深远的文学史视野，横向上拓张同代比较眼光，心向上浸入深切体察解读，从而将文学作品在历史的承续性与整体性中加以析解，发现作品发生的偶然与必然、存在的凝滞或超越，找寻同种背景下作品的不同与不凡、流俗与不俗，进而透过作者的精神碎片，探询作品背后隐藏的含义，捕捉作品内涵和外延上最灵魂的特质。要确立庄严的批评立场和态度。抱持公正、客观、冷静、善意，是其是，美其美，非其非，既不庸俗奉承，又不恶意贬斥，从而抵达既推动文学创造又推进世界发展的批评使命。底蕴的深浅，决定了批评家之为优秀或拙劣的分野。

文学创作的大气、静气与锐气

文学作为人类把握世界的一种方式，也是人类精神的实现形式，必然寄寓作家在认识和表现世界中产生的思想观念、价值取向、审美情志、人格力量，体现着作家精神的高度、心灵的向度、视野的广度、胸襟的气度、思维的深度、修为的程度。一个有作为的作家，在文学创作中，必然具备超乎寻常的大气、静气与锐气。

大气衡量境界

大气，意味着大视野、大胸襟、大气象、大境界。它来自作家俯仰天地的眼光、悲天悯人的情怀、抵达大道的心灵。是否大气，是衡量作家境界高低的试金石。

作家大气与否，首先体现在对"文学为了谁"这个根本问题的认知上。为什么人的问题，决定文学创作的立场和方向。习近平总书记指出，"社会主义文艺，从本质上讲，就是人民的文艺"。把人民放在心中最高位置，为人民抒写、为人民抒情、为人民抒怀，是广大作家的天职。就如马克思所倡导的，"生活在人民当中，真诚地同情人民的一切希望与忧患、热爱与憎恨、欢乐与痛苦"，这是作家的大气之所在。纵览一部中国文学史，屈原的"长太息以掩涕兮，哀民生之多艰"是大气，杜工部的"安得广厦千万间，大庇天下寒士俱欢颜"是大气，范仲淹的"先天下之忧而忧，后天下之乐而乐"是大气，张载的"为天地立心，为生民立命，为往圣继绝学，为万世开太平"是大气，鲁迅的"无穷的远方，无数的人们，都和我有关"是大气。一切杰出的作家无不心中装着人民，一切优秀的作品无不葆有恒久的人民性。人民群众有欢乐要表达、有痛苦要倾诉、有梦想要实现，但他们不是都能用文艺形式传达思想感情的。作为作家，就应该强化代言意识，坚定自觉地为人民代言。没有真切的代言，就不会有痛彻的关怀、贴心的呈现。一个作家，如果缺失对自身使命责任的内省和把握，对人民的喜怒哀乐袖手旁观，一味表现"小事物、小心情、小趣味"，"总是咀嚼个人身边的小悲欢，并把小悲欢当大世界"，文学就失去了应有的存在价值。

作家大气与否，也体现在对"作品表现啥"这一重大命题的态度上。契诃夫说，"文学家是自己时代的儿子"，深刻揭示了文学与时代的关系。从时间维度上看，中国文学从诗经走来，汉赋、唐诗、宋词、元曲、明清小说，各个时代都有标杆性创制。一个时代有一个时代之文学，一个时代有一个时代独有的器物、制度和精神。时代是背景，是场景，是情景。当代作家应该努力把握时代精神，反映时代特质，体现时代优质，催生时代新质，自觉抒写当代中国故事、中国经验、中国精神，深入社会内部，楔入生活深层，探入人物内心世界，摹写出时代的本相和人物的心灵史，努力创造中国文学史中的独特印记和传世记忆。

作家大气与否，还体现在对"创作为什么"这一"大道"的把握上。文学是人学,文学的大道就在于它表达生命关怀、人生关怀、人心关怀、现实关怀,促进人的全面发展,推动个人、民族、国家、社会的和谐进步。莎士比亚断言,"我们的使命是照亮整个世界,熔化世上的黑暗";普希金强调,"真正的诗人有责任唤醒世人,慎择那最崇高的灵境";鲁迅更是坦言,"文艺是国民精神所发出的火光,同时也是引导国民精神的前途的灯火"。事实上,一切优秀的作家无不密切关注社会现实、关怀人民大众的生存发展,关切民族国家的前途命运,关心人类精神的成长。当代作家应当把文学创作放在世界文学整体"格局"中定位,放在我国经济、政治、文化、社会、生态文明建设"布局"中定位,放在改革、发展、稳定"大局"中定位,时刻体会责任的分量、笔杆的重量、文字的力量,以优秀的文学创造,构筑中国人独特的精神世界,打造民族应有的文明品格,肩负起对世道人心和社会历史的深情担当。

静气考验定力

静气是一个人修身的途径,定力的体现,致远的条件。缺乏定力静气,浮躁之风盛行,不仅会戕害文艺,而且必然伤害整个社会精神生活。习近平总书记要求文艺工作者"要静下心来、精益求精搞创作",这是具有很强现实针对性和实践指导性的教诲。作家静下心来修身,是成就大作品的必要条件。巴尔扎克说,"艺术乃德行的宝库";罗斯金提出,"艺术的基础存在于道德的人格"。可见,文格的前提是人格,立艺的首要在立德。小胜靠智,大胜靠德。只有"内圣",才能"外王"。唯有宁静,方可致远。

当代作家只有葆有"板凳须坐十年冷"的气度品格,静以修身、如如不动,不随物流、不为境转,耐得住寂寞、守得住清贫,面对滚滚世风才有定力,应对市场诱惑才有风骨,置身浮躁场域才有静气,也才能做到无论世界如何变化、思潮如何多元、市场如何喧嚣,都能坚守文学的人文本位和审美本性,坚守作家的道德良知,创作出经得起历史检验的精品力作。作家静下心来创作,也是思维和艺术规律所决定的。《大学》有言:"定而后能静,静而后能安,安而后能虑,虑而后能得。"心不静,难以思,哪有所得?而刘勰在《文心雕龙·神思》更是指出,"故寂然凝虑,思接千载;悄焉动容,视通万里",并认为这是驭文之首术、谋篇之大端。没有寂静的环境、虚静的心境,人不可能在自由状态下专心思虑,任想象在时空飞腾,让灵感在瞬间降临。作家静下心来精益求精搞创作,又是为文学史证明的正途大道。法国大作家福楼拜曾经说:"我们不论描写什么事物:要表现它,唯有一个名词;要赋予它运动,唯有一个动词;要得到它的性质,唯有一个形容词。我们必须继续不断地苦心思索,非发现这个唯一的名词、动词和形容词不可。"难以想象,如果没有这样精益求精的精神,他能否写出《包法利夫人》等脍炙人口的名作。俄罗斯伟大作家托尔斯泰一贯主张文学作品"一改再改",他的《战争与和平》写了7年,修改了99次才最终定稿;《安娜·卡列尼娜》修改了12次;《复活》修改过20多次。我国唐代大诗人杜甫曾表白自己的艺术追求"为人性僻耽佳句,语不惊人死不休";唐代诗人方干感叹"吟成五字句,用破一生心";杜荀鹤则有"一更更尽到三更,吟破离心句不成"的诗句;曹雪芹谈到《红楼梦》写作时感叹"字字看来皆是血,十年辛苦不寻常"。可见,扛鼎之作、传世之作、不朽之作，无不来自作家对艺术创造的殚精竭虑、精益求精！

锐气担当创造

创造性是文艺创作的鲜明特征。提倡作家葆有锐气，就要不断提升文学创作的原创性。

文学作品的原创性至少具有三个维度。

一是不同。言他人之未言，发他人之未发，立他人之未论，创他人之未创。代表中国古典小说最高成就的《红楼梦》就是一部原创性的与众不同的巨著。清代戚蓼生在《石头记序》中赞叹："夫敷华掞藻，立意遣词，无一落前人窠臼。"鲁迅则评价说："全书所写，虽不外悲喜之情，聚散之迹，而人物事故，则摆脱旧套，与在先之人情小说甚不同"，"自有《红楼梦》出来以后，传统的思想和写法都打破了"。独有的创造性，乃是《红楼梦》成为经典之作的重要原因。

二是不俗。言他人之未深言，发他人之未深发，立他人之未深论，创他人之未深创，是强调，也是拔升。比如鲁迅的《狂人日记》明显借鉴了果戈理的同名小说，文本都采用了日记体形式，两部小说中"狂人"形象亦相似。但果戈理笔下的狂人只是一个受迫害至疯的小人物，而鲁迅的小说指向的是一个古老民族封建体制的吃人本质，故而其思想意蕴更忧愤深广，艺术形式上亦是将日记形式转为几乎超现实主义的文本，"极具才华地把他的独创性的想法表现出来"（李欧梵语）。

三是不凡。言他人之不能言，发他人之不能发，立他人之不能论，创他人之不能创，此为超越。巴尔扎克的《人间喜剧》体量巨大，涵容90多部小说；塑造人物形象众多，竟达2400多个，涉及社会各阶层人物形象，为世界文学史所罕见，被恩格斯称为一部伟大的作品。写小说就是写人物，一个人能够为文学史贡献一两个人物，就是成功。2400多个人物，仅仅为这些人物取名得用多少时间！超越性，应是作家毕生之追求。

目前，我国每年出版长篇小说三四千部，在题材上写官场、情场、家族的占了相当比重，跟风、模仿、同质化倾向到了不忍直视的地步。创新是创作的灵魂，要创作出经典之作，没有文学观念上的独立创新，没有思想上的独到发现，没有艺术上的独运匠心，是完全不可能的。当代作家要潜心涵泳中华传统文化，虚心钻研世界优秀文明成果，在继承传统中开辟新风，在博采百家中创造辉煌，锐意实现文学观念、内容和形式的创新，题材、体裁和风格手法的极大丰富，为当代文坛提供宝贵的精神范本。

涵养大气、静气、锐气，是文学现实的需要，更应当是当代作家的修炼！

现实主义更是一种创作态度

当我们谈到现实主义时，对它往往有几个维度的理解。一是作为一种文学流派、文学思潮，现实主义发生在西方十八世纪末期到十九世纪末期。二是作为一种创作原则和创作方法，恩格斯关于"除了细节上的真实之外，现实主义还要求如实地再现典型环境中的典型人物"的论述，被公认为是对现实主义创作原则和方法的经典诠释。除此之外，人们往往忽略了另外一个重要维度：现实主义是一种创作态度。法国文学史家爱弥尔·法盖曾说过："现实主义是明确地冷静地观察人间的事件，再明确地冷静地将它描写出来的艺术主张。"俄国文学理论家杜勃罗留波夫在评论普希金的诗歌时使用了"现实主义"这一概念，其含义也更多是指作家对生活所持的态度。

何为现实主义态度？概括地讲，就是密切关注人类实践活动和社会现实，关切人类生存处境和精神成长，揭示现实生活本相和时代特质，书写人类丰富饱满的心灵世界。

其一，现实主义体现从客观生活出发的现实逻辑。现实主义密切关注社会现实。美国文学理论家雷内·韦勒克在《批评的概念》一书中论道："艺术都是当下现实的一种反应。"中国文学从《诗经》、汉赋、唐诗、宋词、元曲、明清小说到现当代文学，从老子、孔子、庄子、孟子、屈原、李白、杜甫、苏轼、辛弃疾、关汉卿、曹雪芹到"鲁郭茅巴老曹"，关注现实、呈现存在，始终是创作的主潮。《诗经·国风》作为中国现实主义诗歌的源头，其中的篇章多来自对现实生活的描摹和感知，如《七月》描述的是奴隶阶层血泪斑斑的生活，《伐檀》呐喊出的是下层人民阶级意识的觉醒，《采薇》反映了士兵征战生活，《君子于役》表达的则是劳役给家人带来的痛苦和思念。劳动、歌咏、爱情、婚俗、战争、徭役、压迫、抗争、祭祀、幻想、天象、山川，周代社会生活的方方面面一应进入诗人的笔端。至于李白笔下的长安、杜甫眼中的老媪，苏轼的儋州之苦、关汉卿的窦娥之冤、蒲松龄的《聊斋志异》、曹雪芹的《红楼梦》，无不是当时社会现实的逼真写照，无不是作家对生活的思考和浩叹。"五四"以降，就对中国社会的揭示而言，鲁迅对国民性尖锐透彻的解剖、对黑暗社会毫不留情的批判，无出其右。茅盾则坚持以社会分析视野观察社会生活，以史诗性文学创造开掘了革命现实主义文学的长河。当代许多优秀作家，莫不以描绘现实生活、揭示生活本质为己任，创作出闪耀着现实主义光芒的篇章。

放眼世界文学史，秉持现实主义精神，关注现实、描写现实、揭示现实，也是许多西方杰出作家的选择。19世纪法国伟大现实主义作家巴尔扎克创作的基点就是从现实出发，广泛深入地概括社会生活，像历史学家尊重历史事实那样尊重现实生活的真实，并揭示社会现象内在的本质，故而被马克思和恩格斯评价为"对现实关系具有深刻理解的作家""现实主义的最伟大胜利之一"。19世纪英国现实主义文学巨擘狄更斯，关注的是生活在英国社会底层的"小人物"的生活遭遇，《双城记》《匹克威克外传》《雾都孤儿》等名作讲述人间真相，深刻反映了当时英国复杂的社会现实。俄国文学巨匠托尔斯泰倾心于观察生活并从中抓住生活现象背后的本质，如实地描写现实，揭露现实矛盾，表现出"可怕的真实""惊人的真实""极度的真实"，被誉为"最清醒的现实主义"。

但是，必须认识到，作为一种创作态度，现实主义并不完全等同于现实题材创作。现实题材固然是现实主义的聚焦点，但是屏蔽历史题材、科幻题材等广阔观照空间，也会窄化现实主义的辽阔视野；现实主义也不等同于非虚构写作，小说是虚构的艺术，现实与虚构不形成沟壑关系，而是存在与表现、现实真实与艺术真实的联系，在现实基础上通过想象、虚构进行创作，不仅不影响揭示世界的本质，甚至在一定程度上更有利于世界本质的敞开；现实主义更不意味着仅仅运用细节描述和典型化这一种艺术手法进行创作，它不拒绝其他手法的运用，魔幻手法可以铸成"魔幻现实主义"，荒诞变形的营构可以成就"荒诞现实主义"，钟情对心理世界的极度刻画可以形成"心理现实主义"，而结构现实主义、神话现实主义等，在不同程度上也体现了现实主义的立场、视角，甚或方法。质言之，只要秉持现实主义态度，不管现实手法、现代手法，还是浪漫主义手法，都不过是对现实或忠实记录，或曲折表达，或变形体现的具体艺术手法而已。高尔基说，"在伟大的艺术家们身上，现实主义和浪漫主义好像永远是结合在一起的"；习近平总书记强调，"应该用现实主义精神和浪漫主义情怀观照现实生活"，这都为我们正确认知现实主义提供了指引。

其二，现实主义遵从创作的时代逻辑。经济基础决定上层建筑、社会存在决定社会意识，现实生活总是一定时代中的社会存在，文学作为社会生活的形象反映，不可能脱离时代悬空存在，这是文学的时代逻辑。《文心雕龙·时序》有言"文变染乎世情，兴废系乎时序"，指出文学变化与时代变迁的必然联系。王国维的著名论断"凡一代有一代之文学：楚之骚，汉之赋，六代之骈语，唐之诗，宋之词，元之曲，皆所谓一代之文学，而后世莫能继焉者也"，则深层次揭示了文学与时代的密切关联，即不同时代的现实生活赋予文学作品别样的内容表达、体裁呈现甚至修辞特征。法国文艺理论家丹纳认为，决定文学艺术发展的是种族、环境和时代三种因素，这里的时代，主要是指当时的政治经济状况、社会制度、精神文化等，这些因素必然会反映到文学作品中去。

事实上，一个时代自有一个时代独具的器物、制度和精神，时代是文学故事发生的历史背景、社会风景、生活场景、人生情景，时代定然给文学作品打上独特的烙印。而现实主义关注的不仅是时代的环境，更为关注的是时代的特质、时代的"精神性气候"。

曹雪芹的《红楼梦》堪称中国封建社会生活百鉴，其所描绘的诗词歌赋、制世尺牍、琴棋书画、对联匾额，只能发生在中国；其所渲染的宫闱仪制、判狱靖寇，则非中国封建社会不独具；其所描述的自鸣钟、玻璃、汪洽烟这些西洋制品则是清朝中期大量涌入中国的，从生活场景上散发出时代性气息；而巨著穿透迷雾的光亮，则是贾宝玉、林黛玉等人物形象彰显的反抗压制、敢于叛逆、追求自由的精神情愫。《人间喜剧》作为一部反映法国19世纪上半叶社会生活史的巨著，描绘了那个时代"任何一种生活状态，任何一种容貌，任何一种男人或女人的性格，任何一种生活方式，任何一种职业，任何一个社会区域，任何一个法国城镇"。作为对法国资本主义社会形形色色人物的速写和时代风貌的展映,这部无与伦比的著作"用诗情画意的镜子反映了整整一个时代""给我们提供了一部法国社会,特别是巴黎上流社会的卓越的现实主义历史"。俄国"现实主义艺术大师"屠格涅夫的代表作《猎人笔记》,则具象展示了19世纪40年代末50年代初俄国农奴制下广大农奴的悲惨生活和不幸遭遇,真实再现了农奴阶级惨遭压迫和欺凌的真相,揭露了农奴主阶层的残暴、伪善与冷酷,颂扬了普通人的善良、正直和乐观。故事所产生的时代正是俄国从贵族革命向资产阶级民主主义革命过渡的历史转变时期,俄国专制制度的腐朽本质全然暴露,农奴制度进入危机阶段,资本主义逐渐发展起来,农民反对农奴制度的斗争日趋激烈。《猎人笔记》这颗批判现实主义的火种,点燃的是"射向俄国社会生活的灾难——农奴制度的'一阵猛烈的炮火'",其反抗与斗争的力量,产生了撼人心魄的爆炸当量。

面对时代,如果仅仅是自然主义的铺张描绘,而不是着意提取时代特征、时代风貌、时代精神,就会陷入浅表化写作的泥潭。能不能表现出一个时代不同于其他时代的特质、新质、异质,是作品能否得以存在并传之后世的重要标尺。现实主义态度提倡的是立足时代、观察时代、聆听时代、解读时代,把握时代风云,抓住时代特质,呈现时代精神。面对时代,如果拘囿于所处时代本身,不能在历史长河中认知时代、评价时代,也会落入"不识庐山真面目,只缘身在此山中"的混沌境地,时间是浪,淘尽千古岁月,只有以浩渺历史为镜鉴,方能辨清当世精神的高与下、清与浊。面对时代,如果缺乏辩证思维和锐利眼光,只见光彩炫目而不吝赞美,唯感雾霾充塞而怨气冲天,则会徘徊于偏狭小径,写不出大块文章。生活中有昂扬也有沉郁，有幸福也有不幸，有喜剧也有悲剧，有光明也有黑暗，现实主义态度应是既谱写人类追求美好的旋律，又弹奏铲除噩梦的交响；既书写生命的觉醒，又直逼灵魂的沦丧；既描绘人性的高洁与光芒，又揭示人心的卑微与阴暗；不仅描写社会矛盾冲突的错综复杂，而且要作米兰·昆德拉所说的"存在的勘探者"，努力揭示产生矛盾冲突的历史缘由、时代成因、文化因素，就如鲁迅所指出的"揭出病苦，引起疗救的注意""意在复兴，在改善"。

其三，现实主义服膺文学的人学逻辑。文学是人学，开掘人心、人性，展露人类的处境，是一切文学创作的笔锋所向，更是现实主义聚焦所在。现实主义始终关切人类处境和内心世界。以获得诺贝尔文学奖的作家作品为例证：1947年，法国作家安德烈·纪德以"呈现了人性的种种问题与处境"得奖；1957年，法国作家阿尔贝·加缪则因"以明察而热切的眼光照亮了我们这时代人类良心的种种问题"得奖；南斯拉夫小说家伊沃·安德里奇获奖是因为"他作品中史诗般的力量——他藉著它在祖国的历史中追寻主题，并描绘人的命运"；西班牙诗人阿莱克桑德雷·梅洛获奖是由于"他的作品描述了人在宇宙和当今社会中的状况"；1996年，希姆博尔斯卡获得诺贝尔文学奖，是由于其作品"挖掘出了人类一点一滴的现实生活背后历史更迭与生物演化的深意"；2003年，诺贝尔文学奖获得者库切的代表作"精准地刻画了众多假面具下的人性本质"；鉴于"深入表现了人类长期置身其中的处境"，诺奖委员会将2005年诺贝尔文学奖授予哈罗德·品特；缘于《暗店街》《星形广场》《青春咖啡馆》等名作"展现了德国占领时期最难把握的人类的命运以及人们生活的世界"，2014年法国作家帕特里克·莫迪亚诺荣获该大奖。

卡夫卡说，"文学的本质是同情"。现实主义始终以同情、悲悯之心，关注人的现实命运，始终关切人类的心灵世界，向着人类精神世界的最深处探寻。即使表达的是愤怒、怨恨、谴责，也是源自对弱者命运多舛、遭际不幸、社会不公的哀叹同情的另一种反应。现实主义强调走出方寸天地，阅尽大千世界，让文心永远随着人心跳动，透过人的生活情境和命运境遇，徐徐展开对人类生存领域的揭示，层层拨开人类精神的内里，到达丹纳"精神地质形态"的"原始地层"，深刻揭示民族气质和民族性格，进而达到最深层——人性层，以思想精神的深度，使现实主义文学的创造之泉激荡喷涌，从而实现法国作家皮埃尔·米雄提出的愿景，把"庸常的深渊变成神话的巅峰"。

"五四"启示：散文真挚与高远的审美品格

散文乃精神的载体。精神的品格，决定散文的品质。"五四"散文作为中国现代文学史上的奇花，绽放在自主自由自觉和真实真诚真意的精神大地上。

在中国封建传统中，人的主体性往往被消解，人仅是"君"的附庸、"道"的工具、"众"的附属，人之求学、内省、修身、治世、为文，目的就是将自己历练成为能被"君"看中、为"众"接受的人。中国古代作家能否被社会接纳，主要在于其文章是否传达了"君命"，阐释了"道"，循蹈了"理"，维护了"道统"，表达了统治者及群体的意旨。取消了个人主体的文学，不可能自主自由自觉抒写自我。因此，除少数敢于离经叛道，勇于抒写独立思想、表达个人情志的散文创作外，多数散文难以呈现作家丰富复杂的精神活动，极少体现个人的力量和内心的冲突。一味顾及"上"的允准、"众"的赞同，就易于为利驱使、被群绑架，导致主体缺失，真意遮蔽，这为散文创作设置了牢固桎梏和紧身束缚。

这种状况到了"五四"时期获得革命性改变，人的主体性成为核心。在这场全面、彻底的文化运动中，"五四"散文作家解构既往观念，颠覆传统范式，显示了与传统散文迥然不同的审美意识，恰如夏志清以《人的文学》为题所断言："传统"与"现代"之间的分别不容抹杀，因为那是"非人的"和"人的"分别。人的主体性一旦建立，为君为道为祖宗为其他而非为人的文学藩篱将被打破，个体的人将从旧时代旧观念的牢笼中解放出来。鲁迅鲜明提出"任个人而排众数""尊个性而张精神"；胡适力主发展人的个性，"第一须使个人有自由意志""社会最大的罪恶莫过于摧折个人的个性，不使他自由发展""世界上最强有力的人，就是那孤立的人"；林语堂则坚持文学要体现"个人之性灵"，"一人有一人之个性，以此个性无拘无碍自由自在表之文学，便叫性灵"；梁实秋宣称"文学家不接受任何谁的命令，除了他自己内心的命令"。这些主张的共同点在于把个人作为价值主体，强调人的主体性，人本质上是自主的，而非"他主"的；是自由的，而非禁锢的；是自觉的，而非受驱使的；是独立的，而非依附的；是以实现自我精神为目的的，而非沦为工具性的。文学由此成为"人的文学"，这从本质上确立了"五四"散文的品格。

  写"我"，成为"五四"散文第一位的突出特征。"我是我自己的，他们谁也没有干涉我的权利"，鲁迅小说《伤逝》中主人公子君的这句经典的话，成为"五四"知识分子的精神共鸣。他们坚持以自我身心体验为中心，将我立于最基本和最崇高的位置。他们空前关注个性自我的理念，反映到文学创作上，就表现为个性自我的充盈和膨胀。郭沫若用诗的语言弘扬自主意识："我们要自己种棉，自己开花，自己结絮。我们要自己做太阳，自己发光，自己爆出些新鲜的星球。"（《我们的文学新运动》）郁达夫更推崇德国哲学家施蒂纳的："自我就是一切，一切就是自我。"他主张活泼泼地显现出作家"自叙传的色彩"的"最可宝贵的个性的表现",明确把个性定义为"Individuality（个人性）与Personality（人格）的两者合一性"。被茅盾评为"最属于她自己"的冰心也认为:"'能表现自己'的文学,是创造的、个性的、自然的。"（《文艺丛谈》）李素伯推崇小品文的意义和特质在于"作者最真实的自我表现与生命力的发挥,有着作者内心的独特的体相"。叶绍钧则以读者的身份对散文作家提出苛刻要求,表达对个性文学的向往之情:"我要求你们的工作完全表现你们自己,不仅是一种意见、一个主张,要是你们自己的,便是细到象游丝的一缕情怀,低到象落叶的一声叹息,也要让我认得出是你们的而不是旁的人的。"（《读者的话》）李广田在《银狐集》的"题记"中反复强调:"尽管这些文字中没有一个'我'字存在,然而我不能不承认我永在里边","这些文章中依然有我的悲哀,我的快乐,或者说这里边就藏着一个整个的'我'"。

　　我们且以"五四"时期女性作家为例,这些过去在"三纲五常"压迫下的女性,在现代散文创作队伍中,却成为一支重要力量。"个人的发现"、个人意识的觉醒,使她们产生对个体人生和人类前途的思考。冰心的《山中杂感》和《寄小读者》,坦露着一个女性温柔的情感,及其对世界万物宽容的爱和淡淡的伤感;萧红短暂的一生命运多舛,漂泊无靠的游历生涯中,她叙写女性在男权社会中独立的艰难,如《又是春天》《又是冬天》《春意挂上了树梢》《长安寺》《茶食店》等散文在刻画自然人文风景的同时,传达出命运辗转之苦和悲情的呼喊;庐隐的散文《东京小品》《月夜孤舟》《月下的回忆》《雷峰塔下》《蓬莱风景线》《异国秋思》《扶桑印影》《华严泷下》《秋光中的西湖》等,以女性的婉约和倾诉风格，表达自己哀怜、感伤、愤懑、无助的生命哀怜。在这里，散文不再坚守所谓群体认可的规范，而成为自由创造、表现"我"的审美载体。从这个意义上说，"五四"散文，高扬主体精神，倡导个性解放，肯定自我价值，展示自然人性，不断创建新的审美范式，真正实现了对古代游记散文的现代性创造和历史性超越。

如果说，人的自主自由自觉追求拒绝了散文创作上的媚众媚俗，那么主真主实主诚要求则杜绝了虚伪虚假。主真，成为"五四"散文的另一特征。

胡适的《文学改良刍议》堪为新文学运动先声，他强调"真挚之感情"和"高远之思想"。在《建设的文学革命论》中，他论述道："要说我自己的话，别说别人的话"，"有什么话，说什么话，话怎么说，就怎么说"，唯以"但求不失真"为标准。周作人坚称，散文不仅是自己个人的，而且还须有"真实的个性""真的心搏"。林语堂则说，"性灵派文学，主真字"，所谓"真"指"人能发真声""说我心中要说的话"，只有"思想真自由，则不苟同"，才能发抒性灵，才可谓之"得其真"。冰心对"真实"与"个性"的关系做过激情的阐述："'能表现自己'的文学，是创造的、个性的、自然的，是未经人道的，是充满了特别的感情和趣味的，是心灵里的笑语和泪珠。这其中有作者自己的遗传和环境，自己的地位和经验，自己对于事物的感情和态度，丝毫不可挪移，不容假借的，总而言之，这其中只有一个字'真'。所以能表现自己的文学，就是'真'的文学"，"'真'的文学，是心里有什么，笔下写什么，此时此地只有'我'"，"微笑也好，深愁也好。洒洒落落，自自然然的画在纸上。这时节，纵然所写的是童话，是疯言，是无理由，是不思索，然而其中已经充满了'真'。文学家!你要创造'真'的文学吗?请努力发挥个性,表现自己"。这里的"真",更多的不是指对客观事物的真切描绘,而是指对内在感情的真实表达,"真实与个性"由此得到统一。俞平伯强调"说自己的话,老实地"。在《德译本〈浮生六记〉序》里,他说"言必由衷谓之真,称意而发谓之自然",强调真诚,自然,不虚伪。李素伯认为文学作品"是作者最真实的自我表现与生命力的发挥,有着作者内心的本相"。艾青宣称:"作家并不是百灵鸟,也不是专门唱歌娱乐人的歌妓。他的竭尽心血的作品,是通过他的心的搏动而完成的。他不能欺瞒他的感情去写一篇东西,他只知道根据自己的世界观去看事物,去描写事物,去批判事物。在他创作的时候,就只求忠实于他的情感,因为不这样,他的作品就成了虚伪的、没有生命的。"

徐志摩不仅展露他"只知道个人,只认得个人,只懂得个人"(《列宁忌日——谈革命》)的心理轨迹,其诗人特质的个性在散文创作中也得到真实极度的张扬。《泰山日出》中,在朝旭未露前,他独立雾霭溟濛的小岛上,突发奇异幻想:"躯体无限的长大,脚下的山峦比例我的身量,只是一块拳石;这巨人披着散发,长发在风里像一面墨色的大旗,飒飒的在飘荡。这巨人竖立在大地的顶尖上,仰面向着东方,平拓着一双长臂,在盼望,在迎接,在催促,在默默的叫唤;在崇拜,在祈祷,在流泪——在流久慕未见而将见悲喜交互的热泪……"一个感情奔放、个性鲜明、潇洒自由的青年形象跃然而出。

朱自清则极力提倡"自我表现"。他这样评论俞平伯的散文:"影子上着了颜色,确乎格外分明——我们不但能用我们的心眼看见平伯君的梦,更能用我们的肉眼看见那些梦……而梦的颜色添加了梦的滋味；便是平伯君自己……"他如此品评孙福熙的游记《山野掇拾》："只是作者孙福熙先生暗暗巧巧地告诉我们他的哲学，他的人生哲学。所以写的是'法国的一区'，写的也就是他自己……可爱的正是这个'自己'，可贵的也正是这个'自己！'"朱自清企求"虽只一言一动之微，却包蕴着全个人的性格，最要紧的，包蕴着与众不同的趣味"，"个性虽有大齐，细端末节，却是千差万别，这叫做个性。人生丰富的趣味，正在这细端末节的千差万殊里，能显明这千差万殊的个性的文艺，才是活泼的，真实的文艺"（《"海阔天空"与"古今中外"》）。这些论述强调散文的"自我表现"，旗帜鲜明地强调散文创作中应突出作家"自己"的"个性"本位。事实上，朱自清的散文创作也是其真实自我表现的文学观念的成功实践。朱自清散文中的自我，都是具备真实的独立主体地位的自我，保持着自我主体地位前提下的独立判断。《桨声灯影里的秦淮河》，描述的是在欲望和道德间徘徊的真的"我"；《绿》中表现的是亲近自然、渴求自由的真的"我"；《女人》中是坦露情怀、追求"艺术的女人"的真的"我"；《那里走》中是苦苦思索自己人生道路的真的"我"。透过这些散文，我们看到的是一个生动、鲜活、丰满、刻记着与众不同的生活印记的"这一个"朱自清的形象。

事实表明，"真"才能打动人心，唤醒世界，实现散文的价值；"虚"切断了散文的精神命脉，丧失了散文的力量，注定没有前途和远方。

无论是写"我"，还是主真，根本在于散文要贴心。贴心，乃是"五四"散文的又一特征。

散文本是自由自然、不受约束的文种，"是与人的心性记忆力最近的文体"。这就决定了散文是一种倾向心灵的艺术。对于"五四"现代知识分子而言，写作的过程即是与自己心灵的对话过程，而不在于宣示输出什么"道""理""规"等外在的东西。可贵的是，"五四"散文作家在张扬自主意识中十分重视对自我内心的审视。李大钊透彻指出，"我们主张以人道主义改造人类精神……我们主张物心两面的改造，灵肉一致的改造"。"物心两面的改造，灵肉一致的改造"，正是"五四"现代知识分子自我审视的理论根据，这就也使"五四"散文具有自我审视和严厉解剖自己的品质。翻开一部"五四"文学史，我们即会发现，"五四"散文无不散发着浓郁的个人情调，表达着个人独特的思想观念，绽放出心灵自由的光华。周作人的《山中杂信》《济南道中》《游山日记》《北平的春天》《夜航船》《西兴渡江》《青莲阁》《长江轮船》《南京下关》，显现的是他心平气和，悠闲自在，不惊不乍，随遇而安，闲适洒脱的心性；透过俞平伯的散文《桨声灯影里的秦淮河》《陶然亭的雪》《湖楼小撷》《芝田留梦记》《西湖的六月十八夜》《城站》《眠月》《月下老人祠下》等，我们感受的又是优美景物、空蒙境界、宗教氛围中一颗苍劲苦涩、幽明若隐的心灵的沉思；声言直率地表现自我，袒露内心秘密，剖析、审视自己言行、心理，作品就是作家"自叙传"的郁达夫，则明确把"晓得为自我而存在"的"个人"称为"散文的心"，他的散文"多是解剖自己，阐明苦闷心理的记载"，如《苏州烟雨记》《故都的秋》《江南的冬景》《超山的梅花》《雁荡山的秋月》《浙东景物纪略》《杭江小历纪程》《西溪的晴雨》流露出的是其忧郁、感伤、愤激的个人情感，其深刻的内省和坦露的心灵表达，使他获得"中国的卢梭"的称号。

正是由于"王纲解纽"的时代，思想的启蒙、"个人的发见"、心灵的解放，使得"五四"散文作家在理论和创作上确立了主体性，"五四"现代散文得以呈现出异彩纷呈、绚丽灿烂的壮丽景观。陈独秀指出："知识理性的冲动，我们固然不可看轻，自然情感的冲动，我们更应当看重。""五四"散文，不仅仅停留在对外在世界的临摹，更侧重于对心灵视界的细致抒写，强化主观情绪，凸显生存感受，逼近生命之实，切近灵魂之真，表现出心灵的自由状态。事实上，真正有价值的写作，正是这种贴近心灵的写作。

重返"五四"，阅读经典，思考当前散文创作中存在的媚俗和虚假病症，我们是否可以从中得到启示呢？

理想的长篇小说的三个维度

什么是理想的长篇小说？不同的人会给出不同的回答。在我心目中，理想的长篇小说是一条长河、一幅画卷、一部百科全书。

理想的长篇小说是一条长河

这长河是历史的河。历史是民族成长的足迹，文学作品是历史文化的记忆，长篇小说则是一个民族的秘史。托尔斯泰说，"历史是国家和人类的传记"，道尽文学与历史的互文关系。理想的长篇小说应该既是文学的历史，又是历史的文学，必以高超的艺术创造，真实呈现历史涌动的面貌和沉潜内里的本质，实现文学与史学的高度完美统一，体现出"史"的境界和"文"的品格。

长篇小说的外在特征主要体现为篇幅长、容量大、结构恢宏。它最适于表现广阔的社会生活，不仅可以真实反映历史进程，描绘人物成长过程，而且可以深刻探秘民族性格、民族心理，艺术地透视历史发展变革规律，呈现一个历史时期的壮阔画面。总之，理想的长篇小说应具有史诗的性质。

托尔斯泰的《战争与和平》被称为"世界上最伟大的小说"

之一。这部巨著以战争为中心,以伊库拉金、保尔康斯基、劳斯托夫、别朱霍夫四个家族的生活为线索,以广阔雄浑的气势,生动抒写了俄国19世纪前15年的历史,他的笔仿佛具有魔幻效应,各种生活竞相呈现。正如俄国评论家斯特拉霍夫所说,"近千个人物,无数的场景,国家和私人生活的一切可能的领域,历史,战争,人间一切惨剧,各种情欲,人生各个阶段,从婴儿降临人间的啼声到气息奄奄的老人的情感最后迸发,人所能感受到的一切欢乐和痛苦,各种可能的内心思绪,从窃取自己同伴的钱币的小偷的感觉,到英雄主义的最崇高的冲动和领悟透彻的沉思——在这幅画里都应有尽有"。极大的思想重量、生活含量和艺术容量,混合为一部再现俄国社会历史风貌的交响曲。

柳青的长篇小说《创业史》,被作为"一部反映中国农业合作化运动的史诗式巨著"载入当代文学史。《创业史》通过西北一个小村"蛤蟆滩"的生活演变,艺术概括了我国20世纪50年代农业合作化运动初期的社会矛盾冲突,真实表现了中国农业社会主义改造进程中的历史风貌。作品高屋建瓴,视野宏阔,将蛤蟆滩与外界广阔社会相联系,与宏大时代风云相连接,形象记录了农业合作社气势磅礴的创业史,深刻刻画了特定历史时期底层民众的精神裂变,再现了创业者的心灵史。

《白鹿原》则被称誉为"代表着中国当代长篇小说创作的最高成就"。在《〈白鹿原〉创作手记》中,陈忠实如实书写了他创作前的思考:"更要面对的是上世纪20年代贫穷落后以及文盲充斥着的白鹿原。从两千多年的封建帝制下解脱出来的原上乡村,经历了你上我下的军阀混战,到20年代中期,国民政府才开始实施从县到乡镇一级政府的建制,而各个大村小寨仍然传承着宗族族长的权威；各个姓氏宗族都有自家的法规，原上社会最底层的基础部分，还是按照封建宗法的机制在按部就班地运行。这个在白鹿原上建立第一个中共支部的年轻书记，肯定比我更直接地了解原上的社会形态，敢于在孟村小镇粮店里发出挑战——既是向国民党政权挑战，也是向宗族祠堂挑战，更是向整个白鹿原社会挑战，这需要怎样坚定的信仰，需要怎样强大的气魄，需要怎样无畏的牺牲精神……"可见，陈忠实在创作之初，就面对着白、鹿原的曲折绵长的历史进行了深长的思考，敏锐抓住了历史与小说创作的黏着关联。渭河平原50年的艰难变迁，从辛亥革命到军阀混战，从国民党执政到民族抗战，从共产党革命到土地改革，白、鹿两大家族、祖孙三代的恩怨纷争就是在这样的恢宏背景下展开。一个家族史、一段社会史、一截民族史、一腔灵魂史，铸成一部凝聚着深沉民族历史的雄奇史诗！

　　翻开一部文学史，具有史诗品质的著作扑面而来。老舍的百万言长篇杰作《四世同堂》，以抗战时期北平小羊圈胡同祁家祖孙四代的活动为主线，描绘了小羊圈胡同各色人等的荣辱浮沉、生死存亡，真实记述了北平沦陷后的世态，史诗般的展现了第二次世界大战期间，中国人民与世界人民一道反法西斯的伟大历程，被美国《星期六文学评论》评为"不只是第二次世界大战以来中国出版的最好小说之一，也是在美国同一时期所出版的最优秀的小说之一"。路遥的经典名作《平凡的世界》，真实描写了中国在20世纪70年代中期至80年代中期的巨大社会变迁中，生活在底层的普通人改变命运、争取幸福的生命历程。路遥把人物放到当时大变革的时代背景上来描写，写了平凡人的平凡人生，平凡人不平凡的理想，人的自尊、自强、自信，生活的极端贫困、前行的多少折磨、精神的万千痛苦、追求的不屈不挠，书中的国事、族事、家事、人事构成了一幅中国农村生活的全景式画卷，沉潜着作者对历史、对社会、对生活、对人生的严峻思考。该书相继被评为"对被访者影响最大的书""读者最喜爱的茅盾文学奖获奖作品"等。格非的长篇小说"江南三部曲"，则以百年的跨度，三代人的求索，在革命史与精神史的映照中，描绘了个人的命运被现代中国历史裹挟前进时的沉浮变动，提出了沉重的现代性思考。这部鸿篇巨制以雄厚实力摘得第九届茅盾文学奖第一名。

雨果说："谁要是名诗人，同时也就必然是历史学家和哲学家。"从托尔斯泰的长篇写作到老舍、柳青、陈忠实、路遥、格非的笔耕实践，我们可以发现长篇小说创作不容忽视的秘密——欲成传世之作，必先有传世之心。优秀的长篇小说作家无不具有史家境界和哲学情怀，他们不仅将历史作为创作的历史背景、社会风景、矛盾场景、生活情景，而且登高望远，站在人类思想的最前沿，达到时代思维的最高度，透视社会历史的最深层，揭示历史发展的大逻辑。他们不仅庄严无畏，具有广阔的历史视野，敏锐把握历史风云，摹写历史真实本相，留下历史传世记忆，又能尖锐透彻，楔入生活内里，探入人物内心世界，在时代洪流中塑写人物故事，挖掘苍茫历史云烟中人们的思想气质，描绘人类长期置身历史的处境，展示出一个时代人物的心灵史。

历史将陪伴那些名篇佳作永放光华。

理想的长篇小说是一幅《清明上河图》

世界是丰富多彩的，有大河东去之壮美，亦有小桥流水之柔美；关东大汉固然粗犷豪放、孔武有力，江南小生也自有文质彬彬、儒雅俊朗。长篇小说亦然，既可有厚重，亦许有轻盈；既推崇广袤历史感，也不拒民俗风情味；而且这相对的两者并不矛盾，甚至在有的作品中两种风格完全相兼，或穿插，或交错，相得益彰。

为了便于论述，在这里姑且集中强调我心中另一类理想长篇："清明上河图"式长篇小说。

《清明上河图》有何特点？作为中国美术史和文化史的宝藏，这幅长卷采用散点透视构图法，生动记录了12世纪北宋汴京的城市面貌和当时社会各阶层人民的生活状况。巨幅画卷中，有商船云集、千舟往复、纤夫拉纤、船夫摇橹；有飞虹卧波、店铺林立；人物则或驻足，或行步，或酒肆饮食，或算命占卜；其他房舍、城郭、桥梁、河流、树木、牲畜……无不惟妙惟肖、至臻至妙。艺术上的全景式、纪实性描写，表层漫溢的市井味、生活化描绘，深层的历史文化含蕴、生命底蕴，乃其主要特征。

我们或可在金宇澄的《繁花》中获得这种美的沉浸。在《繁花》中，作者以20世纪60年代至90年代为时代背景，以沪生、阿宝、小毛等上海市井民众为主要人物，以他们近半个世纪的友谊和情感牵引出流长的人生叙事，一百多个人物，上万个小故事，民风旧俗、邻里琐事、街头巷尾聚散、小人小事，汇成了市井人物众生相，展示出五味杂陈的世态人情，形成一幅蕴涵深厚文化意味的上海市井文化的风情风俗长卷。

汪曾祺曾指出："市井小说没有史诗，所写的都是小人小事。市井小说里没有英雄，写的都是极平凡的人。"金宇澄也说："所谓市井，自身会形成一种态度……无论政治怎么变幻，就好比无论海面上风浪怎样，市井是接近水底泥沙的部分，跟海面是不同的,《繁花》试图反映这一阶层的状态,不加任何议论,体现一种意味。"金宇澄的细腻笔锋,恰是将一代上海人的记忆涂抹到当代人的视野里,在偏井小巷、饮食男女的日常起居中,展示了城市独有的气质,暗含了对民族精神发展的文化想象。

我们也能于付秀莹的长篇小说《陌上》中品味到乡村图卷为文之妙。《陌上》以华北平原一个村庄"芳村"为背景,采用散点透视笔法,勾勒出一幅乡土中国的风景画、风俗画和风情画。芳村春夏秋冬的轮回变化里,那灿烂的太阳、浓重的夜色、高大的树木、茂密的玉米,那乡村生活繁复的场景、婆媳姐妹间的家长里短、夫妻母女间的情爱恨怨,那些乡村女性在时代面前的身心辗转、心灵纠缠,无不得到细腻的描绘和呈现。

如果长篇小说写作止步于描绘特定地域的外在自然风貌或民风习俗,则仅仅只是触摸到了乡村文学这颗硕果的外皮,而未抵达它鲜美的内核。茅盾曾在《关于乡土文学》一文中论述道:"关于'乡土文学',我以为单有了特殊的风土人情的描写,只不过像一幅异域的图画,虽能引起我们的惊异,然而给我们的,只是好奇心的餍足。因此在特殊的风土人情而外,应当还有普遍性的与我们共同的对于命运的挣扎。一个只有游历的眼光的作者,往往只能给我们以前者;必须是一个具有一定的世界观与人生观的作者方能把后者作为主要的一点而给予了我们。"在这里,茅盾深刻论述了乡土文学深度写作的要义在于对人类命运挣扎等普遍价值的叙写,进而揭示了作家的世界观、人生观对于乡土文学的重要意义。评论家陈仲义则认为,"没有源于故土乡民真挚的情感和血缘于那块土地的生命感悟,纵然再有精巧的风俗画,仍未能在根上找到乡土的真谛"。而在我们眼中的《陌上》,作者并没有停留于单纯乡村风貌、风俗风情的抒写，而是以现代意识烛照故土现实，努力还原故土农人独特的生命状态和生活形态，发掘父老乡亲的精神内蕴，呈现出一幅幅独特深刻的乡土人生图景，进而对经验世界进行个性阐释，向读者传达了作家对乡土中国文化的流连与幽怨、慨叹与祈愿的价值立场。

理想的长篇小说是一部百科全书

在评价长篇名著时，我们常会遇到一个词"百科全书"。如托尔斯泰的《安娜·卡列尼娜》被誉为"一部社会百科全书式的作品"，普希金的《叶甫盖尼·奥涅金》被称为19世纪20年代"俄国社会生活的百科全书"，欧·亨利的作品被赞为"美国生活幽默的百科全书"，易卜生的社会问题剧被推举为"社会问题百科全书式的剧本"，左拉的《卢贡－马卡尔家族》被标举为"19世纪后半叶法国社会百科全书"，等等。这是因为，这些长篇小说涵容巨大，包罗万象，几乎囊括了社会生活的各个方面，具有十分丰富的文化含量、知识含量、信息含量，给读者以巨大的思想、认识、精神、文化启迪和获得。

堪称世界小说史上的鸿篇巨制的巴尔扎克的《人间喜剧》，描写了2400多个人物形象，被称为"用诗情画意的镜子反映了整个时代"的"社会百科全书"。这部伟大的长篇涵容了90多部小说，分为风俗研究、哲学研究、分析研究3大类，其中，风俗研究又分为私人生活、外省生活、巴黎生活、军事生活、乡村生活等6大场景。这部巨著堪称法国社会特别是19世纪巴黎"上流社会"的历史。巴尔扎克说过："我所写的是整个社会的历史。"

恩格斯称赞《人间喜剧》提供了社会各个领域无比丰富的生动细节和形象化的历史材料。他说，"甚至在经济的细节方面（如革命以后动产和不动产的重新分配），我学到的东西也要比从当时所有职业历史学家、经济学院和统计学家那里学到的全部东西还要多"。

作为中国长篇小说的巅峰之作，曹雪芹的《红楼梦》被称为"中国封建社会的百科全书"。清代学者王希廉曾评价说："一部书中，翰墨则诗词歌赋，制世尺牍，爱书戏曲，以及对联匾额，酒令灯迹，说书笑话，无不精善；技世则琴棋书画，医卜星相，及匠作构造，栽种花果，营养禽鱼，针黹烹调，巨细无遗；人则方正阴邪，贞淫顽善，节烈豪侠，刚强懦弱，及前代女将，外洋诗女，仙佛鬼怪，尼僧女道，娼妓优伶，黠奴豪仆，盗贼邪魔，醉汉无赖，色色具有；事迹则繁华筵宴，奢纵宣淫，操守贪廉，宫闱仪制，庆吊盛衰，判狱靖寇，以及诵经设坛，贸易钻营，事事皆全；甚至寿终夭折，吞金服毒，暴病身亡，药误，以及自刎被杀，投河跳井，悬梁受逼，撞阶脱精等等，亦件件皆有。可谓包罗万象，囊括无遗，可谓才大如海，岂是别部小说所能望其项背。"诸联则赞叹："作者无所不知，上自诗词文赋、琴理画趣，下至医卜星象、弹棋唱曲、叶戏陆博诸杂技，言来悉中肯綮。想八斗之才又被曹家独得。"可以说，这部巨著囊括了中国封建社会的器物文化、制度文化和精神文化，是中国封建社会生活文化的集大成之作。其中任何一条纵线，都可形成一门学问。如拿出它的园林、服饰、诗词、烹饪，就可分别著成一部《园林集》《服饰集》《诗词集》《烹饪大全》。《红楼梦》已经成为民族传统文化的化石，其博大精深，令人叹为观止。

当代著名作家张炜的长篇小说《你在高原》，是一部皇皇

450万字的文学巨著，共分39卷，归为《家族》《橡树路》《海客谈瀛洲》《鹿眼》《忆阿雅》《我的田园》《人的杂志》《曙光与暮色》《荒原纪事》《无边的游荡》10个单元。在这部巨著里，不仅有时间维度上历史现实的交错交汇，有空间维度上城市乡村的转换、山地平原大海的辉映，而且有人间维度上百多个人物（其中有官吏、富豪、军官、科学家、教授、主编、画家、书商、矿工、农民、渔夫、看山人、捞海者、土匪、流氓、妓女、小偷、巫婆、神汉……）命运的跌宕浮沉，几乎囊括了自19世纪以来所有的文学试验。同时，还涉及考古学、植物学、机械制造、地质学等诸多学科。从而被评论家张炯誉为"时代的镜子，历史的百科全书"。

追求巨大涵容量，成为许多长篇小说作家的自觉。如意大利作家翁贝托·埃科的《玫瑰的名字》，涵括了神学、政治学、历史学、犯罪学，还涉及亚里士多德、阿奎那、培根等人的思想。土耳其作家奥尔罕·帕慕克的长篇小说《我的名字叫红》，把现代、后现代艺术和经典叙事方法相融合，营造了一部兼容历史小说、推理小说、侦探小说、文化小说、爱情小说、心理小说、迷宫小说等于一体的庞大作品。

理想的长篇小说，在我心目中，是长篇小说应有的样子，也是对现实长篇小说创作的期盼。

批评品格与批评责任

我们置身其间的作品研讨，无疑当属批评文艺学范畴，即以文学鉴赏为基础，以文学理论为指导，对文学作品及与之相关的文学现象进行科学阐释，恰如诗人普希金所言，"批评是充分理解并阐释文艺作品的力量与不足的审美科学"。从文学价值实现意义上，文学批评又接近于文学作品与文学接受的中间路径，匈牙利文论家阿诺德·豪泽尔就坚称，"没有中介者，纯粹独立的艺术消费几乎是不可能的"，道尽批评的功能与意义。

我们理应推崇何种批评思维？至少要有三个向度：纵向上深远的文学史视野，横向上深入的同代比较眼光，心向上深切的体察与解读。唯有如此，方可将作品在历史的承续性与整体性中加以析解，发现作品发生的偶然性与必然性，存在的弊端或价值、凝滞或超越；方能在比较鉴别中，找寻同种背景下作品的不同与不凡、流俗与不俗；也才能透过作者的精神碎片，探寻作品背后隐蔽的含义，努力接近作品真相，捕捉作品最灵魂的特质。这是一个精神高度参与的批评者，于当今文学语境下所应呈现的表达意愿与批评立场。

那么，批评者又应秉持何种风格态度？批评者不仅是作品的接受者，对作品要有足够的审美体认，并由此拓展到对整个世界的审美体验，而且批评者与作者应是平等对话的关系。

德国理论家伽达默尔认为，"艺术存在于读者与文体的对话之中"，它"并不属于我的'领域'而是属于'我们'的领域"。批评作为深刻完整的文学活动，不只是批评者与作者作品对话，也是与读者对话，更是意味深长地与世界对话。批评者与被批评者本是"我们"的共同体，因而，批评者理应做到既不高高在上、盛气凌人，又不仰人鼻息、五体投地，而是抱持公正、客观、冷静、善意，是其是，非其非，不庸俗奉承，不恶意贬斥的态度。真正意义的批评，势必源自批评者精神向度的阔达与高远、审美维度形而上的自由与练达，并以此为结构，以广袤的视域，理性而有序地完成对作品的深度解构，创造出独属个性的批评品格，从而抵达既推动文学创造又推进文学传播与接收的批评使命。正如后现代主义理论家林达·哈奇所标举的"超越一切已经固定或正在固定的解释，呈现一种永远开放、永远变化的理论结构"。

文学批评的重要意义之一，乃是帮助作者完成对作品的深入理解、方位确定和有效校正。每位作者亦应树立正确态度，面对批评，认真倾听，既有坚守力，又有吸纳力，既不全盘吸收，又不一尽排斥，尽凭研讨批评之风，助推创作启航远行。

学 术

批评作为一种生活

历史变迁中现代知识分子
精神心理的写照

　　游记散文创作在我国富有悠久传统。作为一种文体，中国游记散文肇始于东汉，马第伯的《封禅仪记》被称为"最早的山水记"；成型于魏晋南北朝，王羲之的《兰亭集序》、郦道元的《江水·巫峡》、杨炫之的《洛阳伽蓝记》等众多游记散文，"叙事、写景功能已较完善，景物人事相配合""特别引人入胜"；成熟于唐宋，游记散文文体得到极大丰富发展，叙事、写景、抒情、议论综合运用，文体形式丰富多样，产生了柳宗元、王安石、欧阳修、苏轼等游记散文大师；延展至明清，徐霞客的《徐霞客游记》将科学与文学融合为一，成就"古今游记之最"，被誉为"世间真文字、大文字、奇文字"，袁宏道、姚鼐、张岱等人亦都留下经典传世游记之作。历览中国古代游记散文，其突出特征是山水纪游占有相当比重，其根源大概主要是制度的钳制、环境的压抑、文化的浸润导致的古代文人对"山水"与"逍遥"的向往。到了近代，域外游记散文首夺先声。19世纪末西方列强的坚船利炮，迫使贫弱中国由封闭走向开放；便利的交通、更新的观念使大批知识分子得以心怀拳拳爱国之情和炽热强国憧憬，远渡重洋，奔波海外，考察政情，寻觅真理，遍访民俗，探求学问，域外游记散文因而兴盛，斌椿的《乘槎笔记》、郭嵩焘的《使西纪程》、薛福成的《出使英法义比四国日记》、康有为的《欧洲十一国游记二种》、梁启超的《新大陆游记及其他》等名篇佳制成批产生。这些游记散文比之古代游记视野更为开阔、内容愈益丰富、形式焕然一新，游记散文作家或考察外国政治、经济、军事等情况，或记录异土地理山川之形势，或描摹他乡文化各形态，以求裨益于国家，服务于民众，宽慰于内心。这一时期众多域外游记散文，对于中国近代思想启蒙、社会发展和文化变革，发挥巨大推动作用，也深刻影响着中国现代游记散文的发生发展。

伴随封建制度解体，特别是在新文化运动启蒙新思潮影响下，"父母在，不远游""安土重迁"等传统陈旧观念在更大范围、更深程度上遭到冲击，无论出于自愿，还是缘于被迫，迁徙流转、离家去国，成为许多现代人特别是知识分子的生活常态。时间空间变化带来心间情思的新变。从"五四"前后出国求学的学子和海外漂泊者的殷殷之声，到域内战火乱世中跋涉者的流离之音，再至避离尘世游走远山近川的行旅者的啸傲放歌，现代游记散文最集中、最突出、最尖锐地反映了现代人的生活状况和文化心理。与此同时，现代游记散文文体功能、结构、语言符号等发生历史性变革，文体形式实现根本性转变。其笔触从山水自然扩大到社会、人生、文化百态，呈现出超越中国古代游记散文的鲜明主体性和深广社会性；与古代游仙、游侠文学相比，它的视野主要关注现实大地和芸芸众生，体现出现实针对性和生活贴近性；冷峻的家国想象、热切的心魂还乡、深陷都市的心理困境、徜徉文化图景的心灵回归、厚重的生命追问、艰难的精神远行，使中国现代游记散文成为栖居大地的审美诗学,由此呈现出复杂的思想、心理、情感特征,获得独具特色的现代性和超越性。

中国现代游记散文涵盖自 1917 年胡适在《新青年》发表《文学改良刍议》揭橥文学革命始,至 1949 年第一次文代会止,这三十多年间中国作家发表的游记散文。中国现代游记散文经历了"发端期""繁荣期"和"转折期"三个时期,形成了"山水自然类""社会人生类"和"文化行旅类"三种文本类型,凝成了崭新的审美范式,传达了现代知识分子丰富的精神取向和文化心理。

现代游记散文发端期知识分子精神样貌的呈现

1917 年至 1927 年,是中国现代游记散文的发端期。这一时期是中国社会结构、思想文化发生重要变革的时期。1917 年,《新青年》杂志相继发表胡适的《文学改良刍议》和陈独秀的《文学革命论》,吹响新文化运动的号角。20 世纪初的新文化运动和五四运动,使封建思想遭到前所未有的冲击、批判,西方文艺复兴以来的哲学、文学思潮潮涌而入,"反帝反封建""个性解放""民主科学",成为社会共同呼声,知识分子思想得到空前解放,文学从观念、内容到形式发生革命性变革。同时,在对外交往方面,中外交流更为频繁,出国人员迅猛增多,现代游记散文呈现春意葳蕤面貌。夏志清指出:"当时较具有吸引力的作家,几乎清一色是留学生。"以这一时期游记散文创作成就斐然、影响力较大的一些作家如李大钊、陈独秀、胡适、蔡元培、周作人、瞿秋白、茅盾、冰心、钱玄同、郭沫若、郁达夫、刘半农、叶圣陶、朱自清、许地山、俞平伯、庐隐、孙伏园、孙福熙、王统照、林语堂、徐志摩、郑振铎、成仿吾、朱光潜、巴金、李健吾、冯至、徐蔚南、王独清为例，其中即有26位曾出国留学或考察，约占总人数的86.7%。显见，域外经历极大催生现代游记散文的兴盛发展。在国内，更全面地认识世界，更深入地了解国情，更广泛地接触社会，更紧密地联系民众，成为现代知识分子的自觉行动，这也为现代游记散文创作奠定了丰厚思想基础，创造了良好发生环境和发展条件。

现代游记散文承接近代文学余韵，域外游记率先登场，多是现代知识分子游走苏联、日本等国的社会和心灵记录。这一时期比较重要的域外游记散文集有瞿秋白的《饿乡纪程》（1920—1921）和《赤都心史》（1921—1922）、冰心的《寄小读者》（1923—1926）、徐志摩的《欧游漫录》（1925）、庐隐的《扶桑印影》（1922—1923）、孙福熙的《山野掇拾》和《归航》等；单篇游记散文有胡适的《波士顿游记》、成仿吾的《东京》、王独清的《南欧消息》、徐志摩的《翡冷翠山居闲话》和《我所知道的康桥》、李另初的《游俄国见闻纪实》、鲍契胥的《东京——柏林》等。这些游记散文在描述异国他乡风物人情的过程中，字里行间渗透着对于古老中国政治、经济、社会、文化的思考，展现着对于民族、国家的想象。与海外游记散文相比，国内游记散文更为绚丽多彩，胡适的《归国记》、李大钊的《五峰游记》、周作人的《济南道中》、成仿吾的《太湖纪游》、孙伏园的《伏园游记》、王世颖和徐蔚南的《龙山梦痕》、郑振铎的《山中杂记》、郁达夫的《还乡记》与《还乡后记》、朱自清的《桨声灯影里的秦淮河》、俞平伯的《陶然亭的雪》都是脍炙人口的名篇佳作。

这一时期，游记散文文体得以创成。在内容选择方面，包容万物、超越时空，表现着独立个性和率真感情；在形式方面，呈现出无拘无束、自由多元的特征。由于受到古代传统散文和英国随笔影响，游记散文文体趋于成熟，开创现代游记散文的文体新风貌。

在游记散文创作中，呈现出现代知识分子独具的精神特征：一是强烈社会忧患意识。作为"王纲解纽"特殊时期，旧制度、旧秩序如枯草朽木，被革命飓风摧拉殆尽；旧思想、旧观念，在思想文化启蒙运动的狂飙中，如漂泊浮萍，难以立稳。现代知识分子极大摆脱精神禁锢，思想获得空前解放。强烈的社会责任感和历史使命感，使许多现代知识分子面对丑恶的社会现实，忧国伤民意识更为浓厚。他们对黑暗现象深恶痛绝，对民族劣根性充满忧患，对西人蔑视之举愤懑不平，对家国前景满怀忧虑，这一切都渗透于众多现代游记散文的字里行间。二是浓重感伤情怀。在20世纪20年代的社会动荡中，现代游记散文作家陷入梦醒后无路可走的状态，生活颠沛流离，精神十分压抑，感时伤世，难以自已。他们为国家不幸而痛苦，为民众疾苦而怨愤，为个人境遇而悲伤，为无力改变残酷现实而苦闷。悲苦的挣扎和感伤的心曲，交响回旋成现代游记的怨怼哀歌。三是散发传统名士遗风。尽管传统文化遭到冲击，但它始终是一些现代知识分子思想深处的精神寄托，像晚明公安派、竟陵派的名士风范在一部分现代游记散文作家心灵上烙下深深印记（参见范培松：《中国散文史（上、下卷）》，江苏教育出版社2008年版。）。当"五四"落潮时刻，既可逃避现实，又可卓然独立的名士遗风，便在周作人、俞平伯、废名等现代游记散文作家那里得以复活。

现代游记散文繁荣期知识分子的文化选择

1928年至1937年，是中国现代游记散文的繁荣期。1927年，蒋介石制造"四·一二"反革命政变，屠杀共产党人；汪精卫制造"七·一五"政变，对共产党员和革命群众举起屠刀。地方众多派系拥兵自重，各据一方，全国政局极为混乱，半封建半殖民地的社会，使知识分子陷入水深火热境地。众多作家远避海外，如郭沫若、茅盾、邹韬奋、郑振铎、陈学昭、王统照、李健吾、朱自清等作家，或被当局列入暗杀名单，或作品被查禁，为躲避白色恐怖，踏上漂流海外的旅程；另外一些作家亦逃离纷乱世俗社会，寄情于山水自然之间，如郁达夫、钟敬文、俞平伯等；更多作家涌出书斋，汇入逃难流亡人群，饱受颠沛流离之苦。海外旅行记、国内山水游记和战时流亡散记便大量产生。游记散文作品，不仅数量大大增加，结集出版数量之多，亦为此前无法比拟。

海外游记散文作品十分富赡。代表性游记散文集有徐志摩的《巴黎的鳞爪》（1931），郑振铎的《欧行日记》（1934），王统照的《欧游散记》（1937），朱自清的《欧游杂记》《伦敦杂记》（1934），李健吾的《意大利游简》（1936），邹韬奋的《萍踪忆语》（1937）；散文名篇有凌叔华的《登富士山》（1928），陈学昭的《忆巴黎》（1929），庐隐的《异国秋思》（1930），戴望舒的《在一个边境的站上——西班牙旅行记之三》，周作人的《访日本新村记》，倪贻德的《佛国巡礼》等。

国内山水游记散文异常繁盛。较有特色的游记散文集有郁达夫的《屐痕处处》《达夫游记》，沈从文的《湘西》《湘行散记》，钟敬文的《西湖漫拾》《湖上散记》，孙伏园、曾仲鸣、孙福熙合著的《三湖游记》等；单篇游记散文有胡适的《庐山游记》，郁达夫的《感伤的行旅》《钓台的春昼》，许地山的《上景山》，徐志摩的《北戴河海滨的幻想》，梁遇春的《途中》，林语堂的《春日游杭记》，丰子恺的《半篇莫干山游记》，庐隐的《秋光中的西湖》，凌叔华的《衡湘四日游记》等。

  国内漂泊流亡记和还乡记日见繁复。茅盾的《故乡杂记》等，真实表现了中国乡村社会的破败，表达了复杂的心理感受。冰心的《平绥沿线旅行记》，展露的是令人忧愤的社会背景。塞先艾的《车窗外》，目光所及的是"沿途车站上的人类"。丰子恺的《车厢社会》，描绘的是中国社会根深蒂固的不平等现象。郑振铎的《西行书简》，刻画出一幅真实的西北社会图景。郭沫若的《游记第一集》和《游记第二集》、叶紫的《南行杂记》、鲁彦的《旅人的心》等游记散文，以旅途见闻形式，揭露敌伪屠杀人民的罪行，充满对愚昧黑暗社会义愤填膺的揭露、鞭挞与控诉。

  这一时期，游记散文的新特点表达了现代知识分子微妙的心理转向。一是在创作取材上呈现新的取向。海外游记散文对欧美各国的纪游成为主体，大都疏离政治社会现象，主要着眼于对文化艺术方面的介绍和叙写；国内游记散文中，山水游记散文数量和质量都有长足发展，这些散文无论是在文章体制、语言体式上，还是个体风格上，都臻于成熟完善，对整个现代游记散文乃至当代游记散文创作，都产生深远影响；漂泊流亡记和还乡记不断增多，寄寓了作家或悲愤，或孤独，或同情，或憧憬的深广的思想情感内涵。二是在创作体例上系列性游记散文不断涌现。如陈学昭有"旅法通信""法行杂简""东归小志"和"西行日记"等系列作品；小默（刘思慕）的《欧游漫忆》，收录13篇系列游记散文；郁达夫的《杭州小历纪程》包含了"诸暨五泄""诸暨苎萝村""金华北山""兰溪横山""兰溪洞源""龙游小南海"6篇系列游记散文，《浙东景物纪略》则汇集"方岩纪静""烂柯纪梦""仙霞纪险""冰川纪秀"等系列游记散文；沈从文的《湘行散记》则由30多篇船行沅水所见所闻所思的系列游记散文汇集而成。三是在创作手法上实现多样艺术手段的灵活运用和成熟表达。有的将其他文类手法运用于游记散文创作，不断强化艺术表现效果。如沈从文将小说笔法运用于游记散文创作，文本故事奇幻、人物形象鲜明，特别引人入胜；郁达夫将"自叙传"抒情小说的一些手法，诸如场景描写、心理描写、对话描写和故事穿插等，引入游记散文创作，他还特别擅长运用书信体、日记体等体式进行游记散文创作，扩大了游记散文的艺术容量，增强了游记散文叙事、抒情的内在张力；徐志摩将意识流、印象记等多种结构方式广泛运用于游记散文创作，摒弃古文旧制，开辟了现代游记散文新篇；谢冰莹的《在火线上》等游记散文采取"速写式"笔法，抓住典型，突出重点，反映社会问题；胡适的《庐山游记》（1928）以日记体记述他的游踪，在叙写名胜古迹时，常常把考据笔法渗入作品，带来一种理识之趣，以不断强化艺术表现效果。

可以看出，尽管许多知识分子面对现实，不忘使命，刻画了悲惨的现实社会图景，深刻揭示中国社会根深蒂固的不平等，充满对黑暗社会义愤填膺的鞭挞与控诉，但也有相当多的现代知识分子疏离社会、逃避现实，沉浸于纯粹的艺术创造之中，表达了自己追求隐逸、拥抱逍遥的文化选择。

现代游记散文转折期知识分子的精神转化

1937年至1949年，是中国现代游记散文的转折期。这一时期神州大地回荡的主潮是对帝国主义欺凌和掠夺的反抗，"救亡图存"成为包括现代知识分子在内的全体中国人心底最强音。1937年，日军在北京卢沟桥制造七七事变，发动全面侵华战争；历经8年艰苦抗战，1945年，抗日民族解放战争胜利结束；1946年，内战全面爆发。广大知识分子在战乱中或流离失所、漂泊海外，承受内心熬煎；或驻足沦陷区，备尝生活艰辛和精神折磨；或投笔从戎，奔走前线，参与抗战，喷射烈火激情和惊雷愤慨；或进入解放区，感受明朗天空带来的喜悦。游记散文面貌亦出现新的变化和发展，山水游记散文这一文脉大大减弱，而旅行记、访问记、流亡记等其他游记方式获得空前发展。

这个阶段出现大量流亡记、旅行记等游记散文。如朱自清的《回来杂记》，柯灵的《流民图》，靳以的《旅中杂记》，蹇先艾的《行军散记》，叶圣陶的《旅中杂记》，夏衍的《归来琐记》，白朗的《西行散记》，郁达夫的《郁达夫南游记》，范长江的《中国的西北角》等；茅盾的《见闻杂记》《归途杂拾》，以批判性社会分析手法揭露大后方社会的畸形生活；巴金的《旅途通讯》，以旅途中的所见所闻，控诉社会的黑暗；靳以的《人世百图》，以真切情感勾画出世间万相；丰子恺的"避难五记"，满带战争硝烟和旅途风尘，家国情怀贯注全文。这一时期的游记散文，大多疏离单纯对山水风光的歌咏，重在展示人民的生存状况，传达了悲怆苍凉的情感和生生不息的抗争意志。同时，此时期还出现了大量随军散记形式的游记散文。陆定一的《老山界》，肖华的

《南渡乌江》，李立的《渡金沙江》《过雪山记》等游记散文重在追忆长征生活；而丁玲的《三日杂记》，肖华的《前线一日》，蒋牧良的《龙山》，范长江的《万里关山》，草明的《沙漠之夜》，沙汀的《随军散记》等，则以纪实笔法歌颂抗战生活。解放区也出现一批游记散文作品，如杨朔的《征尘》和《西线散记》、刘白羽的《漂河口杂记》、孙犁的《新安游记》等，或描写战场风云，或表达对新生活到来的欢心喜悦，以及对未来的浓浓期许，展示出别样风采。

这一时期，游记散文体现出知识分子在历史条件变化下新的思想转化。一是呼应时代，审美精神出现整体转变。群体意识得到加强，社会功能凸显，作者对政治的强烈关注和依附色彩加浓，而个性意识随之淡化，审美价值趋向明显削弱。二是紧贴现实，"战争类"游记散文创作获得生长发展。身处抗日战争和解放战争的特殊时期，许多作家描写抗日战争、解放战争环境下人民和个体流亡于城市乡村，辗转于前方后方，奔走于人生旅途的所见、所闻、所思、所感的游记散文愈益增多。这些游记散文或直接或间接与民族民主革命战争联系在一起，洋溢着浓重的战争气息，传达了生生不息的抗争意志，表现了或悲怆苍凉，或义愤填膺，或欣迎胜利，或揭露抨击的多重情感。作者的民族意识、民主意识、阶级意识、革命意识、爱国意识、英雄主义意识和社会主义思想意识得到发扬光大（参见朱德发主编：《中国现代纪游文学史》，山东友谊书社1990年版。），个性解放和民族解放、人民解放的精神诉求融为一体。三是反映生活，特殊形态游记散文应运而生。出现大量流亡记、旅行记、采访记、随军记、战地访问记、战地见闻记、战地日记等新的文体形态，这些游记文体随着时代产生，打着深深的时代印记，丰富发展了游记散文体式。

总之，中国现代游记散文在承继传统游记中丰富和超越，在借鉴西方游记中发展与提升，表现了现代中国人在历史变迁和重大社会变革中看世界的心灵图景，展示了独具特色、影响深远的诗学特征和文体追求，涵容了深广而复杂的美学思想。

中国现代山水游记散文审美精神的超越

山水游记散文是作家主体游走于山水自然,以散体文字诗性地将所见、所闻、所感、所思表现出来的一种散文体式,它是人类面对山水自然的心灵映照和生命体验,是人的精神的一种实现形式。本文所称的中国现代山水游记散文,特指 1917 年至 1949 年间,现代作家创作的山水游记散文。它上承中国古代特别是近代山水游记散文资源,下启中国当代山水游记散文的发生发展。缘于它所处的特殊时代背景和思想文化思潮,它体现了与中国古代和当代山水游记散文不同的文化心理和审美品格,表现出超越既往、开辟新篇的鲜明的超越性。

中国现代山水游记散文的基本形态

中国现代山水游记散文,琳琅满目,气象万千。自李大钊的《五峰游记》始,20 世纪 20 年代有郭沫若的《山中杂记》和《路畔的蔷薇》,冰心的《寄小读者》,孙福熙的《山野掇拾》,梁绍文的《南洋旅行漫记》,徐志摩的《巴黎的鳞爪》,钟敬文的《西湖漫拾》等著作,以及朱自清、俞平伯、孙伏园、徐蔚南、徐祖正等名家名作；20世纪30年代则有郑振铎的《欧行日记》，王统照的《欧游散记》，朱自清的《欧游杂记》和《伦敦杂记》，李健吾的《意大利游简》，邹韬奋的《萍踪寄语》和《萍踪忆语》，郁达夫的《屐痕处处》和《达夫游记》，沈从文的《湘西》和《湘行散记》，以及巴金、艾芜、方令孺、袁昌英、胡适、黄炎培、陈友琴等人的游记；20世纪40年代则产生了一批随军散记，如草明的《解放区散记》等，其中不乏景物描摹和抒情。历览这一时期的山水游记散文，大致呈现出：进退失据，沉陷自然与人事的纠葛；感悟自然，归隐宁静温馨的憩园；拥抱山水，融入自然的理想王国三种形态。

（一）彷徨者的心境之困：进退失据，沉陷自然与人事的纠葛

彷徨者，渴望亲近自然，逃离烦闷的尘世，却又不能全身投进自然，忘却社会人生，这就造成现代游走者沉陷自然与人事纠葛的无奈困境。陈望道在《龙山梦痕·序》中，提出他对现代游记的看法："我们的脑中常划然地出现了两个系统：一是自然，一是人事；一是高岩深潭，一是方脸圆话，满地的坟头，满桌的臭菜，以至无尽的粪坑，无尽的牌坊；两者截然的分裂，成为爱和恶的对象，无法使它们相调和。我们酷爱那崇高的自然，同时也痛恶那卑污的人事。"郁达夫在《感伤的行旅》中感慨"江南的风景，处处可爱，江南的人事，事事可哀"；面对充满诗情画意的秦淮河，朱自清心里充满了幻灭的情思（《桨声灯影里的秦淮河》）；置身伟大的长城，冰心却感到难以忍受的压抑"我竟不知道世界上还有个我没有"（《到青龙桥去》）；孙伏园《长安道上》抒写的是自然与人事不可调和的两极；萧乾《雁荡行》

描绘的更是"瑰丽的山水，晦暗的人间"的极端反差。这些都映衬出作家彷徨的困苦和心里的郁闷。

（二）隐逸者的心性指归：感悟自然，归隐宁静温馨的憩园

现代作家因了时代环境的变迁，不可能像古人真正远离浊世，归隐田园，但在苦难现实面前，精神的困倦、思想的焦虑，却驱使他们去寻求宁静温馨的憩园。因此，许多现代山水游记散文中，融入了"妙悟""静观""明心见性""直指人心"等理念。周作人在为冯文炳小说集《竹林的故事》作序时说："我不知怎地总是有点隐逸的。"俞平伯仰慕明人名士情趣，在对待现实的态度上明避暗离，其《湖楼小撷》《芝田留梦记》《陶然亭的雪》《桨声灯影里的秦淮河》等山水游记，把人生当作"清眠不熟的时光"的"不关痛痒"的梦境，只求"一刹那的生活舒服"，表现出以隐逸为特色的趣味主义倾向。钟敬文崇尚冲淡情趣，"几年来虽然在复杂的时代的环境与学说之下，经过了多方的刺激感染，不能再像那时的简单，——只作山林隐逸之思——然一部分消极的独善的野居的梦想，总不时的在我脑中浮闪着"。这种取向在他的许多写景小品，如《残荷》《雨讯》《泛月》中都有显示。现代游记散文作家或在乡间的"两山夹崎的谷里"去寻找"我所喜欢的一切"（心感《乡村》），或者干脆把"安适"的所在看作"只有躺在床上那几小时"（许地山）。冯至认为不仅人皆有佛性，就是一草一木也皆有佛性。他的游记作品，大都在物我化一，人与自然交流而生成的生命的意象的凝定中展现出来。

（三）逍遥者的心魂所向：拥抱山水，融入自然的理想王国

翻开一部中国现代山水游记散文史，不少是现代游记作家融入自然的吟哦。他们以山水自然作为自己的理想王国，远离社会，投身山水、陶冶性情、流连忘返。徐志摩在《我所知道的康桥》一文中说"人是自然的产儿，就比枝头的花与鸟是自然的产儿，但我们不幸是文明人，入世深似一天，离自然远似一天。离开了泥土的花草，离开了水的鱼，能快活吗？能生存吗"；在《鬼话》篇，宣称"我"崇拜自然，"生平教育之校择者，都从眷爱自然得来"。冰心在赴美留学期间，完成《寄小读者》《往事（一）》《往事（二）》《山中杂记》等。冰心把自然视为第二生命，无条件礼赞和崇拜自然。她认为人和自然应该是和谐一体的，她多次在《寄小读者》中写到和自然的关系，"海好像我的母亲，湖是我的朋友。我和海亲近在童年，和湖亲近是现在"。这种自然，不仅是现实的山水自然，更含蕴人类的"童年"的意味。郁达夫在后期游记创作中，痴迷山水，把山水当作"家山""家水"来描写，"人与自然，合而为一，大地高天，形成屋宇"（《住所的话》）或正表达其融入自然的心态。

中国现代山水游记散文的审美精神特征

中国现代山水游记散文与古代山水游记散文相比，体现出主体性、社会性和自由性等突出特征。

（一）寄寓自然的主体性

刘再复认为，"人的主体性包括两个方面：首先人是实践主体，其次人又是精神主体"，"所谓精神主体，指的是人在认识过程中与认识对象建立主客体关系，人作为主体而存在，是按照自己的方式去思考，去认识的"。在中国现代山水游记散文创作中，作家在与山水自然结交的过程中建立起主客体关系，作家作为精神主体出现并表现出力量和价值。事实上，人的精神世界作为主体，相对于物质世界的自然，它是另一个自然，即第二自然。莱辛在批评哥特式的悲喜剧时论道："说哥特式的悲喜剧忠实地摹仿自然，这话也对也不对；它只忠唤地摹仿了自然的一半，另一半则完全被忽视了；它只摹仿现象中的自然，丝毫没有注意体现在我们情感和心灵力量中的自然。"在这里，莱辛把自然分为现象自然和心灵自然。事实上，无视精神主体的文学，是不完整的文学；漠视心灵自然的游记散文，是蹩脚的创作。

郁达夫说："'五四'最大的成功在于自我的发现，人不再是为君、为道、为父母而活着了，而是为自己活着。"在《中国新文学大系·现代散文导论（下）》中，他指出："现代的散文之最大特征，是每一个作家的每一篇散文里所表现的个性，比以前的任何散文都来得强……我们只消把现代作家的散文集一翻，则这作家的世系，性格，嗜好，思想，信仰以及生活习惯等，无不活泼泼地显现在我们的眼前。这一种自叙传的色彩是什么呢，就是文学里所最可宝贵的个性的表现。"可以看出，按照封建伦理的要求，古代作家只能为君、为道、为父母生活和存在，唯独没有自己；古人创作，也摆脱不了传统的"文以载道"的藩篱和文章做法，不可能自由抒写个体本真的情怀。中国现代游记散文，则高扬主体精神,倡导个性解放,肯定自我价值,展示自然人性。不论是周作人的"个人主义的人间本位主义",胡适的充分发展个人独立自由人格的"健全的个人主义",还是鲁迅的"尊个性而张精神"的"本属自由"之"自我",陈独秀推崇的"以个人为本位"的"拥护个人之自由权利与幸福"的"大精神",或是林语堂的"个人之性灵",都以个人作为文化价值的主体。举岱从古今游记散文的比较中指出:"作品的生命,要靠着作者个性的渗透,才能体现。好的游记,不在贪婪于景物的叙写而完全忘却了自己,最重要的,还是要写出自己在新的环境中,所得到新的观感,新的发现,有力的批评。"遍览现代山水游记散文史,游记作家无不体现出强烈的精神主体性和个体性的创作倾向。

(二)寄情自然的社会性

在古代,游记向来是文人寄情感怀,表现脱俗情致的一种文体。古代游记虽很发达,但古人游历范围不如现代人大,游的地方无非是一些山水名胜、亭台楼阁;古人的游记所"记"多是游玩之事,带有赏玩的意味,寄托的情感也比较雷同,多是表达自己的豪迈抱负或不与世俗同流合污的清高气节等。现代中国战火频仍,内忧外患,天灾人祸时时威胁着现代人的生存。"五四"以来的作家,怀着强烈的社会责任感,将目光投向大千世界的众生相,在刻画山水的同时,更体现出强烈的社会批判倾向。郁达夫在与古代游记的对比中论述现代游记:"作者处处不忘自我,也处处不忘自然与社会……写到了风花雪月,也总要点出人与人的关系,或人与社会的关系来。"而古代游记则是"写自然就专写自然，写个人便专写个人……散文里很少人性，及社会性与自然融合在一处的"。这些论述都道破中国现代山水游记散文超越古代游记散文的特点。

（三）寄迹自然的自由性

中国现代山水游记散文作家在山水自然中，寄寓了追求自由的心理追求。

胡适说："'自由'在中国古文里的意思是'由于自己'，就是不由于外力，是'自己作主'。在欧洲文字里，'自由'含有'解放'之意，是从外力裁制之下解放出来，才能'自己作主'。"文学的自由和人的自由在这里被同样对待，"人的文学""活文学"或"真的文学"皆以"自己作主"的自由精神为底色。山水游记散文是一种最自由自在、最不受约束规范的文学品种。这种文类特性，决定了它是一种倾向于心灵的艺术。中国现代山水游记创作中，体现出自由不拘的多样风情，个性凸显的精神放逸和艺术自由营构的相异旨趣。放达和隐逸，狂与狷，叛徒与隐士，体现着不同的人生观和自由度。关心时事、抨击社会、直抒胸臆者有之，郭沫若、茅盾、瞿秋白等为代表；寄情山水、抒发郁闷情怀者有之，郁达夫、庐隐等为代表；钟敬文感谢西湖的雪景所给予的"心灵深处的欢悦"（《西湖的雪景》），徐祖正沉溺于深山古寺的"清寂"（《山中杂记》），徐蔚南陶醉于山阴道上青山绿水"很少行人"的"清冷"（《山阴道上》），这一切，无不令人感受到一种心灵自由的表达。

中国现代山水游记散文审美精神的源流探析

中国现代山水游记散文何以实现上述超越？细致考察，乃源自历史传统、外来影响、时代思潮和现代知识分子的形成等多种因素。

（一）"士"的传统与现代知识分子的觉醒与担当

中国传统文学的主流是"士"的文学。"士"的理想抱负以"立德、立功、立言"为至高境界。以道德完善自我，以文章彰显思想，以功业造福社会，既是中国传统文化对于士大夫所提出的要求，也成为"士"的自觉追求。所以，"忧天下"从来也不是中国"士"一厢情愿的自作多情，而是他们的情感和责任的自觉承担。这种情怀，一经五四运动这场"自觉地把个人从传统力量的束缚中解放出来的运动"，"理性对传统，自由对权威，张扬生命和人的价值对压制生命和人的价值的运动"，"人文主义的运动"的洗礼，便衍生为中国知识分子对于国家、民族、社会的忧患意识。以"五四"时期较有影响的山水游记散文家周作人、冰心、郁达夫、朱自清、俞平伯、徐志摩为例，在新旧转折时代，他们具有许多惊人相似的经历和实践：同样是在"五四"前后出国留学、考察，亲身感受异域文明的气息；同样是出生于19世纪末或20世纪初，直接接受晚清启蒙主义者的熏陶，"五四"风潮前后，都到北京工作过，直接或间接地受到"五四"洗礼；同样是出生在具有深厚国学修养的"书香门第"，自幼受到国学熏陶。关心政治和社会人生，却又难于实现理想与价值；意欲归隐山水田园，却又心有不甘。于是悲凉与拼搏交织，激愤与惆怅相杂，伤感与进取同生，进退失据的矛盾便进入现代山水游记散文作家的心宇。

（二）顺适自然的隐逸文化与现代价值关怀的向度

中国隐逸文化源远流长。孔子有"邦有道则仕，邦无道则隐"的"道隐"论，孟子"穷则独善其身，达则兼济天下"的"穷隐"论，庄子则有追求超然精神存在的"心隐"论。作为一种文化现象和一种人生方式，隐逸成为许多中国人的精神栖息地。从《道德经》中"人法地，地法天，天法道，道法自然"到禅宗的"放舍身心，令其自在"，到儒家的"穷则独善其身，达则兼济天下"等观念，深深影响了中国的隐逸文化，并使中国知识分子集体无意识地隐潜下来。

现代山水游记作家隐逸自然，反映了一部分知识分子对紊乱腐浊的政治生活的有意逃避。"五四"退潮以后，文化上的复古势力和政治上的腐朽势力双重袭来，形势险恶。正如阿英所说："在新旧两种势力对立尖锐的时候，有一些人，虽然也希求光明，但怕看见血腥，不得不退而追寻另一条安全的路。"徐复观在论中国艺术精神时指出："人的精神，固然要凭山水的精神而得到超越，但中国文化的特性，在超越时，亦非一往而不复返；在超越的同时，即是当下的安顿，安顿于自然山水之中。"尽管如此，现代游记散文与古代游记散文的"隐逸"具有诸多不同。古人与大自然有更多的亲密接触，作品表现出一种闲适飘逸的生活状态。而到了现代，由于客观条件的限制，游记散文作家们并不能真的如古人栖息于山水之中。他们的隐逸之地，多是熙攘人潮中的一个宁谧居所，比如周作人的"苦雨斋"，"隐"的外在形式渐次削弱，而更多地向"逸"这一精神内容靠拢，所以，现代人的隐逸更多的是一种"心隐"。另外，现代人的隐逸往往呈现出复杂和沉重，与古代那种隐士所追求的精神境界并不完全一样，往往个性解放意识与消极颓唐意识、"叛徒"意识与"隐士"意识交织在一起，体现了一定的现代性和超越性。

（三）对古典游记本体论的潜在认同与对西方浪漫主义思潮的偏爱接受

古人的山水意识，到了唐代便进入本体论时代，强调人的本体与山水本体的合二为一，达到物我相亲、物我同化、物我合一的审美理想境界。宋代则把我国古代山水纪游文学推上了高峰。在柳宗元的山水观念中，山水的关系已不存在主次之别，而是对应的相亲关系，主客体已融为一体，使自己从形体到心灵都融化在山水之中，以获得心理的平静和灵魂的安宁。这些传统观念都持久深刻地影响着中国游记散文的形成和发展。而异域文化的影响，也对现代游记散文作家以深刻启迪。欧洲"浪漫主义运动之父"卢梭提出"回到大自然"的口号，强调从自然中发现意义，得到灵魂的拯救或灵魂的逍遥。它要求主体，即"人"与自然的根本相互适应，人的心灵能映照出自然界中最美、最有趣味的东西。勃兰克斯在论述雨果和其同时代的作家时说"只有浪漫主义的自然才是他们所珍视的"。这些理论和创作成果都对逍遥者产生重大影响。

中国现代山水游记散文在承继传统游记中丰富和超越，在借鉴西方游记中发展与提升，表达了现代中国知识分子在重大社会变革中，游走山水自然的文化心理和精神诗性，展示了中国现代游记散文独具特色、影响深远的诗学特征和文体追求，涵容了深广而复杂的美学思想，呈现了现代中国人看世界的心灵图景。作为中国文学史的重要板块，现代山水游记散文无论是在思想领域还是在文学领域，都以其鲜明的现代性和文学性担当了不可替代的角色，显示出特殊的重要地位。

游走社会人生的精神镜像

游记散文创作在我国具有悠久传统。古代游记卷帙浩繁，其突出特征是以山水游记为主体，细考源流，则来自中国古代文人心中与"文以载道"并行不悖的"山水情结"。近现代以来，随着封建制度的解体，"父母在，不远游"和"安土重迁"等传统观念在很大程度上遭到背弃，迁徙流转，离家去国，成为许多现代知识分子的生活常态。从世纪初海外漂泊者的殷殷之声，到域内乱世中跋涉者的流离之音，现代游记散文最集中最尖锐地反映了现代人的生活状况和文化心理，体现了独具特色的现代性和社会性，实现了对古代游记的审美超越。

举岱说，"古人旅行，山轿蹇驴，竹杖芒鞋，时时刻刻都拥在自然的怀抱中，所以感觉最亲切的是自然，体味最深刻的也是自然，游记最好的题材便只有自然风景。现代人的旅行却不同了，凭借轮船火车的便利，走遍各地各国的都市；而在大都会中，人的活动常淹没了自然，于是'社会相'又代替了自然风景成为游记最好的题材"。郁达夫在与古代游记的比对中论述现代游记："作者处处不忘自我，也处处不忘自然与社会……写到了风花雪月，也总要点出人与人的关系，或人与社会的关系来"；而"古代游记……写自然就专写自然，写个人便专写个人……散文里很少人性，及社会性与自然融合在一处的"。应该说，这些论述比较深刻地道出了现代游记散文与古代游记的不同。

纵览一部中国现代游记散文史，中国现代游记散文的笔触从山水自然扩大到社会人生百态，表达了现代人在处理与民族、国家、家乡、他人、自身等关系上的种种政治的、社会的、人生的思考和追求。"五四"时期，是中国社会结构、传统文化发生巨变的时期。由于社会急剧变动和文化浪潮的猛烈冲击，游记散文完成历史性蜕变：文字上，以白话全面代替文言；精神上，主体性得到彰显；创作上，承载了强烈的社会忧患意识。1928—1937年间的中国现代游记散文，呈现出新的色彩，作家以各自新鲜不凡的记录，展开对广阔社会生活的深刻叙写。1938—1949年间的中国现代游记散文，伴随着战火与硝烟生长和发展，作家怀着强烈的社会责任感和使命感参与生活，个性解放和民族解放、人民解放融为一体，大量的流亡记、旅行记、复员记散文，表达了现代知识分子沉重的社会责任感和在流寓转徙中对于现实社会问题的特别关注。

冷峻的家国想象、热切的心魂还乡、深陷都市的心理困境，使中国现代游记散文成为栖居大地的审美诗学，呈现出深广的社会性特征。

家国想象：批判与建构的二元哲思

深入研读现代游记散文，我们便会发现贯穿其中的一个重要意蕴特征：游记散文作家在批判与建构的二元哲思中，充满了对民族国家的想象。

英国著名历史学家艾瑞克·霍布斯鲍姆说:"若想一窥近两世纪以降的地球历史,则非从'民族'(nation)以及衍生自民族的种种概念入手不可。"而美国近代思想史家列文森则进一步论述道:"近代中国思想史的大部分时期,是一个使'天下'成为'国家'的过程。"知名学者王一川也指出:"中国形象在整个20世纪中国文学中都具有空前的重要性:作家和诗人们总是从不同角度去想象中国。"必须看到,中国现代民族主义思想的发生是西方殖民入侵的结果。正如日本政治思想史学者丸山真男指出,"在一定的历史发展阶段上,民族以一些外部刺激为契机,通过对以前所依存的环境或多或少自觉的转换,把自己提高为政治上的民族。通常促使这种转换的外部刺激,就是外国势力,也就是所谓外患"。1840年的鸦片战争,使中国从自己的"天下"被迫卷入到了资本主义的"世界"中去。1894年甲午战争的失败,彻底摧毁了中国传统的"天下"世界观。现代中国,战乱频仍,内忧外患,正是在亡国灭种的威胁之下,中国现代知识分子产生和形成了"改变中国"和建立一个"新中国"的想象。因此,民族国家话语便成为这一时期游记散文的核心话语,以现代民族国家想象为核心,批判现实、改造社会、摹画未来,成为一些现代游记散文作家的主体取向。

瞿秋白说,他的《饿乡纪程》不是"旅行指南",是他"心程中的变迁起伏";而《赤都心史》"是心理纪录的底稿"。他出行俄国的动机,有一个很重要的原因就是想要改变环境,"我要求改变环境:去发展个性,求一个'中国问题'的相当解决"。在这里,一方面,瞿秋白在游记中反映出来的最强烈的是对国家衰弱的不满、对丑恶现实的批判；另一方面，则是建立一个强国的想象，他的游记乃是"试摹的'社会的画稿'"。徐志摩在述说他远去法国的目的时，慨然言道，"善用其所学，以利导我国家"，并想"做一个中国的Hamilton"。郁达夫愤"国"愤"民"愤"自我"，常常陷入灵与肉的矛盾之中，"由个人的苦闷可以反射出社会的苦闷来，可以反射出全人类的苦闷来"。他把个人对性的缺失归结到中国社会和国力的缺失上，表现出具有普遍意义的批判情感，同时文字内里流淌的却是对新生活的追求。茅盾的游记，表现了他紧跟时代步伐、关注社会人生的强烈情思，恰如郁达夫所评，茅盾的散文是"行文每不忘社会""使文章和实际生活发生关系"。可以说，"掘墓人"与"建设者"的双重角色系于茅盾一身。庐隐在《扶桑印影》《东京小品》等游记散文中，集中表达了她强烈的忧国之心。茅盾对此评价说："五四时期的女作家能够注目在革命性的社会题材的，不能不推庐隐是第一人。"沈从文的作品则充满对严峻现实的直面与探究："现实并不使人沉醉，倒令人深思——虽生活与自然相契，若不想法改造，却将不免与自然同一命运，被另一强悍有训练的外来者政府制驭，终至于衰亡消灭。"（《湘西》）与此同时，他也有对于改造民族性格以谋求更愉快更长久生存的严肃思考："我们用什么方法，就可以使这些人心中感觉一种对'明天'的惶恐，且放弃过去对自然和平的态度，重新来一股劲儿，用划龙船的精神活下去？。"（《箱子岩》）这里，他把民族国家想象成为有健康人格支撑的民族"共同体"，所以总在寻找这种理想人生形式中思考着民族国家的出路。邹韬奋的《萍踪寄语》《萍踪忆语》和范长江的《中国的西北角》《塞上行》等游记，也都注射进批判的原动力和建构民族国家的心理特征。

必须看到，把个人的价值取向与国家、社会利益联系在一起，自觉担当起对于国家、民族、社会的情怀，乃是中国现代知识分子的价值取向和主体意识。随着五四运动的爆发，"欧西文思"打开文化启蒙的视野，自由、平等、进步等观念深入人心，公共领域的形成造就了一批被称为新型知识分子的文人。余英时谈道："西方人常常称知识分子为'社会的良心'。认为他们是人类基本价值（如理性、自由、公平等）的维护者。知识分子一方面根据这些基本价值来批判社会上的一切不合理的现象，另一方面则努力推动这些价值的充分实现……所谓'知识分子'，除了献身于专业工作以外，同时还必须深切地关怀国家、社会以至世界上一切有关公共利害之事，而且这种关怀还必须是超越于个人（包括个人所属的小团体）的私利之上的。"这也就决定了，批判，乃是现代游记作家保持现代性的秉性；建构，恰是他们的想象空间。

在这里，游记散文作家的忧患和批判，并非消极和颓废，而是一种悲凉与拼搏相织的情感，一种激愤与惆怅共存的英气，一种破坏与建设同在的进取精神，这大大超越了传统文学"悲士不遇，忧生之嗟"的个人主义狭小天地，而倾注了对灾难深重的祖国和贫穷不幸的民众的热切关注。决定现代游记散文质的规定性的乃是现代社会意识和审美意识。这为游记散文注入了全新的理性的活力，引导人们对社会人生作深度的思考，在中国现代民族国家的创造和建构中发挥了重要作用。

怀乡情结：现实和精神的双重指归

怀乡，是流动在现代游记散文中的一脉强烈情感。

考察中国现代游记散文，怀乡主要体现于现实还乡与精神怀乡两个维度。

现实还乡。许多游记本身就是作家对故乡的游历，如茅盾的《故乡杂记》、郁达夫的《还乡记》和《还乡后记》、叶紫的《还乡杂记》、李辉英的《还乡记》、何其芳的《还乡杂记》、沈从文的《湘行散记》和《湘西》等，字里行间都是对故乡风土人情的描绘、对沧桑变迁的感慨、对以故乡为缩影的国家社会的批评与关注。

精神怀乡。这里有对故乡的苦恋：吴伯箫真情对故乡倾吐，"我无论漂泊到天涯，还是流落到地角，总于默默中仿佛觉到背后有千万条绳索紧紧地系着，使我走了一段路程，就回过头来眺望你一番，俯下去想念你一番，沉思地追忆关于你的一切"；钟敬文向故乡倾诉，"田沟里游泳着的小鱼，丛林中自生着的野草，山涧上涌喷着的流水"，"无一教我对之而不爱"；唐弢在《故乡的雨》《海》《人死观》《堕民》《怀乡病》等游记散文中，则是深切独语，"经常出现在我脑膜里的是：平原，小河，碧树，远山，我生着怀乡病，懊恼当初不留在乡间"。怀乡而成"病"，这几乎是一种符咒般的故乡情结。

这里有对故乡的沉迷：李广田如此自我表白，"我是一个乡下人，我爱乡间，并爱住在乡间的人们"（《画廊集·题记》）。沈从文如此坦言，"曾经有人询问我：'你为什么要写作？'我告他我这乡下人的意见：'因为我活到这世界里有所爱。美丽，清洁,智慧,以及对全人类幸福的幻影,皆永远觉得是一种德性,也因此永远使我对它崇拜和倾心。'"(《篱下集·题记》)正因为如此,在湘西系列散文中,作者用饱蘸感情的酣畅笔墨来抒写风景优美动人、人性舒展自由、人神和谐共处、人与自然融洽默契、人人皆按着命运的安排,从从容容地将日子过下去的故乡,"——从整个说来,这些人生活却仿佛同'自然'已相融合,很从容的各在那里尽其性命之理,与其他无生命物质一样,惟在日月升降寒暑交替中放射,分解"(《箱子岩》)。湘西,已成为沈从文为现代人建构的精神家园与心灵故乡。

这里有对故乡的矛盾情怀:一边是为了追寻真理或改变命运义无反顾地远行,一边是频频回首的望乡;一边是对精神理念的追随,一边是最基本的个人情感欲望;一边是求新求变的出走,一边是求稳求安的回顾;一边是理智上对故乡的批判,一边是情感上对故乡的眷恋。种种矛盾,使现代人承受了巨大的心理压力,现代游记由此呈现出复杂的情感特征。

精神怀乡,还有一种状况,那就是回归内心的"原点"。怀乡,在有些作家那里,已不仅仅指对于地理意义上的故乡的思念,还包括一种回归人类"原点"的反省和追求。冰心游记散文的"童年"切点,事实上就是回归人类精神的童年;沈从文、李广田为代表的一批作家在自己的创作中,极力追求与讴歌人性自由、人神共处的和谐境界,其终极目的也就是要为人类寻找到精神的家园与心灵的栖息地。

"怀乡"何以成为中国现代游记散文的重要主题?

首先,怀乡,是人的集体无意识。人类总有一种追寻本根的倾向,柏拉图的理念、普罗提诺的太一、黑格尔的绝对理念,无一不作为这种追寻的形态而存在。本根是永恒的在场,现代哲学家把本根称为"家""家乡""故乡",于是有了"还乡",以及由此引申开去诸如"流浪""游牧""在路上"等形象的说法。海德格尔十分强调精神生命的原点,他称作"源泉",说是"还乡就是返回对这源泉的接近中"。德国哲学家诺瓦利斯曾经说过一句名言:"哲学就是怀着永恒的乡愁寻找家园。"显然,在这里,人类存在着一个永不消逝的"故乡情结"。

其次,怀乡,源自中国现代作家的乡村背景。从地理乡土的意义上说,现代文学的发生与中国从乡土社会向现代城市的转轨是连在一起的,因此,绝大多数现代作家都有一个乡土背景。由于中国长期是农业国家,以农为本,以家为本,所以,乡土观念作为一种传统观念牢牢制约着中国现代游记作家。鲁枢元曾经深刻论述故乡的意义:故乡是一块自然环境,是天空、大地、动物、植物、时光、岁月;故乡是一支聚集的种群,是宗族,是血亲,是祖父祖母、外婆外公、父亲母亲、邻里乡亲、童年玩伴、初恋情人;故乡又是一个现下已经不再在场的、被记忆虚拟的、被情感熏染的、被想象幻化的心灵境域。正是这种乡村背景的存在,现代作家在漂泊四方、到处流浪的生涯中,才会苦苦寻觅心中的故乡。

再次,怀乡,离不开时代的境遇。中国现代游记散文的发生发展时期,是中国社会大变动大裂变的岁月。对社会的关注始终吸引着游记作家的目光,游记散文与社会现实的联系难分难舍。从离家去国、漂洋过海探求真理,到背井离乡、奔赴疆场追寻光明,现代游记作家的步履始终追随着社会政治思潮与求变求新的内心愿景。"游走"总是指向外在世界和陌生未来,"怀乡"却取向过去和内心世界。游走中的漂泊不定与内心的希求安宁,奔波中的挫折孤寂与回望中的温情暖意,理性认同的西方文化观念与积淀血液的传统文化心理,这一切的内在冲突,必然造成一种张力。这种时代境遇也就决定了"游走"与"怀乡"的矛盾,贯通整部中国现代游记散文史。

现代游记作家的怀乡情结,注重回归内心的体验,超越了古代游记单一的怀乡情感,熔铸进深广的社会性和现代性因子,表达了现代人的普遍追求,丰富了现代文学的内容,体现出独特的价值。

都市困境:内心和外在的两相观照

城市是现代文明的典型体现,是现代文化的集聚地,融汇了现代社会形形色色、林林总总的众生相。城市万象随之纳入现代游记散文作家的审美视野。

"五四"时期,瞿秋白、郁达夫、徐志摩等人穿行都市,锐笔叙写都市的病象。《饿乡纪程》,记载了瞿秋白从北京动身,经过天津、奉天、哈尔滨、满洲里等城市的行程见闻。在作家眼里,每个城市都充满丑恶、混乱、肮脏:沿路的荒凉,车站的嘈杂,日本兵的嚣张,警察的作弊,红胡子的为非作歹,劳工的困苦,人民的苦难。郁达夫的《感伤的行旅》,一连写到三处江南名城:上海、苏州、无锡,三地的风景各不相同,旅行者的心绪却是一样的哀怨:"江南的风景,处处可爱,江南的人事,事事堪哀"。徐志摩笔下的北京城,弥漫的是"死亡的气息"(《死城》)。孙伏园眼中的洛阳城是"只有王爷与妓女"的杂乱不堪(《山阴道上》)。朱自清《温州的踪迹》中则有只值"七毛钱"的生命价格。茅盾游走中的上海,则充斥着国难中的众生(《车中一瞥》)和一边是工商凋敝,一边是纸醉金迷的畸形与病态的殖民地特征。外在丑恶,内心堪哀,这一切都落到作家的笔端。

20世纪30年代,"海派"游记散文作家刘呐鸥、穆时英、施蛰存、叶灵凤等人,则以上海人的眼光和心态展开都市叙写。他们将现代都市作为独立的审美对象,视野瞄向的是大戏院、赛马场、夜总会、摩天大楼等洋场文化的都市意象。在"海派"作家都市文化透视下,都市,以物质主义的冷酷、功利主义的浅薄、享乐主义的无耻消解着人生的诗意与神圣,以与"五四"作家不同的另一种视角诠释了都市文化和作家的心灵体察。

与"海派"作家身为"都市人"的角色迥异,"京派"作家沈从文、废名、芦焚、李广田等人,则是从穷乡僻壤流浪寄寓在北京都市的"乡下人"身份。由乡村进入繁杂的都市社会,冷漠的城市鄙视他们,严酷的环境给他们造成无形的压抑,他们或是被城市严酷的现实碾碎了梦境,如沈从文、芦焚;或是与城市格格不入,为孤独所裹,如何其芳、李广田。因此,他们的游记散文呈现出不可调和的文化心理。一方面,对城市充满幽怨、蔑视;另一方面,内心压抑、苦闷。这使他们的游记散文寄寓了许多处于都市困境中的独特体验。

他们中,沈从文的游记散文更具有标本意义。沈从文对"城市""城市人"的不满与对故乡的眷恋,形成一种城乡对峙的情结。他强调都市的罪恶,揭示都市人的狡猾势利、冷血无情和贫苦人的生活窘态,同时内心充满对乡村的向往和对自我的反省。在他的眼里"城市中人生活太匆忙,太杂乱,耳朵眼睛接触声音光色过分疲劳,加之多睡眠不足,营养不足,虽俨然事事神经异常尖锐敏感,其实除了色欲意识和个人得失以外,别的感觉官能都有点麻木不仁";他感慨"我们活到这个现代社会中,被官僚、政客、银行老板、理发师和成衣师傅,共同弄得到处是丑陋";他判定"的的确确,都市中人是全为一个都市教育与都市趣味所同化","一切皆显得又庸俗又平凡,一切皆转成为商品形式";他决绝地表明与"城市中人"的势不两立"永远不能同城市中人爱憎感觉一致",也公开显示了他对"城市中人"的蔑视,在他看来,"城市中人"的善恶观念是在"狭窄庸儒的生活里产生的";最后,他得出的结论振聋发聩"城市中人都忧郁孤僻不像个正常人"。在对都市进行不遗余力的批判的同时,沈从文又不忘以生花妙笔,建构他理想中的湘西世界,以实现寻觅精神家园与心灵栖息地的终极梦想。

  美国学者费正清认为,中国文化中一直存在着对立的两个传统,即"面海的中国"的"小传统"与"占支配地位的农业-官僚政治腹地"的"大传统"。前者表现为"城市海上"的思想,后者则表现为"占统治地位的农业-官僚政治文化的传统制度和价值观念"。自近代开禁以来,"小传统"渐次获得生机,并日益改变被支配的地位,由"边缘"向"中心"位移。传统的思想观念、价值判断、生活方式在坚守中受到冲击,新兴的社会形态带来的金钱至上、道德失范、人性异化问题日渐显著,正是处于这样一个时代转折时期的现代游记作家,因陌生而现惶恐,因异己而生敌意,因悲悯而怜众生,因思拓新而行针砭,因愤怒而诉纸笔,其复杂微妙的心态注定使他们深陷心灵困境。

  现代游记散文作家的都市叙写,对引起20世纪中国结构性变化的现代都市，有了持续性、多侧面的传达。"五四"作家对都市的理性审视和批判，"海派"作家对都会人性的体察和书写，"京派"作家对都市病态的抨击和对内心困境的描绘，形象地反映出20世纪初期都市的风貌和现代人的情感体验。尽管现代游记作家对都市的描写，大多停留于局部的、经验式、符号化等现象层面的描摹，不能以都市文化哲学的文化悖论思维展示城与人的无限丰富性与悖论性，但毕竟开辟了中国现代游记散文的新境，为强化人们对现代都市文化和都市人性的认知，进而影响人们变革世界的心理，具有不可忽略的意义。

评《中国现代诗歌意象论》

意象是中国诗学的一个基础性命题，也是诗歌区别于其他文学样式的独特呈现方式。国家社会科学基金项目优秀成果、王泽龙教授的《中国现代诗歌意象论》(中国社会科学出版社)的出版，从意象的视角，第一次展开了对中国现代诗歌全景式的系统性专题研究。著名新诗研究专家孙玉石先生评价，"这一成果在现代诗歌艺术研究方面，具有开拓与深化的领先性质"。王泽龙教授十多年来一直潜心于现代诗歌形式本体问题的研究。早在1995年，他的诗歌研究专著《中国现代主义诗潮论》就在中国现代诗歌研究领域引起了广泛的关注，该书打破了以往现实主义一统天下的整体诗歌格局，最先对中国现代主义诗歌进行整体形式研究，为中国现代诗歌研究拓展了新局面。著名诗人兼诗歌理论家袁可嘉先生曾发表专文，评价该著作"标志着对中国现代主义诗歌潮流的研究正在走向深入、全面和系统性的探讨，意义重大"。

《中国现代诗歌意象论》(以下简称《意象论》)一书，以缜密的求实态度与开阔的当代视野，从历史与美学的联系、理论与创作的结合，对现代诗歌意象进行了富于创见的研究。该著在诗学论部分，以现代意象诗学的发生发展过程为线索，以群体或有代表性的诗论家为中心，进行了现代意象诗学的系统总结与阐释。在发展论部分，在对诗歌意象文本的阐释与现代意象艺术的探讨中，总结思考中国现代诗歌意象艺术在现代性建构中的历史嬗变规律与特征，发现不同群体或有代表性的诗人在现代意象艺术探索中最有价值的贡献。比较论考察了中国现代诗歌与中国古代诗歌意象艺术传统、与西方现代主义诗歌意象艺术的关系，论析了现代诗歌意象艺术在化用民族传统与西方现代艺术过程中形成的民族化的现代性特质。《意象论》分别从诗学理论、艺术流变和比较定位三个方面，建构了一幅完整的中国现代诗歌意象的知识谱系，形成了一个从理论背景到发展过程，从诗学范畴到创作实践，从感性体悟到规律寻绎的全方位的整体性观照。

历史与审美的双重视角是该著的另一大特点。《意象论》的三个部分始终贯穿着对诗歌意象传统与现代性特征的考察，我们从中可以清晰地看到现代诗歌改造古代诗歌意象传统、接受外来影响、逐步获得现代性意象新质的历史嬗变轨迹，这种历史的描述既旨在还原历史的本真原貌，又具有重新认知传统的现实价值。著者把每一个时期的意象诗学理论和意象艺术特征分别论述而又相互参照，尽可能完备地囊括所有的重要史料，从而形成史的框架和意象的理论体系。著者的精心梳理与辨析中，蕴含了对中国现代新诗意象总体历程的全局性反思。其历史描述和价值判断既蕴含观照现实的理性力量，又有着丰厚深邃的历史感。

著者在《意象论》引论中指出："诗歌的本体性研究应该主要是文本的研究，只有在此基础上形成的理论概括或规律总结才能有说服力。"著者对现代诗歌意象宏观历史阐述中，始终与对具体诗歌文本深入细致的解读相结合。在具体论证中，既能高屋建瓴、居高临下，又能深入透彻、阐精发微。著者将中国现代意象诗学与意象艺术看成是一个多元共存的整体，将各种类型和倾向的诗学理论和流派诗人对意象的选择都放在这个总体格局里进行参照，尽可能详尽地评价各家的理论价值，实事求是地指出其理论的历史局限，显示出著者睿智的学术眼光和史家的理论品格。《意象论》从意象诗学与意象艺术历史嬗变的研究中，提出了一些创新的概念和命题，这些创新的概念和命题具有科学的范畴性意义，体现了著者自觉的诗学理论建构意识，这是我们当代学术研究中最为需要的学术精神，对盲目搬用外来概念的学术殖民倾向是一次有实践意义的反驳。

在场

批评作为一种生活

现代人的彷徨、隐逸与逍遥

一个人和一座湖。

一座宁静的湖，一个求取宁静的人。

好美一座湖！一两个好友，在这里听风、观雨、烹雪、煮茶、钓月、洗耳、踏冰、奔跑，春湖潋滟、静夜苍茫、秋月洗心、冰湖微火，真是一个独特的存在。

这湖是自然自适的所在：夜色一寸一寸铺满水面，像竹节虫，满怀忧郁，弓背前行；像春蚕食桑，伴随着沙沙的节奏感，黑就从湖那岸一点一点地移过来。鹧鸪鸟飞进了湖边的草丛里，长腿鹤的白羽渐渐变得凝重深沉，浅水藻中的水鸭子，也归巢了。真是万物随性，自然畅宁。

这湖是安然自在的所在：日色渐暗，打在水面上的光慢慢变冷，直到倏忽钻入水中，成为黢黑的一团；飞鸟归林，落叶杨的树枝上停满了黑乎乎的生命，巢穴里幼鸟嘤嘤；红尘隐退，喧嚣落幕，万籁俱寂，虫子发出悠然的鸣唱；渔舟横斜，渔歌唱晚。好一派平和胜景。

这湖是超然自由的所在：站在湖边，视线可以看得很远，所有葳蕤的绿植，都隐没了去，不再成为眼睛的阻碍。面对一座开始结冰的湖,面对一片曾经浩渺如今沉默的大水,会想起许多人,也会想明白许多事。滚滚红尘在远处,此处仿若超然台。

这湖是偶然必然自足的所在:一座湖,在你生命的途中,与你相遇。与一座湖对视,与一座湖座谈,到湖边去,去听听夜色,听听大水,生命自会有另一番景象。每个人的身体里,都有一个湖泊。那一个湖,时而静谧安详,时而云诡波谲,时而热潮澎湃,时而一潭死水。每个人都是这个湖泊的上帝。站在云蒙湖边,可谓天地静美,内心素净。

然而,这湖不是世外的桃花源、乌托邦。它的对应物,分明是城、是红尘、是人世。

"在城市里,除非窗前凝眸,我们很少能够看到夜色渐变的过程。即使有闲暇,倚窗遥望,那闪烁的华灯也等不及黑色铺满就亮了起来。在湖边不这样。"这是景色迥异的另一个参照的世界。

"所有葳蕤的绿植,都隐没了去,不再成为眼睛的阻碍,就像那些夏天的烦恼的琐事,都消失得无影无踪,不会再成为心的挂碍。"这里的他者无疑隐现着现实人事的纠葛。

"一年的浊音入耳,红尘塞耳,耳朵里灌满了太多世俗的靡靡之音……太多的浮躁的会议、太多火气旺盛的训斥、太多铺天盖地的资讯,都会让我们喘不过气来、耳背耳沉,甚至让我们每天成为故意装聋作哑的人。"这个或是沿湖夜奔,或是湖堤孤行的人,这个仿若完全融入自然的人,在独钓湖上雪、淡然面湖月的内里,却原来藏着两个字:"逃离。"

黑格尔言"神是自然与精神的统一"。人原本来自自然,归于自然,与自然同源同构。然而自然身上又呈现着人的本质力量,它一旦进入人的视野,经过主体接受和创造性转化,便又成了"第二自然"以及"心化""诗化"的自然。当人类面对自然,那书写也便成了人的精神对自然的改写,其中寄寓多少情思?

面对自然,或是踟蹰彷徨。渴求亲近自然,逃离烦闷尘世,却又不能全身心投进自然,忘却社会,这就造成许多人沉陷"自然"与"人事"纠葛的无奈困境。现代作家钟敬文的《西湖的雪景》《太湖游记》超尘脱俗,但其内心却也时时被现实纠缠:"既生而为人,和周围的环境,便不能不有休戚与共的自然关系。我们的时代,是醒觉与争斗的时代了!即使真的有那与世不相涉的桃源,容你去逃秦,你也许不易把心情宁静下来吧?"而郁达夫下兰溪、走宜兴、临平登山、屯溪夜泊、方岩纪静、烂柯纪梦、仙霞纪险、冰川纪秀,迷恋于富春江的奇山异水、桐居山上的名胜景观、鱼梁渡头的乡野情趣、谢氏西台的幽谷妙景,沉醉于陶然亭的芦花、钓鱼台的柳影、西山的虫唱、玉泉的夜月、潭柘寺的钟声,对块然纯粹的自然满怀兴味,但又不能忘却世间苦难。现实的苦痛,归隐田园的意愿,使他们徘徊在山水与人事之间。

面对自然,或是心向逍遥。庄子的"天地与我并生,而万物与我为一",道尽人与自然和谐交融的境界;"逍遥于天地之间,而心意自得",传达了多少中国文人孜孜以求的自由情怀。在现代作家徐志摩眼里,"人是自然的产儿,就比枝头的花与鸟是自然的产儿","只要你单身奔赴大自然的怀抱时,像一个裸体的小孩扑入他母亲的怀抱时,你才知道灵魂的愉快是怎样的","体魄与性灵,与自然同在一个脉搏里跳动,同在一个音波里起伏,同在一个神奇的宇宙里自得"。"你的愉快是无拦阻的逍遥",或可表达诗人游于自然、融于自然,脱却人间烟火的精神状态。而在冰心童年一般的瞳仁里,"海好像我的母亲,湖是我的朋友,我和海亲近在童年，和湖亲近是现在"。大自然的一切，上自美妙的天光、明月、秋雨、冬雪，下至山峦、花木、大海、瀑布，都闪烁着美妙、神奇、诗意、灵性的光彩。山水自然激发作家情感，作家赋予山水自然以人格，作家身心完全融化于自然，并在自然之美中神思畅游，从而达到一种人情物景和谐交融的美的境界。

面对自然，或是归于隐逸。隐逸之途，源远流长。孔子有"天下有道则见，无道则隐""君子之道，或出或处，或默或语"的隐思，孟子则有"穷则独善其身，达则兼济天下"的隐志，"竹林七贤"又有身居林泉、人格豪迈的隐怀。隐逸葳蕤，时光绿地上生出了身居朝市的"大隐"，遁入丘樊的"小隐"，暂"留司官"的"中隐"，还有隐于酒、隐于苦茶、隐于"壶中天地"的园林。现代的俞平伯倾心仰慕明人名士情趣，对待现实明避暗离，《芝田留梦记》《陶然亭的雪》《湖楼小撷》，岂不是一阕阕"隐逸"的诗。废名的"桃园""菱荡""小桥""竹林"，则无不渗透着不为境移物扰，直指本心，追求顿悟、适性自在的禅思理趣。也正是抱着归隐的人格诉求，王世颖游览放生日的东湖，"要在尘嚣中找出干净土来"；心感则到"两山夹崎的谷里"寻找"我所喜欢的一切"。现代多少人即是如此流连忘返于山水之间，在对自然的体悟中感受个体生命的意义，做着顺适自然、称意而发的心绪表达。

这《湖边书》又是如何诠释人与自然的关系的呢？

"在湖边，人成为湖的一部分，像一条鱼、一只鸟，一个走兽，一根野草。血壁上的脉动随夜色消沉，渐渐平静。生命的呼吸与湖水的呼吸成为一个频率，吞吐着风雨，也吞吐着天地。"这莫不是融入的逍遥？

"整个冬天，朋友借居在这里，像一只冬眠的熊。之前他在灯红酒绿的城市里高谈阔论,每天端着酒杯在欢场上晃来晃去。这么一晃,就晃出去了三十年;这么一晃,就晃到了五十岁……但他却觉得,他什么也没有。他徒步来到这里,面对一座湖,住下来,借湖而居。每天里与一片大水谈心、与一带长堤为伴……一个冬天,他掐断了网络,与外界失去了联系。大雪封湖的季节,他在湖边的泥土里雪埋了一个秋天收获的红薯、白菜和萝卜。"这字里行间散发的不正是隐逸的气息?

"生命中常有许多这样的时刻,安详、欢乐或苦痛,在那一瞬,突然静止,又无限放大,扬起情感的海啸,铺天盖地而来,让人变得无比脆弱、激动、心潮起伏。""一个湖心岛,之所以如此吸引人,因为它是孤绝、安全、恐惧、寂寞、进退维谷、左右逢源的。"心灵终究不能逃离尘世,进退失据,出世入世,多少彷徨在其里!

赏《湖边书》,读作家心语。面对纷杂时事,他不愿委曲求全,警觉地保持与社会的疏离,清新淡远的山水是其心向往之的理想空间,自然湖泊自成安顿灵魂的精神家园。是如此地执着而鲜明:独立于世俗红尘之外,在彷徨中对残缺现实抱以批评乃至否定态度;独立于趋同之外,对流俗行为警觉地保持疏离;独立于内心世界,对回归自然、回归自由、回归真实、回归逍遥,怀有强烈的内驱冲动,葆有自觉的热切追求;独立于清澈旷逸文本的创造,柔性表达对纷杂社会的清醒认知与反抗、对美好事物难寻的伤逝与叹惋、对自然湖泊暗蕴的诗情哲思的惊喜发现与真诚相拥;凝之于文学创造,便是在从从容容、去急去躁、不温不火、亦张亦弛的叙述中,充满对存在的现实追问、对遮蔽的不舍质疑、对人类终极取向的温润坚持。正是因了作家人格基于"觉醒"和"发见",

从而成就一种现代"隐逸人格",即独立自由的主体性人格。

原来那出自古代文人心灵深谷、缓缓流经现代人思想高坡的一脉清凉,依然汩汩流淌于当代中国人的血液,浸润为集体无意识的基因,此去无所止,涌动而不歇……

月华朗照,世事不息变迁。

静湖尚在,终究或为桑田。

当代人垂钓,钓钩上不再是柳宗元的寒江雪。

眼前的云蒙湖也毕竟不是孟浩然的云梦泽。

西湖落雪、太湖升月、湖楼曾小撷。

钟敬文、俞平伯的背影远矣。

小乔,站在未来回眸这个时代,我们唯一的选择是超越!

乡土地理与平民情怀
——李登建散文片论

近年来,散文创作呈现多元并存、繁荣兴盛的局面。在这块杂树丛生、百草丰茂的园地上,山东作家李登建以他的乡土地理建构、平民情怀抒写独树一帜。他热切而冷峻的目光始终凝视着梁邹平原,默默关注着故乡那些卑微而崇高的生命存在,为平原、为故土、为农人、为民族泣血而歌,其精神复调苍凉深沉、摄人心魄。

梁邹平原:李登建着力建构的乡土散文地理

美国文学批评家勃姆林·加兰曾经指出,"艺术的地方色彩是文学生命力的源泉,是文学一向独具的特点。地方色彩可以比做一个人无穷地、不断地涌现出来的魅力"。在这里,勃姆林·加兰强调的地方色彩主要应指特定地域自然地质禀赋、气候环境条件以及长期形成的精神文化等在文学作品中的呈现。法国艺术评论家丹纳也提出,种族、时代与地理环境是决定文学的三个要素，可见一定时代环境下的地理因素和民族文化对文学的影响。俄国文学评论家别林斯基则认为，影响一个民族特性的"一切原因之原因"就是"气候与地点"；普列汉诺夫也说"任何一个民族的艺术都是由它的心理所决定的；它的心理是由它的境况所造成的"。在这里，他们都强调了地域对民族特性和历史文化进而对文学创作具有的特殊作用。事实上，特定地域及其文化对文学的影响，不仅作用于文学作品的描写指向和创作内容，更作用于作家的精神气质和文化心理。由于作家出生或经年生活于这个特定地域，并长期接受该地域自然环境、风土人情、信仰习惯甚至方言土语的熏陶濡染，从而形成与之相对应的文化心理结构，经由作家有意识地深入开掘和创造，从而生成和固化为对应于实体性特定地域的文本性文学创制，呈现为一个鲜明独特的"文学地理"。在这个"文学地理"的"独特的世界"中，作家不仅描绘独特的地域特征，而且延伸描绘人的独特生命状态和生活形态，进而对经验世界进行独特阐释，并展开民族精神文化处境的想象，从而向读者传达作者的世界观、德性取向和价值立场。在我国当代文学中，莫言的高密东北乡、张炜的胶东大地、贾平凹的商州、周同宾的中原、王宗仁的青藏兵营等，都具有这种独特世界的特征和样态。阅读李登建的散文，我们可以强烈感知到他在创作中着力建构他的文学地理，并以对鲜明地域文化的体认和心灵体验，为当代文学创造出了一个"乡土散文地理"：梁邹平原。

梁邹平原是李登建的故乡。故乡意味着什么？"故乡是一块自然环境，是天空、大地、动物、植物、时光、岁月；故乡是一支聚集的种群，是宗族，是血亲，是祖父祖母、外婆外公、父亲母亲、邻里乡亲、童年玩伴、初恋情人"。正缘于此，已经告别故乡的现代知识分子,才会苦苦寻觅心中的故乡——那方魂牵梦萦的土地。特别是当他远离故乡日久,或是遭遇人生坎坷,陷入精神的困顿、困境时,被时间和空间阻隔的故乡,便被记忆虚化、情感美化、想象幻化,成为温暖无比、美好无限的精神憩园和心底最柔软的地方。一根揪扯不断的肠子拴牢对故乡的思念。望乡、忆家、引颈、怅惘,成为他们定格的精神形象。

李登建的散文中不乏对故乡梁邹平原的美好书写。他将平原的博大、深广、温厚、安详、神圣、庄严,故土的春、夏、秋、冬,沉默不语的桥、塘、埂、路,蓬勃生长的草、树、禾、稼,尽数收入故乡记忆。"春风抚摸过平原,夏雨滋润了平原,这时候平原变成一张巨大的温床。泥土松软、潮湿,散发着淡淡的芳香;河流、沟渠密织如网,潺潺流水乳汁一般甘美。"(《平原深处》)"到了盛夏,受了充沛的雨水的滋润,绿在膨胀,平原深陷在无边的绿里。一块一块青纱帐田、稻谷田拥挤着,简直插不下一根别的颜色的针管,广阔的天空却为树们所独有,它们柔软的手帕挥动起来就像大朵大朵的云絮在自由地舒卷";"……刚才那啄破蛋壳的鸟儿的羽毛般的树叶儿,还被柔柔的阳光舔着,黄嫩嫩、湿淋淋的抖不开,一转身的工夫,一切全绿了,绿在到处流,在往远处铺,往高里垛,漫长冬天留下的灰烬、废墟,以及那遍地盐碱屑般的残雪,都给这绿轻轻地吞掉了"。(《站立的平原》)而"越往平原深处,你越骇异:八百里大平原竟是波澜不惊,呈现一派古朴、和谐、安详之美。就连它的声音也那么平和、柔细。谛听平原,叫你不酒而微醉……"(《平原深处》)到了黄昏,大平原上"银铸的支架被晚霞烧化了,太阳滚落下来,且由固体溶成液体,淌满整个平原。河谷里涌流彤晖,缓坡上荡漾彩浪。

大片大片的玉米、高粱如同红树林，株株茎干镀铜、叶子镏金；谷穗烁烁闪亮，似是才从钢水里捞出，低低地垂着；豆荚壳映得橙里透明，果实的颗粒越发珠圆玉润，连簇簇盛开的棉花也笼了一层迷人的红晕……"（《村野晚景》）作家将深切炽热的情感倾注于梁邹大地，这里蕴含着他的童年忆念、少年梦望、青年爱恋，其中可能更多是因身处现代城市备受钢梁铁柱压抑从而汹涌喷薄的对纯粹生命、纯净人生、纯洁生活的皈依和向往。

如果乡土散文只是描绘特定地域的外在自然风貌或民风习俗，则仅仅只是触摸到乡土文学这颗硕果的外皮，而未抵达它鲜美的内核。茅盾曾在《关于乡土文学》一文中论述道："关于'乡土文学'，我以为单有了特殊的风土人情的描写，只不过像一幅异域的图画，虽能引起我们的惊异，然而给我们的，只是好奇心的餍足。因此在特殊的风土人情而外，应当还有普遍性的与我们共同的对于命运的挣扎。一个只有游历的眼光的作者，往往只能给我们以前者；必须是一个具有一定的世界观与人生观的作者方能把后者作为主要的一点而给与了我们。"在这里，茅盾深刻论述了乡土文学深度写作的要义在于对人类命运挣扎等普遍价值的叙写，进而揭示了作家的世界观、人生观对于乡土文学的重要意义。陈仲义认为，"没有源于故土乡民真挚的情感和血缘于那块土地的生命感悟，纵然再有精巧的风俗画，仍未能在根上找到乡土的真谛"。我们看到，李登建没有止步于单纯田园风貌等外在物象的抒写，没有像当下有些所谓地域散文一味浮光掠影、描山画水，甚至涂脂抹粉，而是以现代意识烛照故土现实，透过传统田园风光射向故乡地理内在的现实和意蕴，努力还原梁邹平原人们的生存现状，发掘故乡农人的精神内蕴和民族灵魂，追寻现代精神人格的建构，进而开启照亮人类心智的灵光，实现了地域文化空间的现代穿越，为我们呈现出一幅幅独特深刻的梁邹平原人生图景。

梁邹平原的"意象"在李登建这里被人格化为一个"父亲"的形象。在《我的梁邹平原》里，他写道："不，不要用'她'指代这块土地，'她'字与这块土地还不十分吻合，应该换成'他'！"他心中的梁邹平原是"一个面色黧黑的北方汉子的形象"，"他阴郁着脸，身上黑黑的肌块沉默着，显得有点疲惫和苍老。但是他的骨骼却瘦硬而强健，眉宇间透着一股倔劲儿，使你相信他不是那种轻易服输的人，跌倒了，咬着牙他也要向前爬。"可见，这乃是一个备受苦难、不屈不挠的硬汉形象。秋天，收获的季节，他"谦卑地低垂着头颅"，"把喜悦深深埋在心底"，"不会说不会道"。这又是一个朴实厚道、木讷谦卑的憨汉形象。在"哺育了一茬庄稼、被禾苗吸走了养分和水分"后，他"大片大片灰暗的泥土裸露出来"，"躺在那里喘息，粗重、微弱，好像再也没力气支撑了"，但熬过残酷的冬天，第二年春天他又"汹涌绿波漫过田亩"。恰是一个战胜死亡、坚韧顽强的壮汉形象。当自然灾害袭来，"旱和涝这两个恶魔轮番践踏着平原。风灾、雹灾、霜灾、虫灾则是趁火打劫的行家里手，瞅准机会就在平原干瘪的肌体上撕一块肉，扯一层皮"，但"平原无声，沧桑但却平静，好像这里从来不曾发生什么，或者什么都无所谓；抓一把泥土还是温热的……今年遭灾看来年，小麦歉收还有大豆，是土地就呼唤种子，该播种的时候他又毅然接过农人的期望"。这分明又是一个阅尽沧桑、宽厚奉献的好汉形象。当然梁邹平原的"意象"不仅包含大地，还延伸到生长其上的树木、春草、田野、河流……那些树是生长在"异常贫瘠，盐碱很重，地下的水苦咸苦咸"的土地上，"身上多凸起一个个丑陋的瘤包，或者梢头往往过早地枯干，叶脉里的液汁也比别处的苦涩。但是它们却不逃奔他乡，它们祖祖辈辈在这儿繁衍生息……一代一代在这儿根猛往深里扎，去吮吸那苦咸苦咸的养分，这特殊的养分化为它们体内不竭的热血，使它们的骨头变硬"。（《站立的平原》）这是何等的倔强而坚强！那庄稼则是熬过旱、闯过涝，又不得不经受如狼似虎的蚜虫、螟虫、甲虫、黏虫、猿叶虫、食心虫……的吃肉、吸血、啃骨、吞噬。但它们"却不肯认命，要改变这命。它们挣扎，抗争；困惑，无奈；痛苦，忧愁；悲伤，愤怒；失望，绝望……"，它们"不喊苦，不叫屈，连一句抱怨都没有，它们最大的渴望就是活下去……"这是怎样的弱势而刚强！当然，梁邹平原的形象并不主要在人格化的平原叙写，根本就是对那些生活于其上的活生生的人们的生存状况、人生境况、生命状态的另一种形式的还原。他和祖父、父亲、母亲、叔叔、哥哥、黑伯、老磨爷、二郎哥、顺子……几代人的苦难史、挣扎史、抗争史、奋斗史，凝成一个父亲形象。父亲形象在《千年乡路》中得到最终塑成："我的父老乡亲一百次被绝望击倒，又一百零一次像泥水里的庄稼棵子，经过痛苦、艰难的挣扎、抗争挺了起来！他们什么都不再怕，连死都不怕了，看淡了，还有什么能摧折他们活着的信念？他们仍朝朝夕夕、月月年年，不怨天不尤人地从这条路上奔向召唤他们的原野，那无比广大的后土。"至此，梁邹平原不再仅仅是一块物化的地域性平原，而被诗化为承载着乡土历史、现实和精神的心灵性平原，"平原"与"父亲"叠化为一体，作为一个隐喻符号，指代了梁邹平原上的父老乡亲，熔铸了勇敢、顽强、坚韧、斗争、吃苦、奉献等民族精神品格。阅读李登建的散文，不论是他的《礼花为谁开放》，还是《黑蝴蝶》《黑火焰》《黑阳光》《平原的时间》等几部散文集，我们发现作者都生动叙写了梁邹平原上发生的乡土历史，通过对梁邹平原人们生存状态和生命形态的理解憬悟，以生命深刻体验现实存在，意欲以此建构现代文化人格和社会价值伦理，昭示跋涉在乡土中国建设路途上的人们，并由此推出梁邹平原这一乡土文学地理世界。

梁邹平原这一文学地理的独特性在于，第一，它是实体性地域的独特存在；第二，李登建以散文文体不仅叙写了这块土地的地理情状和风俗文化，而且超越既往乡土散文，记录了生活于其上的农民的生存状态、生命形态和建构现代文化人格和价值伦理取向的深入思考，视角的平民性和批判性，认知的深刻性和超越性，使梁邹平原成为精神性地域的独特存在；第三，使梁邹平原成为具有获致广泛认同的独特存在。作为一名卓有成就的散文作家，李登建集中叙写梁邹平原的系列散文250余篇次被《散文·海外版》《散文选刊》《新中国六十年文学大系·散文精选》等权威书刊转载，曾分别获得首届齐鲁文学奖、第二届泰山文艺奖，山东省第六届、第九届"精品工程"奖，中国作协重点作品扶持选题等，业使"梁邹平原"闪耀在当代文学的灿烂星空。正如著名评论家张清华所论："李登建执着于对大平原神韵与气质的发现与描绘，不再停留于一般性的风俗场景与人物事件的点缀与点染，而是充满了历史、人性、命运与精神的思考，乡村的苦难与温馨、愚昧与宽容、贫瘠与富有，一切感人的生命形式，在一个更成熟也更有耐心的思考者眼里，都已然融化于一起，成为一个诗性的生存世界。"

平民情怀：李登建的身份认同

中国乡土作家伴随现代社会的发展从乡村社会步入城市，所以他们都共同拥有一个乡村背景。由于长期以来乡村社会与农耕传统的紧密相连，农人生命与土地的不可分割，致使安土重迁、心念故土的文化心态，成为中国人的元意识。又因为乡村社会聚族而居的历史文化传统习俗，孕育了以男性血缘关系为纽带的宗族制度，致使怀乡总是指向强烈的家族归属感，满盛无尽的精神满足情。乡村社会往往与童年的记忆和经验连在一起，正如丹纳在《艺术哲学》中所说，"一个民族永远留着他乡土的痕迹，而他定居的时候越愚昧越幼稚，乡土的痕迹越深刻"，"对于孩童，那物件的实用的合目的性仍是陌生的：他拿未熟悉的眼睛看一件事物，他还具有未被沾染的能力，把物作为物来吸收"。一张白纸般的童年心灵，最易于深刻铭写对世界最初的印象，因此，每个人心中都潜藏一个"童年经验"，从乡土出发的人们对乡村的怀念往往与童年追忆密切相关。所以，恋土恋家叠合的"怀乡情结"，成为中国乡土作家的"集体无意识"。

但是，细究中国乡土散文作家的身份认同，又各不相同。有的散文作家将自己的身份认同为离开乡村的知识分子，其农人的身份模糊不清；有的尽管离开乡土成为城市的知识分子，但他们坚定把自己定位为农民。李登建生在农村，长在乡土，后来又离开故土进入城市。从户籍上他已经成为城市知识分子身份，但是从本质上、情感上他具有结实的农民"情结"，他总是以梁邹平原的"儿子"自居，他具有知识分子和农人双重角色。在《村野晚景》中，他是"一位叫李登建的作家"；在《我的梁邹平原》中，他也是"借出差的机会从平原上走一遭",任"芳香的彩浪柔柔地拍打"车轮的城里人。但他宣称,"西装革履包不住我骨头里的土腥气,至今我还保留着许多乡下人的生活习惯和习性",甚至写作时"常常使用家乡的土话"。他与故土乡亲血脉相连,心心相通,"庄稼、树木和杂草绿了又黄、黄了又绿,我的情绪也一会儿好一会儿坏;老牛拉着铧犁,拖着疲乏的腿脚,农人佝偻着腰,肩荷重负从我眼前走过,我背上也仿佛压了块石头"(《我的梁邹平原》)。他的确是离开了故乡,是"童年少年的伙伴中"唯一的,但他的心留在了故土,他深情倾诉:"这实在不是我逃避农村的生活,也不是对我吃苦耐劳、如牛如马的父老乡亲的叛逆","我深深地依恋我的乡土,我一直以为农民是最伟大的、最可敬的人"。面对已经离开乡土的现实,他以滴血的心和嘶哑的喉喊出至情至性的心声:"不管它美还是不美,不管它稻谷飘香还是荒歉年景,也不管它是洒满阳光还是风雨击打,我都无法不热爱这块土地。我是它的儿子,它是我的根","我知道,不在这块土地上耕耘已是大不孝,就让我做一个歌者,为平原父亲泣血而歌!"(《平原,走来了你泣血的歌者》)正是作为梁邹平原儿子的身份认同,使他对平原故里和乡亲怀有感同身受的深切情感,他的散文不仅以沉痛之笔描写梁邹平原上农人生活的疾苦,而且总是以平民情怀展露生命关怀,赋予其乡土散文以尖锐的深刻体验和触心之痛。当然,作为现代公共知识分子,他也能够以知识分子的视野审视故土,在对乡土葆有深刻的体验、体察、体认基础上,以理性态度认识故土和村民。

李登建的笔触探向处于社会最底层的农民,笔笔展现农人生存的艰辛、苦涩、无奈、无助、希望、失望、欢乐、痛苦。其中,有不少篇什重笔叙写劳动的繁重。劳动是人类赖以生存发展的前提和基础，劳动对于人类自身应该是满足其需要的美的过程，但特定情况下，劳动产生了异化力量，农人超负荷的劳动不是他们自由发挥自己的体力智力，创造自由幸福的生活，而是肉体受尽折磨、精神遭到摧残。在《岁月完成了对父亲的雕塑》中，年深日久的劳作把父亲雕塑成了一座"完美"的农人的形象，这个形象却"身上很少还有完好的'部件'"，已严重扭曲，显得很"丑陋"。《无言的平原》也描述了这种超负荷的劳动已不再是轻松快乐，它的重压使农人的肉体变形，一代又一代农人轮回似的身形变化："又一代农人在平原上滚了几十年，滚着滚着变了模样，变成了另外一群人，原先挺拔的腰杆弯了，走路咚咚响的腿一瘸一拐了，臂膊上的肉疙瘩干瘪了，手僵硬如老松树枝子，黑亮的头发早就像一把霜打的枯草，脸面一色的土黄。"不仅如此，沉重的劳动也扭曲了农人的心灵、性格。《一场"战争"爆发得没有来由》中的父亲和母亲突然粗暴地攻击对方，究其原因，就是超大负荷的劳动使他们变得性情暴躁，因为一顿饭演变为猝不及防的争斗；《岁月深处的那个角落》中，勤劳而苦命的母亲老是一副忧郁、阴沉的表情，"一生也没改换了这一色调"；爱马如子的于老三不堪生活的重负，性格极度变态，驯马竟至于"往死里抽，往死里打"，仿佛一头凶残的野兽（《于老三》）；体魄瘦弱的叔叔历经三十多天出工"挑河"的恶战和两天百里推炭的苦旅后，竟变成一个懵懵懂懂、痴痴呆呆的人（《矮小的干草垛》）；在《平原的时间》里，沉重劳作中的农人们已全然麻木了，"只看到他们躬着脊背，脸朝下，趴在地上。过半天站起来伸伸腰肢，然后蹲下又半天不见挪动"，愚钝的知觉已经感受不到时间的运行，

"他们被一点点风化成泥土也浑然不觉"。同时,出于生存的需要,农人们又"热爱"劳动,慢慢形成了依赖劳动、不劳动浑身不自在的习性。然而农人再热爱劳动,再勤劳,却难以改变命运。李登建还以怜悯之心书写农人同命运的抗争,农人意图改变命运却又难以改变,改变不了仍要改变,但最终改变不了的悲剧结局。黑伯因为多子,几十年也没从穷窝里挣脱出来,死后才轻松了,脸上才"总算有了笑容"(《黑伯》);祖父家境困窘,怕别人笑话,便不与人交往,不苟言笑,以保持着一种可怜的尊严(《祖父的尊严》);剃头匠顺子则用讲笑话驱遣心中的悲苦(《爱说笑话的剃头匠顺子》);在《羊将军》中,绝迹了的"二赖子"又出现了……无助与希望,困苦与抗争,其中蕴涵的悲情悲壮使人怦然心动。可以说李登建的散文不仅浓缩了梁邹平原上父老乡亲的生命体验,而且展示了中国农民的心路历程和精神特质。

李登建不仅记录了原乡人的生活,而且再现了由梁邹平原向城市延伸的农人们极力"挤"进城市但被城市拒绝的遭遇,他的笔墨依旧不改沉重。《短工市》中短工族们找不到活干,被"闲散的等待"折磨得心神不宁,生存的压力使他们期盼"出点力气","当雇主把他们带到场地,一见那庞然大物似的沙子车、石子车、石灰车或者煤车,他们简直就像瞥见舞动的红绸子的西班牙斗牛场上的公牛,眼里充了血,两臂胀得发烫,嗷嗷叫着扑过去。他们干起活来很凶狠,仿佛是怀着满腔的仇恨,同敌人展开殊死搏斗","他们痛痛快快地滚一身泥土,又痛痛快快地以汗洗身。他们尽情地释放着肉疙瘩里的蛮劲,也尽情地释放着心头的重负。对他们来说劳动真是无比的幸福"。悲悯、同情、无奈与焦虑溢于字里行间。《沉默的泥水匠》中质朴的乡人,为城里人建设了高楼大厦，却受到城里人的歧视和冷漠，没有谁理他们，"在这个喧闹的世界上，他们已经不习惯使用语言了，他们慢慢地哑了，"满纸弥漫浓重的压抑气氛。《他们得在墙上靠一靠》在描述农民工装修的过程中，展开他们各自无依无靠、处处受欺的经历的抒写，"是的，他们得在墙上靠一靠"的结尾，表达了深深地同情、自责和理解。《享受清晨》《礼花为谁开放》等散文，更是以对比的手法表达了对不公道世情的愤懑。乡下人为了生存，天不亮往城里赶，"破衣烂衫裹紧了身子"，"只顾闷着头向前拱，颇像一群鞭影驱使的黑毛驴儿"，而城里人却为了健身，穿着跨带背心、运动短裤等名牌运动衣出城锻炼；"礼花"本是由稻花、麦花幻化来的，可是普通劳动者却没有观赏它的权力，在除夕之夜市委宿舍区礼花落尽之后，从乡下远远奔来的母子二人为捡拾到了成堆的空礼花箱子而欣喜不已。其中寄寓的情感和思考令人叹惋唏嘘！

当然，作为公共知识分子，李登建在怀念故乡美好、对故土现状进行冷峻描摹、对乡土社会苦难和民众不幸深深同情的同时，还进入故乡父老幽微的内心世界，展露了乡土农人人性的弱点和一些丑陋的方面，对故土文化与乡民精神进行含泪品评，对改造故乡未来、实现社会的公平正义平等进行痛切想象，其中体现的公共知识分子对启蒙国民性的使命意识，对唤醒社会民众的责任意识，对改变现状的主导意识，使他的散文具有了更具启迪性、深刻性的价值意义。

生活深处的打捞者
——序吴锦雄文集《雄心》

写作,是人类对须臾流逝的时间恒久亦有效的对抗,文学作品因此成为作家铺展心绪安放心神的生活秘境。

锦雄的这本文集,融理性思考、情感倾诉、故园乡愁等人生体悟与经验为一体,既有日月初升般的祥和宁静,也不乏风暴莅临时的奔腾波涌,更兼具心灵思索的韵律,有动荡不安,有悲欣交织,亦含蕴对真理的追索,对信念的持守。他的视野阔远,表达真挚,语言质朴与诗性共存,时而将读者引入身临其境的文学现实主义,同呼吸共体味;时而又为读者铺陈出想象维度内的诗意境遇,令人遐想与远思。而这些纷繁富足的艺术呈现,无疑是作者精神的深度思考与文学的真切经验充分杂糅而成,是作者对这个危机不断又生机盎然的世界,对瞬息万变又恒久长存的、饱含无尽财宝又泥沙俱下的生活海洋,最深情地打捞。

一个作家的文学境界,取决于其思想的深度与广度。思想的深度决定其作品的内在含蕴,而其思想的广度,则决定了作品的视野与格局。

作为文艺评论家的锦雄,其文本内无不常常透出思考的光亮:"当一份感情已经脱离理智的驾驭,反而驾驭了理智","当所有的岁月与忧欢的故事滑过生命的琴弦,我不知道这是不是绝唱,但我相信,这是我生命中最美最真的曲调"。这是作者在《真爱无缰》中对情感的理解与诠释,面对世间最为繁复的情感,他的表达既有下意识地感悟,又有精神习惯上的思辨,而正是这样感性与理性的相融,使得他的作品始终充溢着多彩而起伏的韵律:

"一方面,我们渴望在困境时有着患难与共、肝胆相照、风雨同舟、相濡以沫的相爱相依;另一方面,我们又渴求极度自由,海阔天空,自在悠在,相忘江湖的淡泊漠然","选择是每个人的权利,而一旦选择了,忠贞就成了爱情的保护神,离开忠贞,爱情就显得无助。当忠贞已经不在,爱情必然埋灭"。

人人都在渴望爱的坚固与恒久,而作者在《爱情就是一个玻璃杯》中,冷静而笃定地将爱的真谛揭示而出,无助、矛盾、犹疑、易碎,而这样的揭示恰恰也将爱,这人世间最为令人牵动心魂的主题阐释得真切而淡静,更将"情深不寿"的吊诡,这偈语般的古语之意,做出了更深切的释疑,同时更为爱镀上了一层梦幻似的微光,必要在冒险中求得玫瑰般的安逸,这些无数不由人所驾驭的灵魂历险,谁又能说不恰恰是每个生命所为之久久追索的呢?

作者所悟远不止此。关于生命的存在,作者将其视为一个旅程:"生命本身就是一个过程,一切都要过去,像那些花,那些流水。如果我是花,我要为人间留点余香,如果我是水,我要洗涤去俗世中的些许污浊。"因为一切都会消失,这稍纵即逝的生命,因这必然的消失,陡然具有了哲学意义上的精神气质,甚至连梦境也显得如此意味深长:"善良有时也有狰狞的面孔,恶毒却往往穿着华丽的衣裳。翅膀会因断折过而更顽健。振翅掠过这黑暗的荒原⋯⋯。"

思索的惯性及其对人思想的启迪,显然带给作者对世界丰富的理解与认知,而这对文学创造而言,正是弥足珍贵的精神资源。唯有如此,我们的创作才会有无穷的主题、视野与角度,甚至可以说,这样的思考本身就仿佛一个作者的精神故乡,在那里有无数我们取之不竭的文学宝藏。

说到故乡,每个人都会刹那心生万千情愫,作者文集中另一个不可忽视的情感主题便是对故园的深切情感。日夜流淌的榕江边那故乡神奇神秘的山水、"喂养我长大"的香甜的稻米、"平平凡凡,没半丝狂澜,细细长长的就像雨中的紫丁香,绵长而深邃,幽幽地溶入了我的血液"的父爱、"一条老麻绳拉出一串串湿漉漉的故事"、"漫山遍野的绿草,我那永远饥饿的老水牛"⋯⋯故乡在作者心中,显然已经远去,但却以"渺远的牧童的笛声""一张模糊的旧照片""一口难忘的古井水",层层迭迭,此起彼落,并永远在一个"背着故乡的泥土远行的游子"的生命与灵魂中化为无限蓬勃的乡愁。

乡愁,浓得化不开的爱,而爱,因其驳杂深沉的情感属性,则寄托了作者信仰般的思绪,并藉由爱,作者体会着生命与生活的无限与真谛,正如斯宾诺莎所言:去爱永恒无限的东西吧,可以培养我们的心灵;亦因此而值得我们以全力去追求与探寻。从相遇,到别离,"这世界已经是情感荒芜的时代","越过坎坷的山峦;跋涉过清凉的溪流;走过漫山野花的山坡",人作为万物之灵,却仿佛永远漂泊于人生之路上,而"我知道,你正在倚门静待我漂泊的归期"。爱如草原,爱如沃野,爱是爱人炽暖的怀抱,指引为爱而生的心灵:"某个美丽的黄昏或清晨,我会如一匹奔跑的野马,再次窜进你温柔的草原,让你的期盼荡起惬意的笑脸。"这些美好如月夜独白的心境,迷醉如霞光升腾的瞬息,令文本呈现出浪漫主义的理想之光,个体经验经由文学的洗礼,从而升华为情感的普泛性意义,犹如玫瑰绽放时的香郁,引人共鸣。

玫瑰,爱怎么能离开玫瑰呢,"某个露珠摇曳的清晨,再次献上带露的玫瑰和殷诚的十四行","我将期待你的归来,期待玫瑰绽放的春天","你是我此生唯一许下有关玫瑰诺言的人,无论多少的风风雨雨,我都将用我一生的柔情覆盖你的田野",作者爱的世界里,亦如一盛开着"神喻般命运",以及在命运中许下的玫瑰诺言,此刻的爱与玫瑰,已然成为一种生命中承载人性的温暖与崇高,犹如马尔克斯永不凋落的玫瑰:我愿意用我的眼泪灌溉玫瑰花,以花的刺痛来感受痛苦,以花瓣来回忆亲吻。毋庸置疑,马尔克斯的一生,以及他的作品,均有为爱而忘我的重要精神属性,而这同样说明,丰富博大与深邃的爱,于作家的生命及精神而言无异于毕生的双重滋养,是人性中最为纯粹的深刻需求。

尽管如此,作者的视野与情怀仍在不断有着更多的拓展,有着自觉的对身处世界的多角度多维度的精神突围,比如在他笔下有"大地亿万年的精灵的化身"的玉,有"花看半开,饮酒微醺才的人生妙境",有"在岁月的岸边,我用诗歌打捞生活的碎片,在诗歌的世界,我用生活做诗歌的拼图"这样生动而唯美的对生活的打捞与拼接,在此情境之间,作者的精神渐渐远离俗世喧扰,从而向一种可遇不可求的孤独之境趋近,在那里,他显然已经体悟到更多，因为此在的孤独在作者笔下，早已不是某种情绪与情由，而是一种心境更是一种情致，甚至是"超异的能力及理想"，自由而悠长。

事实上，文学中的每个人何尝不都是对生活的打捞者，在喧嚣的生活海洋里打捞文学的宝藏。时光辽阔，万物丰茂，生命的繁复与灵魂的多维，着实令每个作者对文学有着无穷之追索与渴望，这渴望时而使人深感自己的渺小与无力，而更多时候，则带给我们真实而恒远的力量和指引，让我们于凡俗之生活中觅寻生活深处的打捞者——那个时光深处的自己，并任由自己感动于那些贵重的刹那与瞬息，犹似法国诺贝尔文学奖获得者杜伽尔所言：生活就是一种绵延不绝的渴望，渴望灵魂的不断上升，渴望生命变得伟大而高贵。

乡村叙事的美学策略
——谈姜贻斌的《火鲤鱼》

如同在文本内对真与假、生与死等惯性思索的执意颠覆，姜贻斌同样一反小说惯习的叙事结构，以及事物发展之下惯常的修辞规律，相信文本的意义在于对小说创作体系上的无限探索，从而以此结构出《火鲤鱼》弹性阔达的文本空间，既饱含了时间与存在的深度，亦拓展了叙事的无限性，营造出日常经验所无法抵达的美学旨趣，使文学本身除去文字之外的理性活动，具有了视觉效应。

比如对节气的安置，对民谣象征的应用。节气作为民族文化中特有的时间与季节的节点，是年轮流转的暗自韵律，民谣更是乡村的脉搏，二者于此处美美相承，成为小说的结构主题与内里的悠远气蕴，更兼具一种文本的形式美，繁复而纯粹，将一个村落在时代更迭中，众生所散溢出的阵痛、迷惘、荒寂等铭刻人心的东西，传达得浩荡丰富。

一个普通的南方小村，村中俗常的家长里短、三亲六故，无外乎婚丧嫁娶、生老病死、悲欢离合，而在作者笔下，这些无数同样的村落，每天都在发生的芝麻谷子的生活常态，无不焕发出一种别样的光晕，熟悉中凸显着陌生的审美快意，中国乡村中既有的一些元素，于文本中得到深入探索、挖掘，同样的主题，却阐释出更为勇敢的层面，呈现出文学作品中颇为值得深思的精神气象，不仅包容了对乡村生存态势的思考、对时代变迁的审视，也揭示出文本作为文学作品意义承载的本体所要必备的突破的必要性与重要性。

罗曼·罗兰在评介自己的小说作品《约翰·克利斯朵夫》时，这样归纳自己对生命的认知，他说他的主人公约翰·克利斯朵夫："每个生命的方式是自然界一种力的方式，有些人的生命像沉静的湖，有些像白云飘荡的一望无际的天空，有些像丰腴富饶的平原，有些像断断续续的山峰，我觉得约翰·克利斯朵夫的生命像一条河。"而渔鼓庙的邵水河，果然就是一条河，这河边的每个人，都如克利斯朵夫的生命，指引读者从文本层面走向作者的精神深处。

作者格外注重细节的描述，以写意般的手笔，诗意而生动地描摹着一幅乡村图景。不息不止的邵水河，奇幻瑰美的红鲤鱼，沉默的渔鼓庙，河边的沙洲，日夜流淌的民谣，作者将自我启蒙的心灵经验，诉诸一种神秘的世俗体验、日常的生活图景，因此便具有了超现实主义的美学符号意义。同时，作者将自身对世界的思索，寄予一种具有哲理化的隐喻之内，故而小说中的人物、情感、山水、树木、歌谣，均于平凡的生活中，仿若获得新生。

节气的从容流转，仿佛作品气韵的递进，将读者轻易引入一个预设的语境之内。这语境有作者的身心体验，亦有作者巧然虚置的概念，总之这是一处绝对异于普通乡村的视觉场景。作者力求真实叙说生活里一干纷繁的人物，出走成谜的水仙和银仙、瞎掉的三国、溺亡的伞把、含恨葬身异乡的雪妹子、小彩、杀人的哭宝和车把、被杀的娘和村长及老八等，令人想起智利诗人聂鲁达说过的，"有时候生灵就像玉米，从过去事情的无穷谷仓中脱颖而出"，这些谷粒似的人们，承载着作者关于生死存亡的全部思考和对乡村人物的代言。

对爱的永恒书写，对希望的刻骨眷恋，对人性的深度考量，从来即是文学作品的恒久指向。作者藉由一个村落于时代中不言而喻的跌宕命运，将几代人于历史变迁中的生命与心灵结构，以文学的形式呈现出来，使一个人的个体经验，陡然具有了宏大叙事的精神内涵，这既是对历史的解构，亦是对文学叙事的一种解构，或者说是一种乡村叙事的书写策略，无疑更是作者有意而为之的美学书写意义上的刻意追求。

《最后的乡贤》：有意味的指向
——评《最后的乡贤——郭连贻传》

乡贤，指乡里有德行有声望的人。古文献中有"乡先生""乡达""乡老""乡绅"等同义称谓。乡贤文化是中国文化独特领域，与地域、方志、姓氏、名人等文化有着密切联系，但又葆有自身独特内涵价值。质言之，乡贤乃是底层民间文化人。每个地方似乎都生存着这样的草根文人，他们作为传统文化传承者，扎根民间乡俗沃野，啄取泥土呢喃成春，道德学问为人称道，可遇可师可近可亲。他们有立场、有操守、有学养，以令人钦佩的智慧、执着和辛勤，孕育一个地方的文气，引领这方土地的人们在文明进程中行走，映照着一个古老民族艰难前行的身影。

李登建的长篇散文体人物传记《最后的乡贤——郭连贻传》，记录的就是这样一位乡贤。郭连贻，齐鲁大地偏僻山村简陋土屋里的一位老人，一个从未受过规范教育的乡野之人，仅凭民间野生随性自在的"记问之学"，历经人生繁复起伏，最终成为"学识渊博的乡野儒师"。不仅在方圆百里几乎妇孺皆知，而且《中国书法》曾在辟"现代名家"时将其与赵朴初联袂推介，山东省政府敦聘其为文史馆馆员。他情怀高洁、儒雅仁厚、颇有君子风范；他才学卓异、甘于寂寞，保留隐士遗风；他饱读诗书、遍览文史、博考经籍、研精覃思，赋诗填词、勘史研志、撰写小品、校注古诗，成就一时传奇。正如人们感叹的："朝有贤相、野有高人！"

李登建历时三年，以一个为文者巨大的虔诚、审慎与敬仰，将郭连贻的传奇一生描摹得真切质感、疏密有致。多难的童年，顽皮的少年，战乱纷扰的青年，屡受打击的中年，泰然深厚的老年，命运多舛，沧桑历尽，终至弥足淡泊，通透致远。在无尽难捱的岁月里，老人把痛苦、愤怒、孤独隐忍于心，拼力在命运倾轧和人生夹缝中找到一种生存方式，既保留一份自尊以慰藉心灵，又对加之于身的种种厄运做出无声反抗和蔑视。这不由令人想起印度教典的经语"不去思想未来，并由衷地凝视现在，于永恒地自我认同而生活，对其他一切视而不见"。若无如此心力情智，何以会于岁月颠沛、时光流离中，赢得命运的最后垂青。最为人敬畏的，却是隐于老人虚怀、古雅、博学、慈悲背后使命般的文化担当与赤子般的家国情怀。饱经厄运以至八旬高龄的郭连贻迎来生命中迟来之春，老人却并未因生活改观而满足于一己之逸，从心系国家命运到关切黎民苍生，从揭示林林总总文化乱象到率范聚集文化群体，他以真正的文人风骨、道义良知，捧出一位长者的血肉之心，以此将"乡贤"的意义，阐释得极致而深刻。老人的一生，仿若一卷徐徐展开的动态长轴，深沉复华彩，激越复繁芜，淡静复悠长。

不仅如此，作者的锐笔没有停留于对传主个人成长故事的描绘，而是向着纵深场景掘进，将笔触深深切入人的内心世界，淋漓展示其内心的冲突、灵魂的挣扎、性格的被扭曲变形。年轻时的清高自负，乃至桀骜不驯，历经一次次沉重打击、艰苦磨难，就变得谨小慎微、畏首畏尾。身处的时代错乱，脚下的文化泥泞，使行走中的旅人满怀血泪和屈辱、充满搏斗与抗争，凝结的是许多现代中国知识分子特定年代遭际的缩影。事实正是如此，只有在时代发展中，努力开掘人的内心，发掘特定人文环境和历史传统对于人的精神影响，进而开启照亮人类心智的灵光，方能实现文学的根本价值。

从文本意义上，《最后的乡贤》也塑成散文体人物传记文学的范例文本。这当是作者的一次有益的探索，它既不同于散文的自我表述，即以自我为主体的天马行空，亦不同于许多报告文学的以被书写者为主体的作者的相对隐匿，而是将两者有机而妥帖地契合在一起，既清楚透彻地将人物对象的一切予以呈现，又兼顾文本表达的文学内涵，在客观表现的公共理性中，恰切遵从文学语境的正当性，呈现作者的生命实感，将史与实、史与人、"情真"与"事信"、想象与纪实彻底重组，焕发出独特的神采魅力。这里可见作者独具的艺术匠心和深厚的文学功力。

乡村在消失，最后的乡贤背影正从地平线上凸显出来。我们正以一日千里的乡村萎缩完成着纷繁告别，告别被工业了的土地，告别放弃故乡远行城市的孩子，并最终告别一种文明、一种延续了几千年的乡村生态、一种关乎村庄命运的传奇。这是颂歌还是挽歌？是对古老文明的追寻，还是对现代化进程的反思？《最后的乡贤》，于今天、于时代，于是便另外有了格外深沉的意义。

难能可贵的文学质地
——谈月沉蒹葭的散文创作

这是一组关于乡村的书写。

作者对乡村风物从观察到省察,细腻而深情,单纯而斑斓,平实中夹叙杂糅,既是对乡村生活的多角度描摹和呈现,又不难读出作者对乡村精神、自我心灵的倾听。这倾听无疑暗合了文学的属性,俗常的生活因而具有了生存之外的意味,生命亦从生物性存在进而获得上升,被赋予精神性意义。

古语云,一乡一俗,一湾一曲。作者生活过的故园乡村,给其烙上深刻的印记,因此作品中才有了真实生动的花鸟蝉鸣草木风声,有了四季轮转的村庄记忆,这些与生命息息相关、不可分割的内在蕴含。与村庄最为接近的是人的童年。对每个人而言,童年是生命原初的铭记、精神原始的启蒙,更是一个人面向未来的精神基础与走向。在文学创作中,童年于人于文的影响更为深入鲜明。恰恰是童年略显蒙昧的记忆,影响着作品的本质与深度。

在作者笔下,童年的麦田与河水,死去的小羊和乖顺的弟弟,树林、菊花、云彩,这些村庄的铁证,超越了日常意义的概念,凝成一片土地对童年建立的永恒主题。巴尔扎克说，童年是一生最美妙的阶段，那时的孩子是一朵花，是一颗果子，是一片朦朦胧胧的智慧，更是一种永远不息的生活。对于文学，童年乃是一个人一生取之不尽的灵感之源。

如果说童年是离村庄最近的，那么诗意就是离童年最近的，童年本身就是生命不可复制的诗篇。作者的文本有着明显的诗歌韵味、淋漓的诗性表达。诗意令生活中的事物更温润，诗意如水，在文本间滋养着文字的根脉。"那些蒿们，就这样一棵棵一篮篮被引领到炊烟淡袅的村庄""风不紧不慢挪着碎步抵达村庄，掠过栽了花树的巷子和天井时略一迟疑，衣袂轻翩里那媚眼的流转便一丝一丝将鼓胀的花苞挠得躲闪着咯咯地笑""你可知道，你的衣衫在吹过院墙的风里一闪，南窗北窗之间，所有哑然的枝梢，霎那锦绣"。诗意仿佛村庄隐秘的乐曲，人处其间时或不辨其意，离开回眸，似更洞见村庄的本质，那些在时间中时而模糊、时而消散的过往，也在诗意中聚拢、醒来。诗意的文本，呈现着一个生命对生养自己的土地的繁复情由，村庄是联系个体与群体的纽带，是安放难以捕捉的童年时光的博大场域，四月村庄、麦田、百花、菜园、泉水、苔藓、杏花、粉桃花、紫桐花、白槐花、茄子花、黄瓜花、牡丹花、丁香花……这与人性世情息息相关的素朴家园，均焕发出深厚的力量，用以承载那些在时间的行进中，远离村庄远离童年的人们。

"而另一些像白蒿一样沉默的人，那些守了家园不离半步的女人，也许一开始便清楚外面的世界一切都在瞠目结舌的变化之中，所以她们神态自若，安之若素。洗衣做饭，割麦收稻，恒久地保持一种姿势……你记得所有与你有关的女人。四面八方的风里，她们是温暖，是力量，可以支撑着你走下去。一直走下去……"这些女人无疑就是乡村的泥土，乡村的母亲，乡村的四季变换，更必然成为远离乡村的人心灵深处恒久不灭的记忆。泥土一样的女人，女人一样的乡村，造就了天地间的一个个不朽的村庄，对乡村的眷恋与热爱，造就了人心深处同样不朽的故园。在那里，有永久流淌的河水，永远温暖的炊烟，永不熄灭的灯火，永不枯黄的麦田，永不凋谢的繁花，永恒鲜活自由的童年。

对乡村的回想忆念，是作者写作的根基之所在，而对乡村日渐消失的感伤，对乡愁无处安放的惶惑，对渐行渐远的童年乡村的呼唤，是对心灵乡村的执意构建。这使得散文有了难得的深意："多少年后，那些断了踪迹的花木、飞鸟和野兽，将重返家园。那时，花朵开在废墟还是摇曳在阳光朗朗的好土壤，都无人再将她们狠心追撵。鸟雀云上抖翅还是枝间栖落，都不再受到惊吓干扰。动物们奔跑或安卧，腿上再没有绳索的制约。万物都将按自由的意志生长繁衍。"这也使得散文有了柔性的批判性，在当下乡村日渐消失的语境中，对乡村的书写仅仅停留在怀念维度上确然是远远不够的。

作者以亲切的第二人称，表达着对童年对乡村的刻骨记忆，欢乐哀愁喜悦悲伤。"你"，既是对童年自我的称谓，也是对童年与自己生活过的每个人，那些生命中不曾忘怀的亲人友人故乡人的称谓，甚或是对故园家乡的称谓。这使作品平添了诉说的味道，向故园小村，向曾经遥远的岁月，向岁月中那些或清晰或模糊的人们。"她们是否也与你一样，灰漠城垛里念想这一场光影交织的默片。"岁月如流，回望时多少感慨在其中！

这组作品以难能可贵的文学质地，闪烁着金子般的光芒。如何站在人类社会发展的高坡上，对现实进行深刻省察，对未来展开畅然心灵勾画，在凡俗生活中撷取不同不俗不凡的艺术收获，达致超越的境界，这需要作者在生命的田野继续挥笔开掘，冀望甘泉！

魔幻或现实的南国树
——读李宇樑小说集《狼狈行动》

澳门作家李宇樑的小说集《狼狈行动》，共集结了七篇中短篇作品。也许是缘于作者编剧身份的特质，使得其有别于多数小说家，冲破了关于作品风格的困惑，从容往来于各种文体与题材之间。对于生活中纷杂繁复、隐暗幽微的律动，他有着区别于常人的敏锐。生活中的生死爱恨、恩怨情仇，虚无中隐匿的荒诞，逝去中蕴含的恒久，绝望与希望的如影随形，均在其笔端流溢出无限的生机，也将澳门岛的人文与历史、现代生活的伦理境遇、时代前行中人心所承受的体验与危机，细腻地予以描画，为小说文本赋予了更深层的意义。

《狼狈行动》叙写的是一场貌似欢乐的喜剧，实则演绎的是荒诞与悲情的闹剧。关于对人伦、罪孽、生存、诱惑与妥协的拷问，关于对信念、良知、意义与温暖的坚守，作者将一个认识人性中引人唏嘘的本真自相的故事，藏匿于隐性叙事中，引发读者对文本的探询，平添了小说的复杂性与间接性，并为小说设定了微妙的节奏，一个建构于道德基础的荒唐行动，被作者赋予了信心和意义。《公交车杀人事件》通过公交车上一个微小的偶然引发的一场微小事故，道尽生活中随处不在的无奈与无力。《天琴传说》与《灭谛》则是两篇凄婉、深情的灵幻之作。其中，《天琴传说》是关于爱情的阐释，令人想起一部美国电影《生死之间》，不同的时间与空间，不同的维度，繁复回旋，如真似幻，完成了对生与死的弥合。逝去的亲人如昔可见可相守，尽管时日多么有限，终究生与死在此握手言和，这该多么令人慰藉。爱的力量，是世间唯一的救赎，是人类可以对抗荒寒与悲苦，感动神灵与魔鬼的唯一圣物。《灭谛》以一个略显生涩的佛学用语，隐喻出作品别样的宗教底蕴。这同样是一篇充满灵幻气息的作品，是一个人与自己灵魂的较量与对抗，悲情、扼腕，有光明，有晦暗，有喜悦，有长长的叹息，正如《大般涅槃经》中一偈言：诸行无常，是生灭法；生灭灭已，寂灭为乐。《缉凶》《不忠》则犹如两部悬疑的微电影作品，尽管篇幅微小，却暗藏较大信息量，更不乏惊悚元素：一则讲一个失误撞到自己孩子，并令其永远离开的肝肠寸断的父亲；一则讲一个因妻子不忠而刻骨绝望的丈夫。作者仿佛将生活中的意外与作品中的巧合，相得益彰地合二为一，读者甚至难以分辨哪些是作者的艺术虚构，而哪些全然就是生活本身。

《狼狈行动》《缉凶》《不忠》等篇章，通过对现实世相种种的描绘，表现出生活的复杂与多义；而《天琴传说》《灭谛》等篇章，以灵幻的叙事与笔触，表达生活与心灵中对温暖、感动与爱的渴念；两者无疑均是对生活终极意义的指向，因为人类的生活自身，不正是现实与魔幻的交织？人类力量的渺小、尴尬与孱弱，生活的荒诞性、魔幻性、不可知性，生命中的温暖、感动与疼痛，人们熟视无睹甚至遗忘的诸多生活样态，经由作者的耐心叙写，从而鲜活地被重新推上小说的舞台。大幕拉开了，久违的熟悉的，震撼的唏嘘的，再次成了读者的参考与例证，也许意料之外，也许情理之中，但情节似乎已不再重要了，重要的是作品深处所蕴含的对人性与人生、现实与真实、生活与生命的深度认知。因为文学的存在和力量，我们的生命与灵魂，不再无能为力。

澳门独特的人文与社会历史，东西方两种文明的交相辉映和神奇沐浴，令作者的文学心灵有如茁壮优雅的南国树，自在而深情地生长着。小城之小，并未拘囿作者文学精神的发育，大海之大，使作者得有机缘将灵魂交付于浩茫的大海之上，抵达浩大深广的审美体验。大与小的对峙，诞育的是神奇的想象力，以及对生活的深刻思考。期待李宇樑以及更多的澳门作家，珍惜澳门独有的人文环境，汲取历史的贵重先泽，深深根植当下，虔心思考生活，完善内在精神，用心繁育未来，在对人性的勇敢探索中，实现生命对时间的对抗，文学对世界的诠释。

对地域文化深度而自觉的观照
——谈青年河近期散文

不难发现,于林林总总的文学创制中最具特色的,往往是以地域文化作为精神土壤的作品。毫无疑问,真正的文学创作是极具个性化的艺术创造,它必然与作者生存的生活背景与文化环境息息相关,从深入生活到深入人心,从而产生深入作品深处的维度与力量,这应该是文学写作的艺术普遍性。

地域文化是指由于地理自然禀赋和社会人文影响,包括地质、气候、传统、习俗等浸润,在长期发展中形成的具有区域特色与独特传承脉络的文化。地域文化对文学发挥着深远影响。法国艺术评论家丹纳提出,种族、时代与地理环境是决定文学的三个要素;普列汉诺夫则认为,"任何一个民族的艺术都是由它的心理所决定的;它的心理是由它的境况所造成的";贾平凹说"不同的地理环境制约着各自的风情民俗,风情民俗的不同则保持了各地文学的存异……在一部作品中描绘这一切,并不是一种装饰,一种人为的附加,一种卖弄,它应是直接表现主题的,是渗透、流动于一切事件,一切人物之中的"。可见,地域文化对文学创作的影响，既作用于作者的精神气质和文化心理，又作用于创作的指向和内容，从而使艺术创作呈现出鲜明的地域文化色彩。

读青年河近期的散文作品，我们会发现他正以强烈意识，开启以特定地域文化为文学蕴涵的创作，这些作品满含作者自觉的审美理想，即对本土文化精髓的强调与探索、对自身精神复杂性的解构与结构。他的创作无论是描写朴素的、虔诚的、神秘的迷信或者巫术，还是叙说另类的、分裂的、回归或者离开的家庭，或是视野里村庄的树、感知中历史的孙武，无一不以历史传统贵重沉淀后的地域文化为创作资源，自由而庄重地将宗教、风土民情、众生群像、民间礼俗等这些乡村的精魂融揉进自己的作品，由此生成、深发、创造一个自己的"独特的世界"（韦勒克·沃伦语）。

在《迷信或者巫术：朴素的、虔诚的、神秘的》《树是村庄的影子》中，作者的生命与灵魂一直与文字紧紧相随，小说的幽微阴暗、散文的辽远恣意，在文本中并行，是叙事，更是绵长的倾诉。一个村庄的神魂就是先祖的神魂，小村星空宏阔渺远的背景，成了作者精神成长的意象，在星空中作者不知不觉突破了心灵的局限，阐释着地域文化深刻的独立性与完整性："恍然间，我对那些曾经不解与嘲笑的迷信，充满了敬畏与神往，并心生愧疚：那些迷信养育我善待万物，养育我敬畏万物，养育我热爱万物。是星空给我的启示，还是那些早已逝去多年的小脚老太太们一开始就把它深深根植于我懵懂的内心。置身于潮湿的夜色深处，星空清寂，内心平静，我微微颤栗。"在那些我们都同样熟悉的场景，同样为之动容的生离死别，以及同样无边无际的缅怀中，作者借由故乡的星光，借由无边无际的恒久的绿色，完成了对乡村精神的礼敬,"我听到在微微的春风里,我的骨头枯萎下去的声音。此时此刻,我远离开了小村子,我远离开了永远青春的绿色"。这样的礼赞当是一种独属的不可忽略的光亮,这光亮是优秀作品必定不可或缺的品质,同时佐证了一个作家对地域文化的深刻认知、理解与探究,是创作文学精品的重要品格。

《他们的家庭:另类的,分裂的,回归或者离开》同样以小说般的笔触,将小村中一个及几个家庭的轮廓描摹而出,几个家庭一众人物的命运,在一种内在复杂的关联中,被梳理出了命运的逻辑。正是有了人物,小村的精魂及地域文化的本质得以被充分解释与阐发。在这里,地域文化于作者而言,既以本原性诱发个体生命经验,又成为创作的隐秘动机与渊源。作者对地域文化的立足与利用,并未停留在表面的存在,而是在已有经验和现实思索中汇入独特的精神认知,意在接近的是文化意义上的探索与传承。这种可贵的对于地域文化的自觉观照,进而转化为精神上的自觉探寻,最终与作者的文学审美相融合,形成同样可贵的文学品格。

在《我知道的关于孙武的种种》一文中,作者对当下社会对地域文化的姿态与动作进行了生动而入微地描绘,醇厚多元的本土文化带给后世人们无尽的精神营养,而在人类精神返乡的旅途中,却上演着令人难以言说的无奈,这样的揭示注重的是"去蔽"的历史垂询,是时间境域中真切的生命体验,是直抵本质、走向澄明的表达,不能不说是一种无法遮蔽的深刻。同时,作者亦完成了自我对地域文化的深度而自觉地观照,并沿着个体精神对生活的深入探寻,形成了一个个体所独有的文学审美经验:"在古经典的辞如珠玉里藏着的智慧的锋芒直指今天的时局并拨开其间纷乱缭绕的迷雾……这也仅仅是它的热爱者的经典，这也仅仅是它的使用者的经典……而这一经典，亦只是灿灿中国文化星辰中之一粒，这也是我自以为对它持有的清晰、客观认识。"显然这应该就是作者所意在求索的"可信、可靠的与诚恳"，亦是对"写作远离自己的生活而陷入臆想，或者止步生活表象而流于肤浅，虚假的写作令人警惕"的警惕。因为如何看待并有效挖掘地域文化资源在文学创作中的作用，已堪称当今语境下文学创作于每个作者所示意的古老而全新的命题，值得为之反复思忖。

从《奥德赛》开始，出行的人最终还是要返乡，从心灵的返乡，到文学精神的返乡。"返乡"，是文学的意义上的追本溯源，是精神上对本原的执意回返。而这种回返，便是回到心灵生存的始源状态去书写与思考，并试图令灵魂、生活与创作本身完成一种哲学维度的同一性。青年河在对地域文化的理解、认知和思考中，将感性体验与理性探寻相互参照，揭示出地域文化不仅仅是一种历史传承的惯性存在，更具有作为文学意义的广阔场域，实现了作家以个体精神声音参与历史文明对话的可能性。期冀他在今后的创作中，更多视域、多维度地发现、认知、融合本土文化的元气，将其宏达的包容性更为宽泛地探究，审视生活的角度与距离更为从容练达，从而沿着这条对地域文化的深度而自觉的观照之路径，形成一种历史与当下、文学与文化相互激荡的艺术新气象。

穿透一轴连绵的市井人生图卷
——评张克奇散文集《市井》

翻开张克奇的《市井》，就如打开一幅《清明上河图》。作家以从容的笔墨与耐心，难得的独到视觉维度与心灵发现，将自己深居其间的小城众生相，描摹成独具魅力的文学文本。对那些大多数人所同样经历，却同样为大多数人所熟视无睹、为时间所下意识遮蔽的生活本相，作家一一梳理，获得貌似散漫的精心表达。难能可贵的是，作家自觉规避了散文创作中主体的惯性在场，以一个人物或多个人物为主要客体，为生活建构出一轴连绵的市井人生图卷，一幅意味深长的社会画卷。《市井》中这些人与事，这或平凡庸常，或起伏跌宕的命运，呈现了鲁中丘陵间的百味人生。正直、良善、希望、背叛、贪念……一切与人生息息相关、与人性丝丝相通的种种，与画卷表层所赋予观众的巨大猜想不同，作家在文学书写中，令精神层面的具象凸显成为可能，并焕发出一种神奇的力量。

自古以来，希望在人类生活中的恒久存在，及实现的遥遥无期；人性中低下卑俗的难以根除，及善的不朽意志，这些永不止息的对抗，结构出艺术的多样形态。作者如不细细咀嚼生活滋味，深谙艺术至理，就不可能使得笔下人物如此含蕴深意却又自然而生，文学与现实的存在恰恰相辅相成，文学技艺因醇熟而不落痕迹，仿若返至文学初始的朴拙状态。文本的精妙令人震颤：他的发现如此精微，表达如此独特，对世界的认知却宛若守口如瓶。

不能不说这是堪能打动人心的写作，这虽是智慧作家意欲趋往之境，实则不易抵达。因为这种看似随性的文学表现，蕴藏的则是对作者心智的多重较量：思想含量、精神能量、创作力量，缺乏其一，亦不可抵达上乘美学之境。透过那些市井中的微然众生、那一言难尽的人生命运，《市井》层层揭开了庄严的世界内核，也标举出作家潇散独步的分量。

《理发师》中，从容看书喝茶却似更具深意的小伙子、"做事稳重，言行优雅"却神秘失踪的小史，以及令人唏嘘的好人不长寿的廖师傅，果如作者文中所引，"前念不生即心，后念不灭即佛；成一切相即心，离一切相即佛"，禅意深深本无可解，而仅仅作为汉字本身，这种心念之间的修为之境，已足令读者回返自性，或扪心自问，或释解曾经的犹疑。《洗澡堂》里，胸中装着大千世界的独眼搓澡工，小搓澡工的生活变化，洗浴环境越来越高档，而世界却越来越肮脏等现象所折射的，是一个时代隆隆前行中泥沙俱下的截面，不由人不予深思。子承父业的火烧老板小曾，"朝天锅"暴发户，最后死于非命的老白，勤劳苦命的老张；阴阳街上算卦的乞丐，神算子，干活的男人，龌龊的女子；为传宗接代而被养子毁掉一生的照相天才，为钱财所累而愈加荒诞悲哀的冯姓女人的变异人生……《小吃铺》《阴阳街》《照相馆》几篇中，同样以几个人的命运为表现主体，将市井众生因无妄荒唐执念而生出的人间荒诞、无常与哀凉，展示得入木三分。命运仿佛巨大的网，将人的生命网罗其中，无可规避，这些看似平凡的生命轨迹，却因文学的特殊表现，具有了引人思考的深切魅力。

特别值得一提的是《电影院》一篇，半傻的看门人老四与修鞋的流浪诗人，无望的生活，凄惶的红尘，一对遍尝人间悲苦的卑微生命，却在泥泞的生活沼泽中，活出了宗教意义上的温暖与光亮。这不能不说文本已满含一种救赎般的意味，美丑、冷暖、爱恨、生死、命运无常或天意使然已不再重要了，温暖、感动与疼痛，文学所赋予世界的无非如此，足够了，正如被半傻的看门人所收留的流浪诗人，在老四死后刻在其墓碑上的诗句："我的诗歌像五脏六腑一样高挂，苦难中失去了人间唯一的温暖。"只要这一句，请读透这一句！文学止境，莫过如此。法国思想家雅克·拉康曾经说过，"社会往往是一个伤口"。事实上，我们会由衷发现，好的文学创作不仅展示了伤口，而且恰恰也是疗愈这个伤口的良药灵丹。

张克奇散文创作的另一艺术特质同样值得关注，其散文作品呈现出一种隐秘的小说体气质。读其作品，常令人联想起美国短篇小说家卡佛的作品。卡佛的作品同样是记述平民日常生活的乏味、琐碎、无聊，以及隐匿背后的愚昧、平庸、悲哀、无奈。他的小说仿佛只是一味认认真真罗列生活中的每个人每一天，似乎没有任何情绪参与其内，而智慧的读者却不难发现，他的作品的内在其实时时刻刻蕴含着深度张力，并常常借由主人公的语言或行为得以全面展示。阅读《电影院》，或能深刻感受到卡佛《大教堂》的丰富气蕴。

张克奇的《市井》，仅是作家文学卷轴中刚刚打开的一角，更为丰富缤纷的画卷正在未来的日子敞开。作者已经以新鲜语调、新鲜质地，在林林总总却辨识度稀缺的当下散文园地开辟了新境，此后的耕耘何尝不令人期待！

披文入情幽必显

——读牛钟顺《半亩方塘》

南宋理学大师朱熹诗云:"半亩方塘一鉴开,天光云影共徘徊。问渠哪得清如许,为有源头活水来。"深得读书三昧,其诗不仅含蕴做学问的感知,更具启迪认知万物的境界。钟顺先生的新作以品味书香为主,书以"半亩方塘"名之,呈现着作者对自然、社会、人类世界的独特体悟,昭示着当代知识分子卓异的人文情怀,回应着朱老夫子及其前更为久远的时代。当代文学大家贾平凹先生为其亲题书名,倾情推荐,更为这本文集增添了应有的亮色。细细品味这些篇什,精短洗练,笔墨酣畅,文情并茂,洵美且异,不啻一篇篇美文佳构。

读书如交友,也需要审慎。它不仅考验一个人沙里淘金的眼光,亦反映着其阅读水准。村上春树面对浩如烟海的书籍曾呈焦虑之态,他盼望"身边最好有个精力充沛又有时间且对书籍富有见识的人"。钟顺先生就是一个识见丰富的人,他既涉猎广泛,又注重博观约取,点评对象皆为精心挑选大美之作,其中有中国当代名篇,如《围城》《白鹿原》《平凡的世界》;有外国文学佳制，如《我的名字叫红》《紫阳花日记》《失乐园》；有对传统文化如《论语》相关论著的研读；有对历史新作如《麻辣日本史：明治物语》的沉思；亦不乏对《马克思为什么是对的》《阳光心态》等许多风靡一时的畅销书的赏读。通过对耳熟能详的名家名作的品评，对新人新作的检视，作者准确把握当下文坛基本走向，感应当代文化流传风向，传达了深刻的感悟与独具的认知。半亩方塘，映照着思想的天光、文学的云影，涵盖了"各美其美"的多样性。

经典作品是人类共同的精神财富，它能够穿越时空，持续被关注，一再被阐释。较之泛滥成灾的过度阐释，钟顺先生摒弃了以理论剪裁作品、为理论而理论的做法，相当精准地把握作品的主体内蕴，最大程度接近于作者的创作初衷，极力把作品隐而不显的内在美揭示出来。刘勰《文心雕龙·知音》有言："夫缀文者情动而辞发，观文者披文以入情，沿波讨源，虽幽必显。"作家的创作并非偶然，他必然通过作品表达自己的立场倾向、抒发个体的思想情感。读者、评论者应该把对作品的理解建立在文本细读之上，深入文本肌理，探明作者路理，考镜源流，辨其动机，从而得出适宜结论。因着文化地缘以及多次接触的亲近关系，钟顺先生对于潍坊老乡莫言的解读就特别入情入理入心。先不说本书开山之篇的《我所认识的莫言》这一扛鼎之作，单是针对其争议性颇大的作品，如《丰乳肥臀》《檀香刑》等，作者就不是先入为主极力颂扬或无端抨击，而是潜心阅读，在通读莫言所有小说的基础上，结合小说的社会历史文化背景，厘清作家的思想进路，进而洞彻作品的真正含义。分析鞭辟入里，发现洞烛入微，呈现真知灼见，一种久违的重读原著的快感汹涌而来。为此，对诺贝尔文学奖获得者莫言先生及其作品的诠释与关注，应是本书的一个鲜明特点。

阅读流行书籍也成为人们读书生活的一部分，因为它们构成了我们所处的文化环境。钟顺先生对最新的文学现象尤为关注，如他系统阅读了王安忆的《天香》、阎连科的《风雅颂》、日本80后女作家青山七惠的《一个人的好天气》等书目。特别是他对年轻一代作家创作的青睐与认可，显示出包容的胸怀与前瞻的眼力，尊重了"美人之美"的原创性。

本书的评论语言抒情唯美，文采斐然。这些批评文章都不算长，两千字左右，完整而精致，体小而蕴深。钟顺先生秉持的是感性而不是学理化的批评语言，却拥有专业的审视视野，娓娓道来、条分缕析的作品分析与叙事学的方法暗合，比如对于长篇小说结构形式的重视，对于叙述视角、叙述主题及叙述线索的追击，都有剥茧抽丝之理，云开雾破之效。阅读评论集的过程，是作者引领我们充分领略经典作品的过程，而这导引是如此给人带来和畅愉悦，情感饱满而不溢，辞采凝练而绚丽，生花妙笔使人不禁击节叹赏。

中国自古就有"诗文评"的传统，作者喜欢化用古典诗词句来概括总结评论对象的风格特点，借以抒发自己的见解，近于古代文论的风格。单从文章标题亦可见其诗化品格，比如"总忘却樽前旧风味"、"成泥作尘香如故"、"质本洁来还洁去"、"铁马秋风大散关"、"犹是春闺梦里人"，等等，犹如美女簪花，给人极大阅读期待。行文过程中，我们也不难发现钟顺先生对于古典文学的偏爱，每每寻章摘句，旁征博引，舌灿莲花，远胜学术刊物上那些干枯的文字。而对于传统文化的格外关照是作者论说的一个重要视点，他往往透过一点展开对历史文化内容的深入探讨，手拿一根针，掘开一口井，体现了钟顺先生丰厚的人文素养、超逸的艺术敏感和不凡的方法论之功。

法国著名学者艾金伯勒曾说：在不久的将来，处于最理想状态的比较文学学者是这种人：具有极为广泛的爱好，并且具有对文学的美的深切体会。当代作家张炜也曾畅言：很难想象一个品格低下思想龌龊的人能写出好的作品。钟顺先生风流蕴藉，娴静儒雅，澄净如一泓春水，然而他的内心又潜流涌动，仿佛海底不死的火山，孕育着期待迸发的激情。他像先民守护火种一样小心保藏着对于文学的钟爱，以篇篇美文幻化出绚丽的火花。澄明如镜的半亩方塘，以其独有的魅力跻身于文学的田园之中，照见他人之美，也映出自我心灵之光。

20世纪90年代末，我与钟顺先生相识。当时，我在山东一所高校院长办公室任职，先生从另外一所高校来院担任我的领导。虽属上下级关系，却不受等级之桎梏。工作上是领导与部属，读书上是书友，生活中如兄弟。先生眉浓且长，目光安详柔软，性情儒雅敦厚，为人善良实在，永远是那样的从容不迫。先生喜读书，好沉思，每每有独特心得，睿语智章。犹记得2001年"五一"，我们一家三口去潍坊探望先生，正是天知人愿，风柔柔，树绿绿，草旺旺，人飞扬。与先生相聚的温情温馨，至今常常想起。彼时幼子尚八岁，顽劣淘气，如今却已是身高一米八三，早已在未名湖畔读研一矣……

重凝大地的一脉深情
——读厉彦林散文集《地气》

故乡,每个人生身的地方,那片给予人生命与精神的土地,事实上已经成了每个生命个体的信仰。祖先生活过的土地,远离故土的人精神永恒的故园,无论是脚步的回返,抑或是精神的遥望,都仿佛一种意味深长的朝圣。故土于厉彦林而言,从来不是某种观察,甚至也不是体验,而是一种凝注大地的生命,因而才有了这对精神源头的不止回溯。

在故乡的土地,作者与那里的一切已然融为一体,在一个个难忘的瞬间,下意识地挣脱了钢筋水泥的生命重压与心灵羁绊,身心敞开如赤子,每个细胞都贴紧故乡的土地,直至心灵与故乡的山野草木、与生长其间的父老乡亲默默融合,从而气血畅通,地气升腾。

而无疑,与之相应的是远离故土的日子,那些源自心底的惶惑不安,从不曾消失。那些执拗的惶惑与不安,如同失去信仰的人恒久的茫然无措与无着无落。人之为生命个体、土地上的生灵,显现出前所未有的深意。在故乡的土地上,在土地上的人们中间,作者在本能地沉思中，一次次抵达了精神的深处，从生命与心灵的多维视域，从下意识地怀想与乡愁，到当下语境中对故园对土地的深思，盈满心头。

"出身乡村的人，记忆的底片上总叠印着一个回味无穷的故乡"，"我的故乡沂蒙山区，那是一片贫瘠而肥沃的土地，是一片古老而英雄的土地"，"我自愿终生成为一位故乡的歌者"。有谁可以拒绝成为一片古老而英雄的土地上的深情的歌者？多年以后在那里，生命的所思所想，必将成为镌刻于人心之上的乡愁。在那里，同样是给予人最初精神启蒙的古老而英雄的土地，祖先的生命源于此，确切地说，也许正是祖先恒久不散的精神符号，结构出了每个人精神深处亘古的乡愁，使得生命对那片故土的回望变得意味深长，使得怀乡不再仅仅是一时的怀想与歌唱，而是如某种使命般、信仰般深刻悠长："土地像一首词，上阕是人类生存的空间，下阕是安放灵魂的栖所。"回返故土，回到故乡去，从步履的回归到精神的皈依，这时的乡愁已不再是语义上的修辞，而是满怀一个生命的温度与质地，用理性的沉思与感性的本能建构而成的，是仿佛余光中"一枚小小邮票中的乡愁"、沈从文翠意悠然边城的乡愁、荷尔德林"毕生回返的乡愁"、塔可夫斯基长镜头中的乡愁，更是奥德修斯历尽艰辛执意回返伊塔卡的乡愁。

从某种意义上说，回到故乡，也仿佛回返到庄严的母体之内，再次体味那片土地的温度、气息，以及与身心从未离断的命脉。没有故土不令人欣慰，同样，没有故土不令人伤悲。那片寄寓着每个远行人的土地，有多少欢喜，就有多少绵长的哀伤。没有一个地方对个体生命的牵肠挂肚，比那里更深重，纪伯伦似的"泪珠和欢笑"，就仿佛我们的指纹和胎记，毕生相随，哪怕我们被世界如何重塑,哪怕我们经历了如何的结构与解构,唯乡愁亘古如一。

唯欢乐唯泪水在那片土地上的印痕亘古如一。汉乐府民歌曾有如斯吟唱:"悲歌可以当泣,远望可以当归"。而事实上,悲歌果然可以当泣,而远望如何可以当归?渐行渐远的难离故土,丝丝缕缕的渴念,怎一个远望可以了得。厉彦林并未仅仅驻足于远望,在《地气》一书中,我们不难发现,相比于对故土的执意探寻与回望更为深远珍贵的,是作者经由对故土的炽情,进而自觉地对其外延进行关照,使生命成为精神价值的葆有者,而散文创作,透过个体生命对故土的乡愁,呈现出的是对这片土地的更深层次的持久探寻、一个充满家国情怀的鲜明主题。

这样的写作主题,势必会使一个人对故土村庄的精神遥望不再仅仅是怀想、忆念与歌唱,而已然满怀对祖国对人民的深情、对土地环保、对乡村中国眼下症结与未来走向的隐忧,这样的忧患意识,是在当下享乐至上的语境中难能珍贵的,彰显着一个时代的写作者心中最朴素最深切的良知。爱默生曾说过,"一个人怎样思想,就有怎样的生活",而这期间的生活,显然,阔大的精神内涵大于世俗意义:关于土地与经济、与政治、与法律、与文化、与伦理,那千丝万缕的联系。于是,土地问题也成了一场"血"与"火"的抗争。这广袤的土地,是一个大"魔方",转动起来,叫人眼花缭乱;是中国的一面"镜子",折射着历史和现实的时空,叫人叹息不已……在这样一个全球化的世界里,如何逆势生存,保持自身特色,正是"乡土中国"的重大命题。

社会进程中的诸多现象,人类发展进程中必然遭遇的难题,不会豁免一个作家的精神使命。聂鲁达说:"祖国更重于生命,是我们的母亲,我们的土地。"厉彦林的精神指向,正与聂鲁达的认知不谋而合:"纵观人类膜拜土地数千年之后,伴随文艺复兴、宗教改革和蒸汽、电力、信息等革命,使人类跪着的双膝慢慢地站起来,开始自信地征服世界,包括故乡的土地。然而,笑容还没有完全绽放,却又面临一系列生存危机与考验……陡然间人类才发现自己在大自然面前,是如此自私与渺小。"土地,我们生活于此的土地,亦是祖国,是人民,是一个历经万难正在崛起的中华民族。人之命在元气,国之命在人心,文学之命在地气。一个深怀时代使命感和社会责任感的作家,其作品无疑会弥散出艺术审美的庄严性。从故乡的土地,到土地上的村庄,到村庄中的世道人心,对时代生活的关注,对自我精神疆域的开掘,见证并思考时代,记录并绵延时代,使他必然成为时代的忠实代言人。

蕴涵人生大道的深情絮语

——序王洪亮散文随笔集《山高水长》

洪亮的新作《山高水长》行将付梓出版，想象有更多读者能够借此抚慰心灵、纯化精神、提升境界、达观人生、完善生命，真觉这是一件让人欣慰、令人激动甚至有些神圣的事情！

一部书甚或一句话改变人生的故事，我们听过的可谓不少。究其原因，就是那书、那话，或励志于读者经受重挫消沉之际，使他在暗影里发现了光明，增添了奋进前行的勇气；或惊醒于读者看破红尘之时，激他在落寞中毅然爬出混沌的沼泽，践履新的人生；或慰藉破碎的心灵，或弹拨麻木的神经；或挽跟跄于既倒，或引沉沦于飞升；选择路口，缘于那书、那话，免于坎坷和歧途；两难境地，因了那书、那话，智慧地思考，果决地出手，从此心路开启、步入阳光坦途。回眸过往，我们何曾没有过如此艰难的时刻，我们又几遇这样恍然大悟的时分？一部书、一句话，成就不一样的人生、不一般的生命。

我们面前的这部《山高水长》，正是一部蕴涵人生大道的书。它以深厚的人文意蕴和深切的生命关怀、人生关怀、人心关怀、现实关怀，就如心灵鸡汤，哺育人的思想，浇灌人的良知，涵养人的心灵，滋养人的精神，意在促进人的和谐全面成长，进而推动我们的民族、国家、社会的和谐发展。

这是一部智慧随笔。作家谈尊重、讲理解、叙交流、述感恩、话宽容、论忍让、说合作、道利人、聊节俭、语关心……举凡生活中易于沉陷的迷途，亟须走出的埃雾，他都以思想的闪电，意图划破沉沉的阴霾。在行文中，充满了明慧的哲学意味，给人的心灵以深沉的悸动。他的分析富于辩证思维。如谈"模仿"，作家首先以"模仿是一种学习"立论，"一个人从小到大的所有能耐，都是由模仿得来的，模仿别人说话是学习，模仿别人如何做事是学习"。接着，他对之展开辩证分析，提出模仿"不是东施效颦，不顾实际，不是邯郸学步，忘记本源，而是取长补短，因地制宜"。明澈的思想引领人们正确模仿的方向。他的逻辑具有明晰轨迹。如讲"理解"，作家不仅给出了"理解"的概念，"理解是借助于已有的知识和经验来认识新的事物，或学习掌握新的知识和经验的过程"，而且赋予其感性的色彩，"理解不仅仅是一个推理过程，更是一种感悟、一种胸怀、一种涵养"；不仅独创性诠释理解的内涵，"理，就是理顺，从道理上理顺，从逻辑上理顺；解，就是解开疙瘩，解开思想上的疙瘩，解开认识上的扣结"，而且从"被理解是一种索求"，"主动去理解别人，才是一种给予"，"理解需要换位思考，没有设身处地，换位思考，就不可能将心比心"，"理解通常与谅解连着使用，人与人之间少不了谅解，谅解是理解的一个方面，也是一种宽容"等方面提出了践行理解之途的路径。"是什么""为什么""怎么做"，潜在的逻辑贯通透彻。关键还在于，他的论述不止于平面，而是致力于深化与提升。说"忍让",他睿智地将"忍让"进行了深入分析,"忍,是被动的,含有不得不的意思,如果主动去忍,就有让的意思了,那则是一种智慧或者是胸怀"。不但如此,他还条分缕析,层层剥茧,道出人生真谛,"忍的时候,不要存在任何企图,有企图的忍,那不是真忍,只有那种让人感动的忍,真诚实意的忍,才让我们感觉那是宽容、境界和胸怀","让的时候,也不是勉强,如果勉强地让,每个被让的人都不会感到舒服。还是,该忍则忍,该让则让,有忍的耐性,有让的风格,忍让就是一种境界"。可以看出,洪亮具有深厚的哲学功底,正是缘此,他才能从平常境遇里发现不同的哲思、平凡人生中洞悉不俗的哲理、平庸生活里挖掘不凡的真知。

  这是一部谈心记录。细细阅读洪亮的《山高水长》,我们发现作家阻拒了其他许多类似文章中惯常存在的明的或暗的"教导"的笔调,摒弃了居高临下或身处其外的角色状态,而是仿若与老友谈心,平等对话,倾心交流。如《欣赏是一种幸福》一文这样讲述,"有一个单亲家庭里,孩子学习成绩一般,每次开家长会,这个孩子就非常担心母亲回来后会责备他或者惩罚他,可是,每次开家长会后,他的母亲总是笑盈盈地对他说:老师又表扬你了,说你学习进步很大"。语调是那样的和缓,对话是如此的平易,交流是这么的开放。《快乐是一种心态》则如此兴味叙写,"人的高兴、快乐心态是从哪里来的呢?人是没有无缘无故的喜怒哀乐的,我们经常遇到的情形是外界的状态影响了自己的心态,这称作为触景生情、触物思情、见景生情、抚景伤情,有人曾说:阴晴雨雪,甚至是一阵微风、一缕阳光,仿佛催化剂一般,改变着我们的心情"。笔触的轻松,心态的放松,精神的蓬松,语境的宽松，令人如沐春风、谈兴顿浓。德国阐释学理论家加达默尔认为，"艺术存在于读者与本文的对话之中"；法国解释学家保尔·利科也认为，谈话交流总是在一定的语境中由谈话的双方共同进行。保尔·利科根据谈话双方在交流中所处的位置和交流方式，把文本语境分为"日常语言交流语境"和"文本语境"。"日常语言交流语境"是指谈话双方在日常生活中面对面拥有的共同的对话情境。共同的时间和空间，共同触发话题，共同创造对话的情绪和气氛，真正的平等性和交流性是其主要特点。而在"文本语境"中，作者和读者所共同拥有的日常对话情境不幸丧失，从某种意义上说，作品对读者而言乃处于一种"疏离过程"。读《山高水长》，我们可以看出洪亮在写作过程中不仅极力缩小"文本语境"的"间距"，而且尽可能还原随笔的"日常语言交流语境"，从而使"读者"成为平等的交谈者、成为话语倾诉对象，感同身受进入作家所设置的场景，随着作家的叙述，得以直接参与作家的思想游走，沉浸于作家的絮语之中，心灵默契地与作家共同去认识和感受世界，获致作家所表达的思想和情绪，作品的价值从而得以实现。林语堂曾十分推崇散文创作中对话的叙述方式，把它定位为"谈话的艺术"，并将之提高到与社会文明程度连接起来："只有在一个浸染着悠闲的精神的社会中才能存在"，而"一国最精练的散文是在谈话成为高尚艺术的时候才产生出来的"。日本思想家鹤见祐辅也曾经极而言之，"没有闲谈的世间，是难住的世间；不知闲谈的可贵的社会，是局促的社会；而不知尊重闲谈的妙手的国民，是不在文化发达的路上的国民"。可见"谈心"竟是如此重要而难得。我们惊喜地看到，这种品质在洪亮的《山高水长》中业已优质呈现。

这是一部精美文汇。随笔散文作为重要的文学门类，语言美是其题中应有之义。洪亮的这部《山高水长》共收录70篇文章，堪称语言美的典范之作。仅以"第一辑"随笔的每篇题目来看，《尊重是一种力量》《欣赏是一种幸福》《理解是一种涵养》《交流是一种信任》《合作是一种风格》《感恩是一种溯源》《利人是一种胸怀》《忍让是一种境界》《倾听是一种气质》《关心是一种互动》《平和是一种善待》《宽容是一种凝聚》《善良是一种美丽》《反思是一种升华》《节俭是一种品位》《规矩是一种保护》《选择是一种烦恼》《知足是一种智慧》《幸福是一种状态》《羡慕是一种动力》《沟通是一种能力》《悟性是一种联想》《快乐是一种心态》《敬畏是一种美德》《个性是一种美丽》《模仿是一种学习》《自觉是一种品质》《尊老是一种自尊》《讲究是一种文化》《攀比是一种自扰》，凡30篇随笔，均以一个斩钉截铁的判断句为题目，其宾语部分或是反映主语的一种属性，或是表明其特征，或是显示其某种内涵，或是表达其意蕴延展，但核心是作家论证的一个角度，或是重点。在目录上一个个依次下来，在视觉上就给人一种排山倒海的气势、飞流直下的痛快、倾泻万里的洋溢。诗思相融之美，文声相合之壮，文画相契之意、雅俗相间之韵、文诗相兼之力，于此得之！

真想和洪亮面对面谈谈心。相信抱有这种期待的还会有许多许多人。

那么，咱们就先捧起这部《山高水长》吧。

——听！那来自高山流水的声音……

世道人心走向或精神风骨初衷
——谈刘醒龙长篇小说《黄冈秘卷》

黄冈，于大多人而言，或许只是一个地域称谓，熟悉黄冈这个名字，又多源于名闻天下的高考试题利器——黄冈密卷。而2018年，令黄冈名闻天下的，无疑是源自黄冈的另一"秘卷"——刘醒龙的长篇佳制《黄冈秘卷》。

显然，此"秘"非彼"密"，《黄冈秘卷》确非一册惊世骇俗的试题，而是刘醒龙以自己的生命与精神，对脚下那片曾经生活过几十年的热土，以及热土之中深藏的文化意蕴与人文符码，一次细密而深入地探寻、追溯与梳理，是一册关乎故土、时间与命运，抽丝剥茧般将之呈现的浩浩长卷。

每个作家的身后，都立着一个故乡。故土不仅诞育了一个作家的生命，更为其提供了毕生滋润心灵的营养，于人生不同阶段促发他精神成长，进而指向和抵达文学的星空。人与故乡的情感，从对故乡的眷恋、回望、遥想，到打量与审视，以至终极地交融，其间隐含着难言的微妙与繁复。那片土地上的悲欣交织，在现实主义中被作者赋予现实之呈现，在理想主义中被赋予精神之皈依，而在历史的回望中,则被赋予深刻的内省与反思。刘醒龙正是在这样多维的视域中,以文学维度的《黄冈秘卷》,展开对黄冈的精神符码的灵魂解读。

今天的黄冈,无疑已然是现象级教育成功的代名词,而形成这一切的背后,应是深广的文化背景、深层的精神基因。这片热土,曾经诞生了活字印刷鼻祖毕昇、一代医圣李时珍、理学奠基人程颢和程颐、文学家闻一多、国学家黄侃、地质学家李四光,还有两位中华人民共和国主席董必武(代)、李先念。据考证,在1300多年的科举史上,黄冈出了5位状元、1位榜眼、4位探花;943名进士、3985名举人;其中6人官至宰相,80余人作了尚书、侍郎。现当代,众多黄冈子弟走出乡关,200多名开国将帅跃马疆场,成千上万黄冈儿女灿若繁星。黄冈文化源头何在?或是对"贤良方正"传统的自觉恪守?或是对义理的自觉遵循?春野秋山,必留圣贤风范。贤良方正,圣贤风范。恰是由于这片土地上的人们对这八个大字蕴涵价值的世代持守,才有了黄冈源自基因深处的文化特质,无论古今,无论农商,亦无论文人武将。文化乃一国之命脉,亦果然是某个地域之命脉,更是生命个体之命脉。正是有了文化的沐浴、催生与泽被,才有了黄冈才俊的风骨,而为文化所陶冶的黄冈人,也铸就了黄冈的历史,人与地相得益彰,彰显了素朴而庄严的规律,也成就了当下对于黄冈的书写与想象。

《黄冈秘卷》的笔端是凝重的,同时更兼具一个智者不可多得的审视目光,打开尘封的历史之门,在茫茫的时空之间,拣选出极富意义的个体与集体、与国家之间的命运代码,并最终打造出以黄冈为源点与轴心的卷帙浩繁的时代重头戏。

小说以风靡全国的"黄冈密卷"为引子展开,开篇就单刀直入地写到了高中女生北童想要火烧题库《黄冈密卷》。在一部32万字的历史长卷里,这样的开篇与切入,无疑彰显着作者化繁为简的决心,更可见作者的底气与气势。"惟楚有才,鄂东为最",但显而易见的是作者并不沉迷于一般写作中对尽人皆知的"地方性知识"——如东坡赤壁、黄麻起义等无法绕行的描述,而是直接将读者引入自己的架构之中,在最为原初的生活状态里,一步步深入时代、历史以及隐暗幽微的人性最深处。作者借由对一个家族数代人命运起伏的描摹,以一个理想主义的代表老十哥刘声志,与另一个奉行计谋成大事的老十一刘声智之间的交织碰撞为主线,缓缓展开并呈现的,是黄冈热土与黄冈人"贤良方正,圣贤风范"的地域文化符码。

无疑,作为汉晋时期被贬到鄂东的巴人后裔,历史上被称为"五水蛮",必定留给了世代生息于这块土地上的人们独有的精神气脉。《黄冈秘卷》的格局与视野是阔远繁复务虚的,但其叙述却是令人信服的务实,素常的生活叙事与漫不经心的人物塑造,对历史的审视与对时代的关照,无一不是沉稳而充满不可置疑的力量,可谓入木三分。作者虽然以个体的家族史为切入基点,勾画出几代人的命运轮廓,但其意在审视的是这片热土上世道人心的走向、精神风骨的初衷。

最为撼动人心的,是作者在书中将《黄冈密卷》《刘氏家志》《组织史》,这三本真正意义上的"秘卷"交织在一起,并且分别赋予每一卷以不同的精神意义指向,并最终殊途同归般的揭示的是,这片土地上人才辈出的深刻渊源。或者说,作者以这样的三部密卷,最终炼制出了一册现实主义维度上的文学的《黄冈秘卷》。

三江自此分南北,谁向中流是主人。时空流转,历史长河奔流不息,在这一册"秘卷"中,作者与读者心中的一切似乎有了答案,又似乎仅仅只是提问,余韵深长而隽永。那就是黄冈人在历史的跌宕里,在时代的考量中,所交付的最为激荡人心的精神"秘卷":关于生命、关于品质、关于底蕴。

向草木借取灯盏　照亮前行的路
——品评刘学刚的散文

生活中，许多人习惯了昂首前行，对低处的草木视若无睹，即使偶尔俯身关注，亦是保持高高在上的姿态，有着惯常的优越与矜持，而刘学刚的"草木记"系列散文却有一种与众不同的价值取向。他把低处的草木置于精神的高地，虔诚地观察、贴心地凝视、细微地体认。在他心中，寻常草木内蕴自然的美好精神和处身的智慧，人类应该沿着植物走过的路，向草木借取灯盏，照耀前途。

刘学刚细致耐心地记录草木绿色的呼吸和芬芳的笑容，为一朵小花沉思，向一丛小草致敬。在这个红尘滚滚、市声喧腾的时代，众多人急急赶路，随波逐流，而作为一个有思想、有个性的写作者，刘学刚选择了逆着人群的方向，就像一枚树叶从树梢退回树根，一个中年人复归婴儿，回到《楚辞》的香草时代，回到《诗经》的草木王国，回到本体本真、纯粹纯净的审美母胎。

我们曾阅读过多少描写植物的文字。明朱橚的《救荒本草》、明李时珍的《本草纲目》、清吴其濬的《植物名实图考》，多从植物属性、实用价值出发,帮助人们认知植物,感知茎叶花果的用途。这些著作固然在语言、叙述、说明上具有独到之美,但多属科学范畴。而张岱的《植物部》、汪曾祺的《草木春秋》,则洗练疏朗,在描摹寻常植物中,寄托幽微的情思,读来回味无穷。当代描写植物的作品可谓多矣,其中许多文章往往停留在对草木绘形绘色的描写上,浮泛于外表,而未切入内心;更多的写作者则把思维之耳侧向这个时代的大事件、大声响,唯独不见他们倾心贯注事物微小而惊心的生长,用心感觉日常生活的本来模样。透过刘学刚纵横捭阖、摇曳多姿的文字,我们看到那些寻常的草木不仅仅是植物,更是值得人类尊重的生命个体,是文学世界里的另一个自己。此间不仅含蕴深切的悲悯、宽厚的抚慰、大地庄严的道德、生态自有的伦理,更有一草一木的生命智慧和对人类不同凡响的意义。

　　美国诗人加里·斯奈德说,"我依然把握着那最古老的价值观……土地的肥沃,动物的魅力,与世隔绝的孤寂中的想象力,令人恐怖的开端与再生,爱情以及对舞蹈艺术的心醉神迷,部落里最普通的劳动"。刘学刚的散文也在树立一种植物主义,他力图将自在的土地上那看似卑微的葳蕤生命容纳到内心深处,以更可接近于事物的本色,对抗时代的失衡、世俗的紊乱、懵懂的清浅。刘学刚常常将柔软的笔触探向那些被人冷落的植物,尤其是被锄头、铁锹、镰刀驱赶和杀戮的草木。他充分肯定这些鲜活而生动的生命为大地的繁茂付出的努力,他坚定地认为,人们应该在植物的根系上生长幸福的笑容,从容地展开各自的时光序列。他也忧心于被钢筋水泥的方阵隔离的植物,蜂飞蝶闹的场景全然不见,它们看上去那么无助、那么孤苦伶仃。这里有着对人类社会的委婉批评，有着从自然界的发展变化来探求人类社会进步的可能性，他书写的是植物的美质，探求的是宇宙的精美秩序，从而把植物的抒情推向了一个新高度。

区别于法布尔的《昆虫记》中为昆虫说话、和昆虫做朋友，也区别于中国古代诗人借物喻人，花草言志，在草木中寻找灵魂突围的出口，刘学刚把植物继续往上推，使其成为照耀现实生活的灯盏，唤起对人类灵魂的拷问。"这种野草喜欢生在村旁、路边、河畔，瘦果的顶端竖着三四枚带倒钩的短刺，这冠毛摇身一变而成的短刺，形同鬼魅一般，粘在行人的衣服或动物的皮毛上，巧妙地实现远走他乡繁衍种族的伟大理想。如此精妙而又完备的播种方式，让我们惊奇不已。"（《鬼针草》）刘学刚的写作有他的胸襟与气度，他的植物作为充满智慧的生命个体，是走在人类之前的带路者。当植物在生命中扮演启蒙者的角色，写作的意义就凸显出来了。

刘学刚博大的世界观，展现着一个植物主义者认知自然、进而理解自身的心路历程。他写一种学名叫狗尾草的植物，他的故乡称之为"毛谷英"："锄头的勤劳和它的顽强不无关系，它越顽强，锄头越勤劳，一遍一遍地铲除，等谷子沉甸甸黄灿灿了，还是有毛谷英探出一些茸茸的小穗，扮个鬼脸。"是的，每一种植物都是大地的物产，是造物主对世界的奉献。作者以对植物的深沉理解，在文学、哲学和科学的三维空间里，建构起自己的草木理想国，呈现着无与伦比的美丽。

雅洁的情怀

——序王鸣亮《悠悠情弦》

人到中年，仍然会以一个孩童的心怀想的那个人会是谁？

时光就是这样悄悄地不易觉察地溜走的……当年那个穿着补丁摞补丁的青色粗布衣服，背着沉沉竹筐穿行于乡村小道，满脸稚气却又神色忧郁、心事重重的孩子，如今竟已经喜欢回忆往事了。

二十六年前，当我还是一个十四岁的中学生的时候，他该是四十来岁的年纪。四十岁，与我现在的年龄恰恰相同！在我们心目中，平日的他是那么的老成持重，富有威仪，而一旦接触又是那么的慈爱温儒，善良大度，那是饱经沧桑、历练人世后的淡然与宁静。而我的四十岁，却还是如此的烂漫天真，如此的稚气未泯，如此的少不更事！

……未到曹王中学上学之前，他的名字已是如雷贯耳。传他江南长大，本是天才少年，当年以当地第一名的分数一举考取交通大学，但他性格爽直，见解独具，小小年纪即遭受厄运，被发还乡里，后来辗转回到黄河故土、博兴老家，流落偏僻乡村中学；传他数学了得，高中课本倒背如流，全县数学公开课每每第一，身边弟子个个聪颖出众，小小斗室一时俊彦咸集；传他性格耿介，某日校长持烟进其宿舍兼书屋，一贯不喜烟味的他挥手指门："出去！"；传他喜爱优秀学生，一个叫王来明的后生感冒不起，他把该生扶到自己床上，亲手下挂面，一口一口喂王生吃；传他不同流俗，常有惊人之语，与自己教过的一位女学生（我尊敬的张老师）喜结连理后，别人问他："你觉得夫人怎么样啊？"他沉吟良久，肃然答道："她是我心中的一朵花！"

在那些阳光浓烈、草长莺飞的中午，那些落叶簌簌、暮云四合的黄昏，那些大雪静飘、万木沉沉的夜晚，我常常透过教室的木格子窗，痴痴地望着他房间的方向。他出出进进的身影，他房间窗子透出的昏黄的灯光，对我有着怎样的魅力吸引和渴望意义！谁会想到，一位数学名师，竟然会写小说、还擅长写诗，那些深具特色的语言，那感情激扬的文字！谁会想到，他对喜爱文学又不惧数学的我，会"长久地将慈爱、嘉许的目光停在我的脸上"。毕业时，他把我招到房间，给我倒上一杯茶。那杯茶的馨香，在我嘴角，二十多年，一直到今，从未散去。就在那时，他建议我改名字，在"李鸣"两字中间加了一个"一"。"不能惊人，也可发表点意见么"，吴侬软语，略带些山东乡音，言犹在耳，时光倏去。唉，老师的期许！

一个生于江南水乡、长在湖州水边的稚童，历经坎坷，最后却在黄河入海的地方安度晚年。回眸沧桑岁月，定有夜夜垂首的沉思。生命的境遇，如烟的往事，过往的师友，默默的大地，寒山翠湖，海啸河风，残阳夕照，古寺塔影。这一切在饱尝人生况味的文人雅洁的心中一经回味，笔下怎不有如许的情感流动？

手捧一部《悠悠情弦》，心中翻涌阵阵波澜。它弹奏的岂止是我恩师的生活旅曲,这函函纸笺层层叠叠成一代中国知性文士的心路历程!

他怀人。怀念在他不足十岁时就去世的母亲。当母亲"摇晃的身子渐渐地没了力度,以至停止了晃动,咽下了最后的一口气","我""心里不住地说:从此我再也见不到母亲了——童心的感觉是带点幻觉的,或许母亲因为舍不得撒下我而把闭住的眼睛突然再睁开"。这是怎样的亲情难舍!"她,最疼爱的是我,一家之爱,她的一生之爱几乎集于我一身。娇儿之念,莫不时刻悬于她的心头。有她的话,如今该有95岁了……"至痛深情而由淡语出之,倍加凸显至性至亲。他怀想父亲,缅怀姐夫,思念童年的老师、小学的校长以及相合的故人,莫不饱蘸情感,充满智性。《含悲忍泪读秋白》,字里行间表述了对于瞿秋白面对死亡时的那种抒情气质的敬仰和欣赏,"每读史至此,必掩卷而泣",是心灵相通,是文人相契,是感情相投?时空如此相隔,情怀如此相融!呜呼,秋白如地下有知,定欣然慰哉!

他念乡。"平湖师范宁静的校园尤其在月华如水照庭院时,踏步谛听,蛙鸣虫啾伴着远处轻盈徐来的弦箫声,心境万般沉静之余更多的会想起一些古意,其间必然会寄寓着许多往事的回味。"这段清美的文字,不正是他回南湖、过太湖、游西湖、沉湎童年时光的感慨么?而在博兴故土的沉沙池,他徜徉于野趣横溢、拟野非荒、古朴雅拙、氤氲岚光之间,"于茫然的滋味里,心花灿然";"一望无际的冲积沙洲,寂静得深沉辽远,粗犷的凛凛可威"的河口景色,也使他如入物我两忘之境,陶然沉醉在黄河入海口,大发感慨,流连徘徊。

他咏山,他吟水,他歌长城、唱古寺,悠悠情怀装神州,依依情思对往来。《雨中游长城》,他发思古之幽情:"古老的大青砖上被踏出的坑凹里,积满了雨水,仿佛一面面镜子,一路上照出人影,照出城墙,照出历史。风因山势而变换强弱,雨随城墙而时疾时徐;飘忽的人群似在历史的长河中游移。人在每一个山头的脊梁上走动,踩着的却是砌在山巅的古道回廊;它在延伸,它默然无语,从现今通往苍古,从苍古回流到现今!"不仅如此,他在人们熟视无睹的景色里又有了新的发现:"脚下两边斜袤的长城,在天地间划下了真正的人字。这一撇一捺,在崇山峻岭中蜿蜒起伏,盘曲伸展,与天相望,与地相依;在千沟万壑中徜徉,在陡崖峭壁中游弋,在如画的中华大地上添上它雄伟的一笔。"《灵岩寺赏塔》,他瞻望奇特的古塔,开始欲有所云,却又肃然无言,但终于因感而悟:"眼前的这座辟支塔,四面八方都有青山环卫,翠岭作衬,立在方山之腰。寺的各式景物——起伏的群山和一消到底的绝壁以及塔旁的建筑,在流云祥霭下,呈现一种动感,那是一种飞翔的态势。"一种昂扬的人生哲思,一腔进取的生活激情,于此得之!

中国散文,广大浩瀚,浑厚悠远。自《尚书》以降,文化奔腾,气象万千。《孟子》言近旨远,《庄子》汪洋捭阖,《史记》平实生动,魏晋慷慨潇洒,唐宋八大家或雄奇恢宏,或淡笔从容,明清小品则意到笔随,趣味横生。"五四"散文开新局,鲁迅的铮铮风骨,周作人的恬淡闲适,梁实秋的妙思奇笔,朱自清的清新明丽,各各成家,篇篇名世。瞩望西方散文,不论是宏观的Prose,还是微观的Essay,卡莱尔、罗斯金、培根、拉姆、欧文,或书写理思,或涉笔情趣,或叙述故事,论理则逻辑严密,谈思则娓娓絮语,洋洋洒洒,好不得意。当代文士耳濡之,目染之,涵泳其间,潜沉其里,既承接古典散文艺术之血脉,又移植西方散文随笔之精髓,意得兴会,能无异乎?

我的老师,深得中国古典散文之味,同时又领会西方散文之趣。行文中,儒家的入世哲学有之,老庄的遗世独立有之。关心民生,常常为弱者洒一把清泪;自得其乐,于惊雷闪电里品无声之趣。可以做高高士大夫,谈天说地;可以当小小老百姓,在时局跌宕的旮旯里舔舐伤口,体会内心的苦楚。难得他那只老笔,"奔放时不离法度,深微处照顾到气派",一切景语皆情语,所有通感同而化。情理融得悄无声息,叙议夹得必须细察。更难得那文字的功夫,口语、欧化语、文言文、方言土语,杂糅调和,韵味十足,确够耐读、耐读!

若不信,请翻开这本《悠悠情弦》,一路享受去。

作者谁人?

我魂牵梦绕的恩师——王鸣亮。

浓郁的中国韵致与谐和的诗情律动
——序清风诗集《一座城的味道》

清风的诗集《一座城的味道》，以古典诗词精神介入现代诗歌创造，唯美的诗作沉潜着浓郁的中国韵致与谐和的诗情律动，呈现出独特的风格和魅力。

诗人耽于以古典意象入诗。在中国古代诗学中，意象含义有多重意蕴，一是表意之象；二是意中之象；三是意与象的二元指称，意指主观，象为客观，两者契合为意象；四是契合于意境；五是指艺术形象。西方文艺理论对意象内涵的认知，则主要来自20世纪初美国意象派诗人庞德的论述。庞德认为，意象是"一种在瞬间呈现的理智与情感的复杂经验"。韦勒克和沃伦则认为，"意象是一个既属于心理学，又属于文学研究的题目，在心理学中，'意象'一词表示有关过去的感受上、知觉上的经验在心中的重现或回忆"。尽管由于不同的哲学、文化、思维方式的影响，西方文艺理论与中国古代意象诗学具有不同的特征，但意涵指向有共同之处。我们认为，意象是"物象"在人的感觉和知觉中的一种深度显现，是人对"物象"的形式意韵的一种会心体验，它是主体审美情感同客观物象的互感同化,正如叶朗所言,意象是"一个有组织的内在统一的因而是有意蕴的感性世界"。

诗人游走于山水自然,漂泊于社会人生,跋涉于文化苦旅,沉浸于对泉城的吟味与感知,视野因之广阔,经历因之丰富,感受因之深切,心灵与物象的契合之遇因之繁多,故诗作意象璀璨缤纷。他的诗中,既有宏观意象和微观意象,又有时间意象和空间意象,复有人生意象和社会意象,还有生理意象和心理意象,兼有现实意象和浪漫意象。但无论何种意象,意蕴深厚、心物贯通、智情合一、出之块垒、化用古典,是其共同特点。

以《山河》一诗为例。"月上梢头,冷了一地霜/孤人穿雪,抖落风烟苍茫/背影飘兮,纷纷扬扬的愁伤/收不回,长长目光/池荷零落,残塘冰薄/蹄声呜咽,收不住匆匆忙忙/来不及叹息,回首已是过往/看不到,路过的地方/但留一壶酒的衷肠/难舍河山秀雄壮/红日辉煌,激情扬/青衿无憔悴,上高冈/若是仍记朝暮时/疆场归,凯歌响/十里雨巷,有我芬芳"。其中的月、霜、雪、池荷、残塘、蹄声、疆场、梢头、青衿、高冈、愁伤、憔悴、衷肠、孤人、朝暮、雨巷、一壶酒等意象,无不弥漫着中国古典诗词或现代文学鲜明的独具的"中国"的影子。其他诗作亦然。如《夜半听鸿》中的意象,残月、清风、清梦、清茗、清波、青石、青葱、舟桥、薄雾、芦荻、残荷、霜影、芙蓉、惊鸿,亦镌刻着中国古典诗词的痕迹,甚至其叙事结构,也有着宋词的组合方式,"夜深人未静,卧榻听鸿/不见残月,但闻清风冷","远远近近的尘事,扰了清梦/索性谈清茗,淡取从容","薄雾失湖亭,不辨联楹/芦荻微悚,残荷半水中","倏然清醒,翩若惊鸿"。意境恬美清幽,情感婉约缠绵,语言亲切柔美,吟诵间,恍若回到李清照隽语秀辞之中。

诗人十分着意于意象的凝造。夜色降临，月挂柳梢，残荷颤动，霜影泛光，都在触动诗人的感兴，诗人心灵与外象的融合，激发了感兴意象的诞生，形塑了诗歌意象的心灵性、生命化特质。其意象特点较为鲜明：一是意象物我融合，以我观物，以物入心，物象心象合一；二是意象化为意境，情景交融，虚实相生，形成浑然天成的艺术氛围；三是意象色彩清丽，既冰清玉洁，又意味隽永，酝酿出淡淡愁绪；四是意象绵密丛生，几个意象叠加合化，通过光、影、声、色、形多重意象描画，调动视觉、听觉、嗅觉、触觉、味觉等多重感觉，氤氲成立体意象空间；五是生命质素涵蕴广大，渗透强烈生命意识，传达了诗人对生命、自然、人生的深入思考。

诗人的审美意象的凝造，多从中国古典文学中汲取精华得来。细考诗作，其意象取象于山川草木者最多。日本汉学家松蒲友久指出："在中国古典诗里，季节与季节感作为题材与意象，几乎构成了不可或缺的要素。"而《诗经》中之"兴"诗，凡三百八十九种意象，其中取材于山川草木、鸟兽虫鱼者，就有三百四十九种之多。这与中国传统内陆自然经济构成导致的农业文化心态紧密相关，只有具有农业文化心态，才会对人与自然的生命节律抱有亲切认同，诗人心灵与自然意象的凝合成为必然的共性特征。大自然物象对于人的心灵具有感应、萌动、触发、映照、融合的效用。自然物不是纯然外在的客体，它一方面与物理世界相联系，呈现出它的自然属性；另一方面，它一旦与人的本体相通，便呈现出精神社会文化属性。诗歌研究家王泽龙指出，"人的心灵世界和外在物象的感性品质之间构成了一种互相映照、感应的关系。因此,主体心灵总能在外在物象中找到内心情感的对应"。大自然的元素与诗人心灵契合,便成就诗歌中深刻烙印着中华传统文化心理情结与审美意趣的意象。

诗人审美意象的选择与获得,大致也与诗人的个性气质和文化心理有关。从个性气质来看,诗人大概性格沉静、内向、细腻、和平,这使他倾向于选择与自己气质相合的审美意象;另一方面,"怨而不怒,哀而不伤"的传统文化的深厚影响,也使具有阴柔美、中和性特征的意象成为他的审美选择。当然最重要的是诗人涵泳中国文化日深,对古典诗词情有独钟,涵养了中国人的古典思维、古典情怀。一勾残月,寄托着诗人寂寞的情怀;数支残荷,衬托着诗人感伤的心境;自然与心灵完美的交融,酿就诗歌清静沉郁的情趣。庞德说:"一个人与其在一生中写浩瀚的著作,还不如在一生中呈现一个意象。"确实,一个诗人一生中能否发现、捕捉、创造一个与个性密切契合的原创性意象,一个呈现生命独特性的不可替代的意象,是其创作是否成功的标志性贡献。

阅读清风的诗作,我们也会强烈感应到音乐的律动。诗歌本起源于上古社会生活,是缘于生产劳动、两情相悦、自然崇拜等而产生的一种有韵律的语言形式。《尚书·虞书》指出,"诗言志,歌永言,声依永,律和声";《礼记·乐记》说,"诗,言其志也;歌,咏其声也;舞,动其容也;三者本于心,然后乐器从之"。可见,在古代,诗、歌、乐、舞是统一的。清风的作品忠实地传承了中国古典诗歌的"音乐性",读来如慢板的音乐,如流淌的山泉,或舒缓深情,或激越跳动,极富韵味,极富艺术的感染力。如《左岸山青》一诗,"隔着初秋的恰爽远远看你/一场又一场的华丽/炫了我的眸子,思想被荡涤/百草香园浆果艳,文字傲立/亭栏俊雅湖畔幽，书墨传奇／又见佳人翩然，泉城秀灵奇／偶有闲情折白莲，巧笑倩奇／池鱼摇首争顾，半湖夕阳余晖／总是左岸山青处，觅得芬芳乍起／伸手挽不住的月，落在昨日的山脊／君若念，君若念，草径霏雨曾湿衣／小桥竹影摇，木屋青花静，谁可依／人生路途遥，不知归期／拄意思前后，终是迷离"。"你""丽""子""涤""立""奇""起""衣""脊""奇""期""离"，14句诗行，12个尾字韵母为"i"。全诗不仅押韵有致，而且由于字面意义与蕴含的思想感情相契合，诗人情感的流动与诗句的节律像谐和，一种深情追忆，略带落寞，却毫不凄楚的美感萦绕回环。

需要指出的是，一个时代有一个时代之文学。雨果说，"谁要是名诗人，同时也就必然是历史家和哲学家……"，道尽作家"史"的境界和"文"的品格；契诃夫说，"文学家是自己时代的儿子"，深刻揭示了文学与时代的关系。优秀的诗人总是能够把握时代风云，深入社会内部，楔入生活底层，探入人们内心世界，摹写历史真实面貌，描绘时代特质本相，写出一个时代人物的心灵史。诗歌不能远离时代、语境，否则就会缩化了诗歌不断展开的可能空间。同时也应看到，严苛的形式往往会限制充沛诗情的自由表现，正如戴望舒所论，"韵的整齐会妨碍诗情"。对博大精深的中华诗学传统，如何创造性转化、创新性发展，需要我们无尽的智慧，需要我们勇敢的创造。

是为序。

青竹,从静海走向大海
——序《细雨湿荷月》

这里曾经是一片大海,沧海变桑田。从天子经过的渡口,津沽文名,遂甲一郡,到鱼盐武健之乡、文物声明之地,十里鱼盐新泽国,二分烟月小扬州,多少诗人好句留。如今,诗人青竹《细雨湿荷月》古韵抒新词,咏不尽津门好地方:

> 我在那片海等你
> 心的愿力
> 站成不朽的礁石
> 凝固时光的飞逝
> 耗尽全部生机
> 用一个姿势爱你
> 七月
> 我活在你的宿命里
> ——《七月,我在那片海等你》

"诗人感物,联类不穷;流连万象之际,沉吟视听之区。写气图貌,既随物以宛转;属采附声,亦与心而徘徊。"青竹在"流连万象之际",随物宛转,心灵深处深藏着的大海情结便随着诗心不由自主地抒发出来,他在大海消逝的土地上,钟情大海、守望大海、献身大海,寻找着自己精神上的原乡——

  从辽阔的大海上打捞起一根根断弦
  有铮铮淙淙的音符从断痕处灿然
  仿若燃烧过的火
  那灰烬有点涩有点咸
  漫天汹涌的情愫
  把海鸥的翅膀都浸染得锈迹斑斑
  甚至海草舞起舒缓的忧伤
  甚至海燕扬起激昂的呼唤
  一份深刻的相思
  渊默而雷声
  凝固成珊瑚生长出不朽的思念

  断弦
  断弦也可接续起中秋月圆
  漂泊的小船也终会找到避风的港湾
  月下有一袭洁白的思念
  等你
  共一场地老天荒的爱恋
       ——《断弦》

在这一诗篇中，大海、海鸥、海草、海燕、珊瑚、小船等蔚蓝色系列意象，闪烁着诗人通灵诗性的感悟与光辉。大海或蔚蓝色系列意象代表着爱恋、回忆、智慧、美丽、宁静、深远、希望、洁净、高雅；象征着理想、未来、开拓、共济、神秘、哀怨和深邃、忧郁和自由、真爱和忠诚、宽容和坚定、正义和力量。尽管诗人直接描写大海的诗歌并不算多，但正是在这些诗行中，我们看到了他宝贵的宇宙意识和精神乡愁，因而纵观全书，无论是听蝉、观月，还是思秋、捏雪，你总能透过诗行看到他内心深处皈依心灵故乡的情怀和诗意。

诗人的心灵故乡，即是他的精神原乡。福克纳是构建精神原乡的鼻祖，他将约克纳帕塔法县视作他的精神原乡。莫言通过研究福克纳和马尔克斯的作品，构建了高密东北乡作为自己的精神原乡。而韩少功的马桥、张承志的西海固、贾平凹的商州、苏童的枫杨树也成了他们各自精神原乡的标志。

青竹寻找到属于诗人的精神原乡，用大海构建起了自己的精神原乡。因而，无论走到哪里，他总能流连感物，从心灵深处流淌出属于"大海"的一行行诗句，她们细流涓涓、清澈、灵动、典雅，而又带着汹涌澎湃的磅礴力量。他反思"春天早就来了／迟到的是我"，他坚信"落叶的飘零不是终结／而是最伟大的涅槃／是最经典的人生序曲"，他祈愿"站成不朽的礁石／凝固时光的飞逝"，他终于叩开了属于自己诗歌的《春之门》"走　往前走／用心寻找种子和希望／背负整个冬天的故事／偶尔有梦从足印里／盛开几朵梅花／惊艳　这冰雕般的沉默"。这是源于生活的诗句，青竹深入生活，摸准了生活和时代的脉搏；这更是诗人服从心灵、归顺心灵、皈依心灵、"与心而徘徊"的诗句，是青竹深入心灵的堂奥，是"十年格物而一朝物格"的自然诗化流露。

尽管"漫开的思绪铺满一地"，但在情感的流露中，青竹还是赋予自己的诗歌以规章，总体来看，其诗歌具有意象玲珑、意境相兼、含蓄内敛的特征，显示出青竹不俗的诗歌创作追求。他善于"立象以尽意""以意境胜"，使诗歌在朦胧中给人一种含混之美、浑忘之美："我伸开五指／放在浅浅的流光／把岁月阡陌出整齐的条田／思绪沿着风云汹涌／平行在四季的方向……我用虔诚播种信仰／磕一路长头觐见心中的朝阳／我用最洁净的鲜血感恩／滋生最肥沃的土壤／思想卓然矗立／宛若沙漠中的胡杨。""得意者越于浮言，悟理者超于文字"，青竹融汇儒、道、玄、佛思想，试图在诗歌内容上"在道与非道之间／写一个轮回的故事／等待合适的温度／来沸腾自己　用哲学的眼／测量人世的冷暖／于方寸之间摆渡岁月"，写出了不少具有哲思禅意的诗，其中如"当风学会直立行走时／秋已经很深了""怀旧即相思／相思即坐禅"等妙句如珠、令人深思。在形式上，诗集的最后一章，青竹探索了短章创作，以精短而悠远的诗文颂扬母爱，书写种子，诉说坚强，注脚历史……这种探索，体现了青竹追寻言外之意的审美追求，同时在某种程度上也体现了他"既然要做先锋／就该写头　写手臂／最起码也得写肩膀担当"的创作追求，是他的精神原乡在诗歌世界中的投射，是他诗歌世界中"穿透窗子"的"一抹阳光"，我们期待着他的进一步开拓。

出生于静海的青竹，静海既是他的诗歌原点，又是他精神逻辑的起点。从静海到大海，他开启了汉语诗歌生命的一次探索远行。天津开埠以来，西学东渐，中西杂糅，变革图强，造就了津沽诗歌传统而又前沿、包容而独立的特色和基调。青竹是津沽诗歌创作群体的一分子，他自觉地扎根静海，深入津沽，绝不舍弃传统诗歌精神的传承，默默进行着"津味"和沽上市井气息中新的美学趣味的探寻。这种探寻开始于新诗奠基者穆旦，穆旦站在中国传统诗歌的反面，借鉴西方现代派的艺术手法，在新诗的意象、句式、结构和语言等方面勇敢探索，形成了冷峻奇崛的审美形式。到了郭小川，则把穆旦对传统意象的颠覆又转变了过来，写出了《团泊洼的秋天》等一批现实主义力作。青竹的探寻开始于郭小川停下的地方，他写出了《团泊洼，你这新时代的诗篇》《请走进美丽的西双塘》《西双塘赏油菜花》等向郭小川致敬的思考现实、面向当下的诗篇。他在《团泊洼的孩子》诗中写道："茅草一样／蓬勃的团泊洼的孩子茅草一样／撒欢的团泊洼的孩子　茅草一样／清新的团泊洼的孩子……有的孩子长大后／会像蒲公英随风远走　有的孩子长大后／会像草籽儿种在盐碱地　可是无论怎样，团泊洼的孩子／都丢不下那副茅草的骨骼。"青竹成功地接续了郭小川的大地悲情和忧患意识，但是，他却经历了讴歌乡土、亲情、底层、边缘的"草根"写作长时间的语言磨砺、精神徘徊。这种长时间的"天问"和思索是痛苦的、犹豫的、坚定的，之后，青竹终于加入了伊蕾、林雪、徐江、朵渔等一大批具有创新意识的津门诗人探索的行列，走出了他的诗歌原点静海，从郭小川思考的团泊洼再出发，转身面向大海，面向新时代。

在西方古典、近现代精英文学中，从《荷马史诗》一直到《老人与海》，大海是一个连绵不断的主题。纵览我国文学史，虽然李白咏过黄河、长江，没有直接写过大海，苏轼咏过长江，也渡越琼州海峡至儋州，没有留下咏海的诗篇，但中华文学史上不乏歌咏海洋及涉及海洋主题的经典文学，出现了《山海经》、庄子《逍遥游》、曹操《观沧海》、潘岳的《沧海赋》、吴承恩《西游记》以及李汝珍的《镜花缘》等许多伟大作品。在当代，诗人海子留下了经典之作《面朝大海，春暖花开》："从明天起，做一个幸福的人 / 喂马、劈柴，周游世界 / 从明天起，关心粮食和蔬菜 / 我有一所房子，面朝大海，春暖花开。"海子的大海广阔浩荡，心旷神怡，是他的安魂之乡、理想之乡，海子的审美里装着"所有的人"，装着整个人类，他的大海也是我们每个人都在找寻的"在尘世获得幸福"的精神原乡。青竹从静海到大海，从临海不见海到亲海、敬海、读海、思海、写海，创建了自己的精神原乡，这既是他个体生命的追寻，也是他精神境界的升华；既是他一个人的梦想，也是一个民族的时代课题。

"一首诗挺直脊梁将我撑起！"

面向大海的诗人，一定会写出更多更好的诗。

一个民族歌者的诗心
——读诗集《梦染黎乡》

《梦染黎乡》这本诗集,有着一个古老民族史诗般的气质。黎族口头文学中关于远古洪荒的神话和传说,叙述了宇宙万物及人类的起源,也创造了一个理想而完美的、神明遍布的世界。今天,这些神话与传说再次滋养了一个诗人的精神,他的诗歌因此获得了独属一方的民族艺术品格。

这部优秀的诗集,反映的是一个民族的秘史、人的心灵史、诗人的吟咏史。诗人以自己生命与精神的双重体验,完成了诗意和美学意义上的重构,一些碎片似的光阴云影,自时间的封闭境况中荡游而出,凸显出有别于事物自身的格外光泽。黎族有谚语称:歌声不歇,笛音不止。于诗人而言,更仿佛诗意不歇,诗句不止:

把终生的念想
寄托于海天之外的群山
连同你的干栏船屋

和彩虹般绚丽的锦彩

　　你在大海环抱的岛屿上

　　把自己写成山的模样

——《梦染黎乡》

　　诗人以自己的赤子诗心，对黎族文明所蕴含的文化、智慧与信仰，进行了深情而浪漫的追索。诗人从凡俗的生活中退避出来，在精神世界中对民族的悲欢进行终极的寻求，灵魂的挚爱诞生了由衷的崇敬，更诞生了奔涌的诗句。

　　作者在诗集中着力描绘诗人生命与精神的原乡，挖掘原乡与还乡的精神情节，以及隐秘的童年经验所带给自己的灵感与灵性。随着时光流逝，一切已不再，故乡似已成了心灵禁地，而把故乡作为恒久母体的文学创作，无疑是一种精神还乡，是对纯净人生的向往与回归。

　　民族的文明符码，深深地植入了诗人写作的基因，远古的祖先与诗人的当下得以奇异地重合。这样的重合，无论对于诗人这样一个个体而言，抑或对于一个民族的精神传承而言，都是感人的慰藉，是一种文学语境下的诗意历险，是历史延续的一脉隐线，更是诗歌文本中不可或缺的叙事审美：

　　　　我曾经对着山神默默祈祷

　　　　对着那些太阳花和橄榄绿

　　　　邀请一切光、云雨和国王的声音

　　　　……

　　　　以清晰的音质存在于无数个山头

>　　并尽一切可能
>　　放飞所有的善念
>　　　　　　——《黎族的五种语言》

　　从遥远的故土黎乡、刻骨往事到当今黎家人，诗人延续着一脉相承的诗意主题，无论回首往昔，还是寄望未来，都是对自己身份的下意识塑造，并在时而流露出的对民族文化走向的隐忧中，强化着这种身份的深重责任与使命。也恰如此，这本诗集始终弥漫着一个民族歌者与赤子的大情怀，一种集质朴与灵动于一身的语言张力。这样的写作初衷与姿态，无疑是对民族的敬畏、对文明的铭镌，更是对读者最大意义的尊重和满足。

　　民族古老的文明，为诗人开启了无限的诗学视野，并因此成就了诗集的灵魂底色与显见的美学品格。而以此为精神启蒙的诗人的心灵史，因而更接近一个族群浩荡的生命史，或者从某种意义而言，当一个个体以全部心魂倾听民族的源头，个体生命的心灵史就呈现了一个民族的生命史，这应该是一个诗人生命成长经验中最为华丽的精神际遇。期待诗人在未来的创作中，进一步寻求独特、鲜明的原创性，努力提升诗歌的哲学境界。

刻骨的精神沐浴

——评张雅文《盖世太保枪口下的中国女人》

2015年6月24日晚,国家主席习近平在中南海同到访的比利时国王菲利普会晤时,向菲利普国王赠送了一部纪实文学作品《盖世太保枪口下的中国女人》。这部作品何以成为国礼,是因为它记录了"二战"期间一段感人至深的传奇故事"一个伟大的中国女性英勇救助比利时抵抗战士的事迹",从而成为中比人民友好的见证。尽管"二战"结束已经半个多世纪了,可纪实作品中的人物钱秀玲所做的一切,她为中比人民的友谊书写的撼人篇章永不磨灭,在灾难深重的"二战"史上永远放射着无私无畏、荡气回肠、感天动地的精神之光。

作为纪实性文学作品,本书最引人动心之处,就在于作者在文学叙述语境中,为读者呈现的真实人物的真实命运。正是"真实",构成了纪实作品的骨骼,铸就了纪实作品的灵魂。这部纪实文学作品,让人们在阅读中,走近了作品主人公的原型,钱秀玲老人的那段传奇经历。这是一段真实的历史,也是一个传奇的故事。50多年前,女主人公为追求科学与理想,从中国到比利时留学。不料战争爆发，比利时被德国纳粹占领。主人公从此投身于反法西斯斗争，并以她的人格力量，感化了德国将军，使其未泯的良知得以复苏，从盖世太保的枪口下挽救了百余名反战人士的生命。战争结束后，比利时政府授予她"国家英雄"勋章，人民誉她为"比利时母亲"。作者通过真人实地采访，凭借深入细致的研究和访谈，最大限度地获取了珍贵翔实的第一手资料，在作品中生动展示了"二战"期间比利时的一个历史截面，鲜活感人地反映了中国女性高贵勇敢的精神品质、无畏的国际主义精神，以及对和平的渴望和对生命与死亡等的深度探寻。

　　本书的另一特点，是它的历史真实性与作品艺术性的深度融会贯通。在文学的语境中，将一段惊心动魄的战争史，展示得从容感人、扣人心弦而异彩纷呈。为了尊重历史史实，让作品更有真实的历史在场感与说服力，作者几经周折，几次赴比利时采访作品的人物原型钱秀玲老人，当时钱秀玲已经88岁高龄。为熟悉"二战"那段历史，增强作品的艺术感召力，作者先后观看了近百部"二战"题材的电影和几十部小说，最终如愿创作出了这样一部为全世界所瞩目的作品。作品不仅成功描绘和塑造了一个"女辛德勒"式的神奇英雄，同时也成功地刻画了一个德军将领复杂丰富的人物形象，展现了一位中国女性在德国法西斯枪口下，所表现出的惊天地、泣鬼神的人格魅力，表达了人类反对战争、呼唤和平的恒久主题。在世界战争史面前，这样磅礴深远的精神指向，已不仅仅代表传主个人的荣誉，而是一个国家一个民族的骄傲，值得每个中国人认真阅读，我们会再一次强烈体会战争的硝烟、隆隆炮声，以及黑洞洞的枪口下，那些人类命运悲情的时刻，深切体会生命的真谛、灵魂的意义与价值，刻骨体会今天的和平是如此宝贵而不易。

　　本书的第三个特点，是它所暗含的非凡而不朽的意义与价值。对本书的考量，显然已远不止是其文学本质上的艺术成就与审美指向，其更为深刻与宏阔的，是其文学性背后的强大的现实主义意义。作为一部纪实性较强的文学作品，本书题材的独特，决定了其意义必然的繁复与深远。透过作品的文学光影与枝蔓，本书为世界呈现的是一个真而切真的历史片段与截面，因为真实，而使作品中的一切都具有了巨大的感染力，历史的脉搏再一次清晰而真切地在读者眼前搏动，这是其他文学作品所难以抵达的境界与高度。再伟大的虚构，也抵不上平凡的活生生的生活本身，更何况这样传奇而不朽的人间奇迹。甚至在整个世界的语境中，其意义还远不止于此，因为作品中所传达出的，是对整个人类战争史的反思、对全人类心灵的震撼与涤荡，是对人的精神最为刻骨的宗教般的沐浴。在今天的和平年代，这一切对任何国家而言，都几乎是堪称比任何财富更为贵重的无价之宝，这种弥足贵重的核心价值，以及其厚重的精神蕴涵，不只是理解战争与和平的关键所在，更道出了人性的复杂，与人类命运的宏阔与深邃。

不可名状的依恋
——解读马拉小说《青瓷》

马拉的中篇小说《青瓷》，向我们讲述了一段剪不断、理还乱的爱情故事："我"通过网恋不可理喻地爱上了一个叫青瓷的姑娘。

虽然彼此相恋，甚至为了青瓷，"我"不惜放弃工作，抛弃深爱"我"的秦琴，与女友虚与委蛇，却终究没能收获与青瓷的爱情。小说的结尾，青瓷罹患癌症去世，在"我"的心底留下了永远不可触碰的痛。

小说在意蕴上具有多种解读的可能性，这使得《青瓷》不同于一般意义上的爱情小说。小说中的"我"和青瓷，对待爱情有着非你莫属的近乎偏执的态度。虽然表面上玩世不恭，有着游戏人生的小小乖张，却格外吝惜自己的真爱，绝不轻易付出。所以他们的网恋虽然潜流暗涌，却是亦行亦止，彼此始终小心翼翼地维持着那层尊严的窗户纸，不肯轻易捅破，而一旦打破暧昧的沉默，他们的爱就有了不管不顾的决绝和那么点真爱至上的意味。

正是有了这种对爱情理解上的默契，青瓷可以在婚后离家出走，投入别的男人的怀抱；"我"则忍心抛弃深爱自己的秦琴，和女友维持着名存实亡的爱情，甚至"背叛"纯洁无瑕的小艾，扑向魂牵梦萦割舍不了的青瓷。这种种为世俗所不忍的"行径"以真爱的名义为"我"和青瓷赢得了心灵上的解脱。

这无疑是颇具现代意味的爱情叙事，是身处当下复杂时代中人的独特爱情观念及其体验。小说中"我"与青瓷因为后者家庭的原因终究未能走到一起，上演了一出现代版的"盈盈一水间，脉脉不得语"的故事，这种处理方式尽管并不十分高明，却袒露了现代社会中爱情的困境，与之相对立的是欲望的泛滥和责任的缺失。就这点来看，小说的批判意味也还是很明显的。

小说围绕青瓷还着意安排了另外四名女性，她们在"我"不同的人生阶段带给"我"身心不同的体验。从这一层面看，《青瓷》无疑是"我"的爱情成长史，"我"对青瓷不可名状的依恋实际上源于灵与肉的共同参与和完美结合，对比"我"与秦琴、女友单纯身体欲望的达成，不难理解其间的差异。就以上两点来说，《青瓷》可谓一篇时代性、批判性和普遍人性兼具的小说。

《青瓷》在结构上亦颇具匠心。"我"与青瓷的四次会面构成小说的主线，但青瓷的角色并不显性地贯穿于小说始终，这条主线因为青瓷间歇性的"不在场"而若隐若现，作者笔触因而可以从容旁及其他诸多情节，从而使小说扩充了容量，呈现出张力。

围绕与青瓷的感情纠结，"我"与初恋女友、秦琴、不知名的女朋友、小艾分分合合的交往构成小说的另一重线索，这重线索与小说的主线纵横交错，相辅相成，共同推动情节不断向前发展，小说结构因而舒放有致、紧松自如。同时，不可忽视的一面是，小说以回忆形式展开叙事，在回忆中插入回忆，作者有意在过往与现实、过往与过往之间造成一段段距离,镜头越拉越远,小说层次渐趋明晰,立体感也得到不断增强,有效强化了小说的延伸力。

当然,《青瓷》文本并不完美无缺。首先,最明显之处表现在"我"与青瓷深厚的感情基础立足不稳,读者很难相信素未谋面的两人仅仅通过网络就能达成情感上的强烈共鸣和心灵上的极度吸引;其次,青瓷居然因为家庭原因而放弃对"我"的爱,这与青瓷不羁的性格显然不符;再次,小说在处理青瓷对MBA的态度时有些混乱,这在小说的结尾表现得尤为突出;最后,小说以青瓷罹患癌症结尾,主人公复杂的情感纠葛似乎可以此告一段落,这样的处理不仅俗套,也有简单化嫌疑。

尽管如此,《青瓷》应该可称是近期文坛不可多得的一部好小说。

魂通英杰诗心阔
——光军组诗的一种解读

诗为心声。

透过光军纵横隽逸、灵秀飞扬的函函诗笺，我们可以深深领略到诗人的宽阔胸襟、宽广视野和宽厚情怀，慨叹贯通古今的那一脉热血如此涓涓流淌在中国文化人的精神血管，沉着而坚实，涌动而不歇，透迤壮丽诗国传统，高拔挺秀人的精神，使读者在蕴藉文字中缱绻沉思，于无声处谛听心灵的呐喊！

诗，呈现的是形象。窗外疏星陪淡月，灯下清茗伴前贤（《夜读吟》）；墨香已共心香醉，夜夜挑灯伴梦憩（《心香》）；广结高朋可增寿，饱读诗书胜沐香（《自述》）；谢客读史独临窗，掩卷低吟悟沧桑（《读史》）。于此，一个酷爱读书、醉心沉思、夜读不倦、雅洁超拔、平民文士的形象，凸现读者面前。读书，在光军，是一种境界、一种追求。名车骏马，人所欲也；灯红酒绿，人有求也；呼朋唤友、高谈阔论，何其叱咤？温香暖玉、沉醉风流，又如何倜傥？而怡神养心亦励志的感悟，使我们的诗人沉醉墨香度流年。读书，对他，又是一种责任、一种需要。远离喧嚣人自静(《中海听月》);夜研诗书养德性(《感赋》);常交高朋借慧眼,偶吟佳句寄雄心(《有悟》)。这样的读书生活,可自静,可养性,可修德,可寄情,何乐不为?读书,于他,还是一种快乐、一种享受。曾有不平曾有憾,良宵夜读便开颜(《夜读吟》);临窗展卷魂自静,天高秋爽神亦清(《周日习字》)。读书使诗人如此兴奋:几多风雨烟云过,墨香飘处气韵生(《周日习字》)。读书使诗人这样充实、衷情雅趣自坦然,超越俗念方宁静(《岁月如流》)。真可谓人生何处无佳境,文心走笔寄诗情(《咏春》)。文人雅士超拔脱俗的形象,由此得形。

诗,表达的是哲思。志向清高存气骨,句从平淡出新奇(《心香》);心历沧桑看云淡,身处漩涡觉风轻(《岁月如流》);中流弄潮任浪高,人海操舵赖心平(《学友相聚》);老槐树下悟盈亏,远离尘嚣人自静(《中海听月》);人遇杂事辨邪正,身履薄冰悟深浅(《有悟》);难得闲时赏飞虹,曾在静处听惊雷(《兰香入梦》)。在这里,平与奇,邪与正,深与浅,亏与盈,沧桑与云淡,尘嚣与宁静,一切都对立统一于诗人的篇什。很难想象,没有辩证思维、缺乏人生历练、缺失哲理导引的人,境界低下、心胸促狭、陷入蝇营狗苟的人,满足低级趣味、沉浸凡俗恶俗的人,会有这样高远的悟,能赋这样睿智的诗。只有那些既能够涵泳生命真谛、体味人世百味,又能够俯瞰人生、审视生活、辨清世界的人,才会有这样的旷言达语,才会在矛盾中见和谐,在芜杂中出纯净,在浮躁中能沉稳,在混沌里求清明。"回也",吾与之同!

诗,更是情怀和人格的展示。畅意学海系国运,颐情书山忧黎元(《夜读吟》);情寄翰墨躁气去,脉连黎民浩然来(《静思》)。

忧国忧民，本是中国知识分子一脉相承的优秀传统；感时伤世，终是中华文化生生不息、薪火相传的正向情感。系国运，忧黎元，直抒胸臆，感地动天！而未肯随俗弃雅趣，岂肯弯腰屈高节，平生恐为仁义累，梦里潮头唱浩歌（《感赋》）；芳草看遍独爱莲，根在污泥出清枝（《对月》）。恨无慧语能惊人，幸有良知可对天（《旧雨对酌》）；惟愿清心对明月，游子何敢愧梓桑（《迎秋》），则更是令人折腰，油然而起敬意；摧人奋起，教人见贤思齐。多么真切的情怀，多么真挚的情感，多么真纯的表达，多么真诚的语言。李白诗文惊天下，老杜用语撼人心。为雅趣，岂肯随俗？为高节，决不弯腰。对仁义，甘为之累；对青莲，情为之高。在这个人文和物质的世界，哪些慧语能抵良知？恨无慧语能惊人，一个"恨"字何其决绝？幸有良知可对天，一个"幸"字何其自豪！如果没有堪与明月相对的清心，怎会发出游子何敢愧梓桑的浩叹与直言！中国文字应为有如此机会为如此诗人所用而欣慰矣！

光军本出自寒门，大学毕业后，历经乡镇、县区、地市多岗位锻炼，幸遇多位伯乐赏识，得承众多朋辈扶助，不惜心血与汗水，依靠智慧和劳动，在行政工作中作出备受关注的成就，却没有半点人所难避的高高居上之气，总以真真实实、诚诚实实、厚厚实实、朴朴实实的风范得到广泛美誉。人却不知他温厚面容下，有着如此之重如此之深的责任；他谦和的笑容后面，矗立着厚重如山、伟岸如壁的中华文化。

沧桑看淡悟一理，德才学识胜黄金（《学友相聚》）。诚哉斯言！

诗意生活的可能与经验

——序艾璞诗集《诗意人生》

显而易见，公安文学以其独异而卓然的审美气象，业已成为当代中国文学不可或缺、不可替代、不可限量的重要力量。公安作家以本系统特定的工作、生活、心理情感、命运遭际等作为描摹客体，以生活写实、人文精神与理想主义的相互交织，将公安作家独有的生活及心灵经验与现实巧妙融合，获得文学艺术的审美统一，铸就了具有特异职业特征的艺术范本。作为鲁迅文学院第二期公安作家研修班学员的艾璞，就是一位具有公安特质、个人特点、突出潜质的优秀作家，多年来，他执着而坚定地在自己的岗位上坚持文学创作，取得了不俗不凡的成绩。

在这本即将付梓的诗集《诗意人生》中，艾璞将生活中的美丑善恶、心灵的哀怒喜悲，多角度地反映出来，既以公安领域真实生活为轴心，又将视野投向更广阔的社会生活，折映出自然、社会和人生的蕴涵所向。他的诗句有着自己独立的语感，依照自身独到的审美意趣，展示着自我的生活智慧和精神体验。应该说，艾璞在这个独特的题材领域，相对自如地释放着自我的心灵，深沉表达着自己所理解的世界，繁复、辽远而深情。特别随着近年来创作领域的不断拓伸与延展，这种宝贵的精神诠释，愈来愈呈现正确的心灵指向。

这部诗稿内容是驳杂的，同时亦是清晰的，其所内蕴的公安文学的灵魂与核心的责任使命，使文本呈显出异于其他文学的特质。"责任就是对自己要求去做的事情饱含深爱"，歌德对责任的界定，解释了责任所蕴意的感性之美，更仿佛对责任一种全新的启蒙。而与之相对应的，是托翁笔下的责任——"一个人若是没有热情，他必将一事无成，而热情的唯一基点便是人的责任心。"两位大师显然并未意识到，其间含蕴着一种概念上的交换的可能，以及一种藉由责任而延伸开去的精神品格与心理逻辑。此间的责任，对应于作者所生活的特定环境，则更加显得深刻而博大，当这一切得以以诗意充分表达，自当格外值得注目与品味。

今天我们所经历的和平年代的生活，随着战争的相对远去，"烈士"，作为一个惊心动魄的称谓，似渐渐淡化于人们的心间。而在诗人生活的特殊环境，却依然葆有这个词汇的力量与光芒。作者的诗稿中，有大量这样的诗作，无不满怀对逝去战友的刻骨追思。事实上，只有将这样的情感表达出来，于和平年代的公安诗人而言，便是一种不可规避的使命与责任"总有一种声音让我泪流不止，滴血的阳光照在我头顶上的国徽……"，贵重而素朴的情感中，作者激荡的心潮炙热汹涌，触手可及，这是一个公安诗人的爱与哀，更是骄傲与疼痛。诗稿中不乏对身边英雄烈士的深情礼敬，比如《罗师庄》《凤凰涅槃》《青春舞曲丰碑》《七十六秒的震撼》《家乡的泥土守候你的梦想》等，在表达自己情感的同时，亦将一种特殊生活群体的精神核心，交付于更多人的视野之中，交付于更广大的社会层面与生活疆域。

艾璞对诗歌创作，一直有着执着地追求，尝试着形式上传统与现代样式的契合，公安题材和其他题材的融汇，试图抵达诗歌的新的艺术观念，也展示出诗人深度的美学探索。

在诗歌创作中，诗人的情感与情绪，时而由简单变得繁杂，时而由平静转为丰沛，但皆满含真诚与坚实，使得作品愈来愈趋向更深的成熟。《普陀梵音》中，"从此岸到彼岸，有人花去一生时间，还在苦海泅渡……"；《三炷香》中，"上顶天地中畏神灵下踏土地，三炷香就足够我内心的祈愿……"，作者时刻谨守对自我心灵的真实表达，或浓郁或浅淡，却始终显现出理性与感性的鲜活。最为可贵的是，诗人在创作中下意识地向着精神深处地抵近，使得作品的内在品格具有了更为深刻的指向。这样的精神深处，亦不乏可以理解为对故乡的切切回望，那些不息的乡愁"离开了故乡我发现，只有硬下心来才能看清楚，自己模糊的脸和模糊的故乡"，这时的故乡，不仅指的是遥远的南国故里，也在说着眼下生活的故乡——《杭州》《漫步在西湖边的楼外楼前》《在龙渊阅读雨中怒放的油菜花》《江南听雨》《漫步在三台山的于谦祠》，生活于此，便有了对这片有着天堂之誉的美地，息息相连的目光与心灵检索，而远方那片土地，又似乎常常令人分不清故乡与异乡。这不是令人哀婉的模糊，相反，也许却是命运赋予其两个故乡的慧赐，因此连相爱亦来得别有意味："异乡的冬至如秋露来得特别迟，相爱的人伸手不可及。"

艾略特曾将现代人生存的方式隐喻为"活死"，这也是他在《荒原》中所传递给整个世界的信息。的确，在祛魅后的现代境遇中，人类进化对自然触目惊心地戕害，如今已令整个世界为之警醒，有识之士已然将一种饱浸良知的见识，普及于生活的各个角落。

诗人更是善于自生活中的点滴发现，捕捉着现实的全新向度，指出将临的威胁，提醒不容规避的残酷，深沉而悲情：

"苦心经营的秋雪庵也摇摇欲坠，倒下的芦苇发酵发笑，这座城市的野绿肾冶，慢慢有些亏了"（《湿地西溪》）；"我不希望自己最后的一滴眼泪，流淌在塔克拉玛干沙漠里，我祈祷塔克拉玛干的眼泪，能唤醒沉睡的人们"（《塔克拉玛干的眼泪》）。

不难发现，在与景观的对望中，诗人所发现，总是风景背后更深远的东西，那些被人为化了的自然，仿佛蒙上了一层大幕，而诗人正以笔为剑，划开大幕之上虚妄的优美，呈显出久违的巨大的真实，其间无疑，更多包含着对当下生存环境的深度隐忧，这不只是一个诗人的敏锐与感怀，更是一个作家心底最宝贵的良知。

我与艾璞亦师亦友，虽相隔甚远，但他在我的心灵中定格的形象，一直是一个坚实的行走者，一个回望历史、思考当下、瞩望未来的思想者，一个抱持贵重诗心的青年诗人。他对世界深情抚摩，安静而执意。他以自己特殊的生活景致出发，襟怀环抱整个生活疆域，对当下生存环境，包括个体精神环境与社会环境，时间及时间中的可见之物，有慨叹，有祝祷，敬畏而炽真，宏阔而细微。他的诗艺清新中不乏斑驳，激涌中蕴涵宁静，仿佛复调的和声，用心倾听，会发现不同声部的音调，彼此呼唤、呼应，这是一个诗人内心繁复情怀及心力的外化，更是一个诗人的心灵经验、经年的积蓄与含蕴，也因此，令匆促纷扰的现代生活，得以持久地葆有弥足的、诗意的无限可能。

"我的牙齿深入甘蔗的内部，吹竹笛的方式震动你的心灵，歌唱生活阳光泥土。"祝愿我们年轻的歌者在暗夜里吹奏精神的漫天星光，在星星的音孔里吹奏出诗歌的黎明！

突破 突进 突围
——读张玉龙专著《疾病的价值研究》

疾病意味着什么？生、老、病、死本是生命体与生俱来的宿命，疾病乃是人类别一种生命样态。据科学家研究，疾病早在人类出现很久之前就已存在。考古学家在美国落基山脉距今5亿多年前寒武纪地质年代岩壁上，曾发现带有链球菌的化石；在宾夕法尼亚3亿多年前地质年代的爬虫类和两栖动物化石上，发现细菌类和寄生虫疾病的痕迹；在1亿多年前白垩纪地质年代的动物化石上，发现骨瘤、骨膜炎和关节炎等疾病。可见，疾病绵延整个自然发展史和人类文明史，伴随于生命左右始终。

人类对于疾病的认知有着一个漫长进化的过程。早在远古时期，人们抱持神灵疾病观，认为生命是神灵所赐，疾病则是神灵的惩罚，疾病是独立于人体之外而存在的实体；到了古希腊时期，人们坚信自然哲学疾病观，认为人体涵括血液、黏液、黄胆汁和黑胆汁，这四种成分主宰人体健康和病痛；中世纪以后，随着细菌学说问世，人们秉持自然科学疾病观，认识到是特异性微生物引发特异性疾病；18世纪晚期以降，生物医学模式下的疾病观得以形成，以至当代更是确立了医学"生理—心理—社会"模式，疾病被放置于生物学、心理学和社会学显微镜下获致综合认知。

事实上，在哲学视阈里，生命是运动的一种形式。当这种运动循其规律和谐运行时，呈现状态就是健康；而当和谐状态被破坏，生命运动呈现出的异常就是疾病。健康与疾病是一对矛盾，统一于共同的生命体。健康，作为生命存在的常态，是医学哲学的逻辑起点；疾病，则是生命存在的异态，亦是疾病哲学本质的根本指向。米歇尔·福柯指出："疾病也是一个物种，它如同植物一样有其自身的方式：生长、开花与凋谢。疾病也是一种生命。"在这里，疾病被视为病理生命的呈现，被赋予自足的色彩。而在人文社会科学广阔的语境中，疾病解释则有"患病故事"（storiesofsickness，布罗迪）、"疾病叙事"（illnessnarratives，凯博文）等文化元素。苏珊·桑塔格在《疾病的隐喻》中指出，"作为生理学层面的疾病，它确定是一个自然事件，但在文化层面上，它又从来都负载着价值判断"。事实上，按照日本学者牧口常三郎的价值理论，客体对主体既存在"正价值"，又具有"负价值"。以此而论，即便在纯粹生理学意义上，疾病对于人类而言也兼具正负价值。比如，某人罹患伤寒，细菌侵害身体，此时伤寒杆菌体现为负价值；然而，病人由此增强后天免疫力，伤寒杆菌又被赋予正价值。当然，从文化心理层面而言，病人由此强化了生命意识和预防观念，亦为疾病价值的一种体现。近年来，随着医学人类学、文化学、社会学、哲学对疾病问题研究的介入，人们试图揭示病患对生命存在的多重意义，发掘疾病产生的社会历史文化根源，展示社会生活中无处不在的病痛体验。但疾病的价值研究这一课题，仅零星散见于各家篇什之中，将疾病价值作为一个独立系统进行深入发掘尚未见到，从生命伦理角度对疾病价值深刻论析还是空白。现实期待兼具人文素养和科学精神的俊彦才士，博考经籍，采摭群言，研精覃思，建构新篇。

玉龙攻读医学人文博士学位期间，在至大至广爬罗剔抉、至深至切考究挖掘基础上，将视野瞄向疾病的价值、疾病的文化意义等重大范畴。他敏锐把握现代医学发展趋势和社会对全面健康的迫切要求，对"疾病"这一生命存在的必然维度和客观现实，在价值层面进行了翔实解读，深入探寻。他目光如炬，以自然科学为基础，以语言学为工具，全面考察疾病的内涵、外延及其含义变换的基本模式，力图在哲学层次上揭示疾病的本质；他勇于拓新，在现象学基础上研究疾病和价值的内在联系，探究疾病价值这一新概念的形成基本规律，从而为解释疾病探求新途径，为价值应用开辟新领域；他锐笔掘进疾病基本价值与疾病多元价值的张力关系，并以此为基点，全面构建起一个纵横维度同存、正负指向兼备、理论实践交织的价值体系；他大举推演疾病发挥价值的基本实现途径，提出疾病价值教育的概念，阐释在经济、政治、历史、文学、法律各个层面的价值存在，进而完善了人文医学，使得关于人的终极关怀理论更加系统；他综合运用各种方法，宏观上坚持哲学方法论，以马克思主义哲学为指导，积极吸收西方现代哲学中的现象学、解释学理论、存在主义、批判理论、后现代主义、结构主义、科学主义与人文主义融合论等理论进行研究，中观上熟练运用归纳论证法、逻辑推演法等研究范式，微观上混合运用文献研究法、文本解读法、多学科研究与跨学科研究相统一方法，为疾病价值研究开辟广阔道路和成长空间。所有这一切，标志着玉龙的研究实现了理论上的突破、实践上的突进、方法上的突围。缘此，他的博士论文获得答辩委员会高度评价，并获得"优秀"层次，自是水到渠成；以博士论文为基础创成的这部著作，在学术界和实务界呈现的价值和意义，当然不须预虑。

  我认识玉龙可谓久矣！20世纪90年代，我在滨州医学院担任院长助理兼党委办公室、院长办公室主任时，他大学毕业来到学院担任辅导员。传闻大学期间他的论文即被《新华文摘》转载，这使我大为惊异。《新华文摘》作为全国倍受关注、影响力极高、社会反响极大的权威文献转载刊物，在知识界、思想界、学术界拥有崇高声誉，素有"读新华文摘，品天下文章；把握时代脉搏，赏百家奇葩。聚焦学术动态，展百家风采；一刊新华文摘，承载整个时代"之嘉誉。一个本科生论文为《新华文摘》转载，可不是等闲事！作为同样对人文社会科学研究葆有浓烈兴趣的人，我关注并阅读了玉龙的许多文章，深深感受到他的知识涉猎之博、理论积淀之厚、研究层次之深、科研兴趣之浓、奋笔疾书之勤。后来我们自然成了同事、书朋、研伴、好友！两人尽管年龄相差十多岁，但同气相求，同声相应，相互砥砺，情同手足。2012年，我离开山东赴京工作之际，玉龙有博文《关于离别：一鸣院长离烟赴京履任有感》述之，中有"丈夫非无泪，不洒离别间"；"别离时刻，往昔点滴上心头，相互的依恋油然显现，外化于语言便是谆谆互嘱，内聚成激动便是心灵的震颤，双手互握则不禁潸然"；"多情自古伤离别，离别的滋味，铭心"之句。真是难得的友情、难忘的时光！如今我们在各自领域幸福而辛勤耕耘，一在齐鲁，一在京华，岁月何苍茫，道远情且长，祝福永无疆！

浓的眉、亮的眼、专注的表情、露出虎牙的笑颜，我的小友，你可又把头埋在如山的书卷？以疾病的价值研究为起点，把生命融入跨文化的生命研究，价值无限，你将走得更远！

鲁院

批评作为一种生活

金声玉振　寥亮人心

鲁院（鲁迅文学院）需要一个自己的论坛。为它之为殿堂，从而担承的使命；为它之为摇篮，故被寄予的期冀。

无疑，这个论坛主人应是学于兹、研于兹、成长于兹的学员。阅读先人著作，追远溯源，必有感慨于胸；披览当下文丛，沉潜涵泳，不言势必如鲠在喉；难得文友相聚，如切如磋，如琢如磨，钟声磬韵，绕梁不绝；至于清夜独坐，一桌、一椅、一笔、一纸、一键盘、一屏幕，一腔心绪，能不发声？

开坛之际，且振三磬：

一曰礼敬经典。经典，文明的源头，精神的乡愁。卡尔维诺有论："我们聆听音色清晰的经典……在经典中捕捉远古的回音。"一切精品创制，无不为经典化过程，起自经典、走向经典、接近经典乃至成为经典。从古至今，从西方到东方，从杰姆逊、伊格尔顿、布鲁姆、德里达，到福柯、尼采、施特劳斯、索绪尔，从莎士比亚、托尔斯泰、福楼拜，到兰陵笑笑生、蒲松龄、曹雪芹，彪炳人类文化星空、熠熠闪光灵魂，如此恒久、如此闪耀，启迪论坛之舟奋力前行。

二曰追踪先锋。先锋，前方的前方，未知的秘境。亚里士多德言:"诗人的职责,不在于描述已经发生的事情,而在于描述可能发生的事情。"批评置于如此语境,它必探照具象深处,捕捉事物背后,瞄向朦胧远景,搜寻为时间或心灵遮蔽、遗忘、未知的内情。或是抗拒程典,抑或斩棘披荆,根本在于与蒙蔽斗争。论坛指向明确:为真正批评家寻找理想意义,为真正批评开辟荒野路径。

三曰贴紧当代。克罗齐断定,"一切历史都是当代史"。历史是过去的现实,当代是未来的历史。别林斯基指出,"在构成真正诗人的许多必要条件中,当代性应居其一"。爱德华·赛义德这位"仍然健在的最后一位文艺复兴时代的通才"慨言,"文本总有其一定的环境和场景,而其意义和用法又总是过着一种不同的后世生活,在这个意义上,文本具有不可还原的当世性"。哲言睿语,道尽"当代"对于文学的意义。奥地利人格里尔柏尔策尔在《维特根斯坦笔记》中写道:"在远方巨大的目标之间徘徊是多么的容易,而要抓住眼前的事物是多么艰难。"对此,我们应当引而警醒!

不遗过往、不辞将来、不缺席在场,阔大包孕,虔诚捡拾,犀利透视,以金声玉振,寥亮人心。学员诸君,你们准备好了吗?

建构中国特色叙事学的探索

读王彬的《从文本到叙事》，感觉具有三个特征：

一、以创造成就体系。王彬站在文艺理论前沿，时代思维高度，体现了目光深邃、先于天下的独特思考，庄严无碍、洞察透彻的独立思想，兀兀穷年、如如不动的大雅净气，入乎其中、出乎其外的研究风范，意在构建具有中国特色、中国风格、中国气派的中国叙事学体系。这体系既有民族特色，又有时代特征，体现文学特质，具有个人特点。他提出了叙述集团、第二叙事、滞后叙事、时间零度、漫溢话语等崭新概念，概念是重构理论的基本单元，在此基础上，他形成了涵容叙述、动力、时间、场、话语等组成的一个相对完整的思维体系和理论体系。王彬认为，叙事者是作家创造的第一个人物，是小说的核心人物，小说中其他人物都是叙事者的衍生物，故而他认为小说的形态变化均源于叙事者，叙事者的形态变化决定了小说的形态变化。叙事者可以解构为叙事集团，叙事者的背后可以出现第二叙事者，从而造成叙事分层与意义多元。动力元是小说前进的动力，动力元形态决定小说形态。小说话语是对生活话语的变异，由此出现了语感问题，而语感又有词语选择、词语组合、句型与声律中的平仄关系等几个层次。从话语角度考察，小说由两种话语构成：来源于叙述者的叙述语言和人物的对话，也就是转述语。转述语则有四种形式：直接话语、间接话语、自由直接话语、自由间接话语。其中，自由直接话语属于内心独白，此外衍生出一种亚自由直接话语，亚自由直接话语在当下中国小说中大面积出现，是中国小说与域外小说在形制上的一个重要区别。在小说中，话语是故事的载体，话语为故事服务，但是，话语不应该只是为故事服务，简而言之，故事也应该为话语服务，当故事为话语服务时，话语便出现漫溢。考察小说艺术形态的一个重要标识便是看话语的漫溢程度。正如法国作家皮埃尔·米雄所言，"写作就是把庸常的深渊变成神话的巅峰"。王彬的理论写作与创建，就是在看似普通的文学生活、文学现象中，发现了当代文学应予回答的重大理论命题，完成了自己的文学创造。

二、以具体深化分析。一具体就深入。离开具体文本去谈叙述，是凌虚的、不及物的，甚至是空的。王彬这本书的特点就是从文本出发，从细读出发，从字、词、句、段、篇和语气、语境解析出发，从具体到抽象，又从抽象到具体，实现一个理论研究领域的飞跃。研究叙事学具有诸多途径，如俄国普洛普是从西方民间故事入手，分析其中的基本模式，从而构成叙事学的一个重要元素。而王彬认为，中国小说与西方无论是在本源，还是在历史的形制上，都有着显著区别。他以为《红楼梦》是中国古典白话小说的经典，以此做研究自然会事半功倍，为此他写作了《红楼梦叙事》，用叙事学方法把《红楼梦》条分缕析地梳理了一遍，总结出了中国古典小说的一些叙事经验，比如时间满贯，比如动力元，比如残缺话语等。同时也解决了用传统方法难以解决的问题。

另外，他还出版了《水浒的酒店》《无边的风月》《从文本到叙事》等专著。在《水浒的酒店》一书中，他以《水浒传》中的酒店为研究对象，就酒店与文学、酒店与历史文化的对应关系做了认真分析。《无边的风月》则研究了《红楼梦》的历史语境，梳理了《红楼梦》中的建筑、服饰、器物、官职、经济、阶级、语言、丧仪、人物年龄等，将原本清晰但被历史遮蔽的语境重新发掘出来，从而烛照人物幽曲，展现《红楼梦》的真实意旨。

三、以结合实现转化。叙事学在20世纪60年代产生于法国，80年代传入我国。王彬把它从西方的概念化、理论化转化成本土化、时代化，实行了创造性转化、创新性发展。西方叙事学分为经典叙事学与后经典叙事学两个阶段，其中经典叙述学分为以文本为中心的结构主义和旨在探索作品的修辞目的与效果的修辞学派。20世纪80年代以降，由于受文化主义浪潮影响，经典叙事学转向后经典叙事学，侧重于意识形态的政治批评。叙事学理论传入中国后不久即受文化主义浪潮冲击，研究者大多转向文化领域研究。王彬认为，西方叙事学作为一门社会科学，有其科学性、严谨性与先进性，亦有其局限性，作为中国学者如果以叙事学者自居，则必须遵循其固有的叙述规范，而不应只冒用其名而无其实。加之中西方文化不同，对小说的理解与认知亦相异，因此叙事学研究不能忽略中国本土文化观念，这就需要对中国传统小说进行分析与研究。同理，中国当代文学创作，创作手法与西方也并不完全一致。因此，王彬认为，中国的叙事学者应该立足本土，从历史与当下的文学现象出发，构建本土的叙事学流派，推进叙事学研究的深入与发展。因此在王彬的叙事学研究中，他注重结合古今中外经典小说，特别是中国古代和现代经典著作进行深入研究，从而在转化中实现深入挖掘了一步，高超拔升了一层，达到了一种超越境界。

王彬无愧于是文学的守望者、叙事理论的创造者，无愧于是具有长者之风、儒者之风的真正学者。

鲁院讲堂：
文学的哲学意蕴与作家的人文情怀

开学之后，尽管见得很少，但是对你们每个人的名字和你们的创作情况，我都了解。翻档案，看照片，也基本上能认得差不多了。非常难得，61个人来到这个地方，在这里度过两个月。我们选的老师，他们的课并不一定都是精品，但是希望哪怕是对大家有一点点的启示就够了。因为任何的发展和提升都是从一点点开始的。那么今天咱们座谈这个人文情怀与哲学意蕴，我也希望能有一点点，勾起你们的一点回忆，或者念想。

现在大家谈起来，创作对于一个作家来说，什么是最重要的？各种说法。有一种说法，是说技巧最重要。一个写作者，如果没有娴熟的技巧，就难以写出优秀的作品。过去我们经常接触一些作家，也往往能够感受到他们那种逼人的技巧。我上大学的时候，黄永玉先生，大画家，同时写散文，也写小说，他给我们开过一个讲座。他说一段时期，我有空就撒谎，对魔鬼只能用魔鬼的办法。那个时候看到有些非常自高自大的人，感觉老子天下第一，他就送给他们一句诗："好大一个气球啊，经不住一个针尖的批评。"多大一个气球，一针下去瘪了。这个语言是有技巧的。

再比如桑恒昌先生，著名诗人。他曾经去给我们开讲座。他个子不高，矮矮壮壮的，站在主席台上，当时他念了一句诗："我愿意和高个子在一起，和高个子在一起，我不会驼背。"是啊，和高个子在一起要挺起来的，那么和精神高的、和才华高的人在一起，我们总是要向他看齐的。这个也是人人心中有、但是他人笔下无的一句诗。他还有一首诗是感人至深的。他说小时候，妈妈病了，我一病妈妈的病就好了。现在妈妈去世了，他就说我的病能医好你的病，我的死能换来你的生吗？这蕴涵着刻骨的情感，也是有技巧的。

我大学的一个同学谈恋爱，我陪着他到火车站去迎接他女朋友实习归来，在火车站他禁不住朗诵了："我张开双臂做两条路轨，你鸣响欢乐扑入我的怀中。"在火车站，那种热切的情感和期待，通过在场的诗传达出来。后来很不幸，他失恋了。我陪着他在经十路上，沿着经十路往西走，这时远处黄昏的太阳正落下去，他又难过地说："太阳的子弹射进群山的胸膛，溅起一片血光。"那个沉痛的心情，是技巧地表达出来的。

那时，我们诗社有一个同题征文，题目叫作《诗人》。当时我和同学们到北京师范学院来实习。我穿着妈妈给我做的布鞋，第一次走在长安街上。这时我突然有了灵感，"妈妈也是诗人，她一针一线写成的诗，被我发表在长安街上"。是啊，我的鞋底是妈妈纳的，我走在长安街上，我就把她的诗发表在长安街上了。我想这里也是有技巧的。

我的一个朋友，到了天安门广场，看到人民英雄纪念碑，写了一首诗，题目《人民英雄纪念碑》，就两行："你，中国的拇指竖在这里！"从具象上讲，她是一个拇指的形象；从抽象上看，

1840年、1919年、1937年、1945年、1949年以来，那些为了民族独立、人民解放、国家建设而捐躯的先烈，他们的鲜血泼洒在这块土地上，凝结成丰碑，这不正是中国人民的骄傲、中华民族的骄傲吗？所以说，这是好诗，里面是有技巧的。

你们的一个师哥，鲁若迪基，写过一首诗《小凉山很小》："小凉山很小／只有我的眼睛那么大／我闭上眼／它就天黑了／小凉山很小／只有我的声音那么大／刚好可以翻过山／应答母亲的呼唤／小凉山很小／只有针眼那么大／我的诗常常穿过它／缝补一件件母亲的衣裳／小凉山很小／只有我的拇指那么大／在外的时候／我总是把它竖在别人的眼前。"小凉山多小啊，眼睛那么小，声音那么小，针眼那么小，拇指那么小，但是它又那么大，寄托着那么多的回忆、那么深情的回顾、那么深切的精神唤起。

技巧确实是重要的，刚才是说诗。至于小说，你们的师哥，刚刚得了鲁迅文学奖的徐则臣，他曾经谈到，写小说要从上午十点写起，这不是指我们作者写小说的时间，是指小说的叙述时间。小说中的叙述时间从10点开始，大约就是这个时候，你总不能从凌晨1点就开始写，一直写到12点；或者从他一出生就开始写，写到他死，这样的顺畅。它是从10点开始，然后前后的回环，左右的穿插，从而使得小说有了相当的张力，这是技巧。

还有人说写作心态最重要，如果总是想我要得奖，我要写一篇得奖的小说，我要写一篇得奖的散文、得奖的诗歌，那么急切，那么浮躁，可能也写不出好作品。王安忆，是你们的师姐了，她说，"我写作的秘诀只有一个，那就是勤奋的劳动"，"写小说就是这样，一桩东西存在不存在，似乎就取决于能不能坐下来，拿起笔在空白的笔记本上写下一行一行字，然后第二天，第三天，再接着上一日所写的,继续一行一行写下去,要是有一点动摇和犹豫,一切将不复存在"。写小说是怎样的?就是坐下来,从第一个字开始写,一个字一个字地写,一行一行地写,一页一页地写,是一种劳动而已。刘庆邦曾经谈到,2006年中国作协第七次全国代表大会的时候,他们在一个楼住,他去看望王安忆,王安忆说你回家吗?他说有什么事儿吗?她说你回家的时候给我带一些稿纸。刘庆邦就想,这样的会,全国各地的朋友、文友、领导、文学家、理论家都在这里,除了开会,闹哄哄的,打牌、喝酒,谈心,聊天,哪有时间写作呀?王安忆说,你给我拿稿纸来,我要写作。刘庆邦说正好我带了稿纸,就跑到楼上,把稿纸拿下来,分给她一多半,一本稿纸是100页,一页有300多个方格,分给她六七十页,会开完了,稿纸用完了。王安忆几乎每天都在写作,一天都不停止,她写了长的写短的,写了小说写散文,她在家里写,在会议期间写,更让人惊奇的是,她在乘坐飞机时照样写东西。我们都坐过飞机,那么狭小的空间,那么嘈杂的环境!但是王安忆哪怕是坐飞机的时候也在写东西。她认为创作没有什么神秘,就是劳动,日复一日的劳动,大量的劳动,和工人做工、农民种田是一样的道理。陈村也说,"小说家就是写,写的好不好是天数,上帝说了算,写不写自己说了算。写下去自然会进步,自然明白什么是对的,什么不可以。摄影大师是胶卷堆起来的,小说家是稿纸堆起来的"。这种心态对于创作是很重要的,特别是对于我们现在这样一个时代,这么浮躁,坐不下,坐不住。而王安忆的心态、陈村的心态,对于我们来说多么重要啊!

我本人也总是想,我要写,我要坐下来写,我要突破,我要突破,我要突破!和刘庆邦谈起来,他说得好,"写是硬道理,写的过程中,自然会突破"。总是想突破那是不可能的,只要写就会有进步,进步的过程就有实现突破的可能。这就是一种心态。

大家到了北京,到了八里庄,外边是红尘滚滚,我们能不能静下来,坐下来,遵从内心的那种追求,保持、葆有那样好的一种心态,把写作当成一种劳动。一个字一个字地,一行一行地写下去。我们就会进步了。

法国大作家福楼拜说:"我们不论描写什么事物,要描写它唯有一个名词,要赋予它运动唯有一个动词,要得到它的性质唯有一个形容词,我们必须继续不断的苦心思索,非发现这个唯一的名词、动词和形容词不可。仅仅发现与这些动词、名词、形容词相类似的词句是不行的,也不能因为思索困难就用类似的词句敷衍了事。"这也是一种写作的态度,是一种精益求精的态度。一定要找到那唯一的名词、动词、形容词。在写《包法利夫人》时,为了描写包法利夫人与作品中另外一个人物罗道尔弗会面,他打算写30页,结果用了3个月,30页纸用了3个月。托尔斯泰一贯强调他的文学作品要一改再改,他说,"写而不加修改,这种想法应该永远抛弃,三遍四遍还是不够的。不要急于写作,不要讨厌修改,而要把同一篇东西改写十遍、二十遍"。他的《战争与和平》写了7年,修改了99次;他的《安娜·卡列尼娜》写了5年,修改了12次,仅开头就用了10多种不同的写法;他的《复活》断断续续写了10年,先后修改了20多次。这是对于创作的一种心态啊。我们现在常常看到很多作家,一天写1万字,有的想着几个月就写一个长篇,匆匆忙忙写作,急急忙忙出版,心急火燎研讨。我们现在一年出版3000多部长篇,但真正能留下的有多少?我们长篇中的人物能够真正给读者留下印象的有多少？应该说，我们的心态是有问题的。

还有什么对于写作是重要的呢？拥有自己的园地很重要。"自己的园地"是周作人讲的。我们确实看到许多成功的作家，都有自己的园地，我想这个园地可能是体裁的，像我们今天在座的大部分是专门搞报告文学的，还有的是专门搞诗歌的，或是专门搞散文的。这可能是自己的一个园地。之所以形成这样一种状况，可能是写作开始或过程中，我们就奠定了这样的一种喜好和归属。另外，这个园地可能代表着自己的一个文学地理，就是说有这样一个地方，我们出生在那里，或者是经年成长在那里，那里的地理文化、风俗人情深深影响着我们，铸成了我们灵魂中的一些东西，铸成了我们写作中的一些特质，于是我们就把这个地方作为我们写作的一个关注点，甚至在我们的作品中虚拟这样的一个地方，以这个地方来承载我们的价值观。像莫言的高密东北乡，汪曾祺的高邮，福克纳的杰弗生镇。这个园地，也可能是情感的触发点，就像刘白羽，他写作品，总是当他把所描写的对象和战争那种情感联系起来的时候，他才能够喷涌出激荡的情感，像他的《长江三日》，就是一种战争的那种节奏和调子。我想，有这样一个地方，自己最熟悉的，最易于表达的，最能够激发情感的一个地方，是很重要的。在创作中，如果是有意识地给自己创造这样一个文学园地的概念，它有可能会成为你作品的一种指纹、一种标志、一种风格、一种独特的载体。

技巧重要，心态重要，园地重要，但是大家共同的观点，感觉我们的青年作家现在最需要强化的还是人文素质。什么是人文？人文，古代它是与天文相对，现在是与科学并举。在《易经》中，最早提到人文这个概念，包括文化这个词也是从这句话出来的，叫作"观乎天文，以察时变；观乎人文，以化成天下"。那么这里的天文是指日月星辰的运行，风霜雨雪的变化；人文，更多的是指诗、书、礼、乐等人类文化。在英文中对应人文概念的是人道、仁慈、人性这样的一些意象。著名科学家、华中科技大学老校长杨叔子院士，曾经说过一句话，他说，"人文就是人要成为一个人的精神需要，就是为了人能成为一个对社会负责的人、一个真正的人的精神标准与内涵"。就是要使人成为人，这样的一种标准与内涵。这个似乎拗口，人不就是人吗？怎么还人要成为人呢？那么这里面存在着两个概念：一个叫人化；一个叫化人。其中，人化，就是把生物的那个人化成精神的那个人，现在我们发现生活中有多少那种纯粹生物意义上的人？或者是叫作长着人的外表，而其实不是人的那样一种动物，是不是有这样的一些？我们的人文就是要把动物的人化成精神的人，还原人的本质。人文，狭义上应该是指人何以是人，如何待人的现象。人文素养，一般是讲三个层面。一是掌握人文知识。人类创造的知识分作三类：一个叫人文科学，一个叫社会科学，一个叫自然科学。自然科学都知道了，数、理、化、生这些；社会科学是与社会相连接的这些社会知识，如教育学、经济学、政治学等，这些是社会学。那么人文科学，就是文学、历史、哲学、语言、艺术等知识。二是把握人文取向。就是用人文知识蕴涵的那种方法去观察和解决问题。三是秉持人文精神，这是人文素质的核心。什么叫人文精神？就是一切以人为中心。在万事里面人的事是最重要的，在万物里面人是最核心的。人是最重要的，人是第一的，人是最高的。这样的一种精神。人文关怀就是表现为一种以人为中心的普遍的人类的关怀，表现为对人的尊严、价值、命运的维护和关心，表现为对全面发展的理想人格的肯定和塑造。我们讲人文，就是讲目光聚焦于人本身，重塑价值理性，高扬人性尊严，唤醒内心力量，促进人的发展，让梦想不再贫瘠，让精神充满力量，让文学成为人学；就是一切以人为中心，关心人，帮助人，爱护人，怜悯人，发展人，完善人，这样的一种情怀。

人文素质是一个人的素质中最根本的素质。德国著名哲学家斯宾格勒，他在《西方的没落》一书中提到：人的生命是有长度的，人的生活是有宽度的，但人之所以为人，最根本的在于他的深度，第三维度，人文维度。也就是说，我们人的生命是有长短的，那叫长度；生活面是有宽窄的，那叫宽度；但是这些都不重要，你活上一千岁，你如果没有人文情怀，你也称不上真正的人。生活面是有宽窄的，你接触万千人、万千物象，但是你没有人文情怀，你也不是真正的人。最关键的是深度，人文维度，也正像杨叔子讲的，人之所以为人的那种精神、那种特质，那是人之所以为人的核心。

文学作为人类的心灵映照，它是我们人实现精神的一种方式，是我们价值观的一种表达、世界观的一种表述、人生观的一种表现。它必然关怀人的生命、幸福、尊严与价值的深层意蕴，启迪人的思想，明亮人的心灵，滋养人的精神，促进人的全面发展。这就决定了我们作家的价值取向，比之一般人，应该更加增强对世界的深刻认识，对人类的深切关怀，对社会的深度把握，对自然的深入理解，对自我的深微认知。作家和非作家，他是不一样的。比如说面对大自然，我们作家可能是把它作为人来看，我们到了一个大山中，在深远的地方，看到了一朵花正在开，我们在它的身上看到了我们的人。这么大的一座山，这么深幽的一座山，它在开花。它不会因为没有人发现它,它就不开,它有憧憬开花的童年,有蓓蕾初绽的少年,有灿烂开放的青年,也有凋落的老年。它期待着,它在开着,它在灭亡,它有这样的一个生死的过程。那朵花就是人,那朵花身上不也反射着人的一生吗?我们的作家就是要有这样的一种情怀。

面对自然,是这样;面对一个具体的物象呢?这让我想起我上大学的时候,我们的校长是一个评论家。他给我们讲课的时候说,诗人一定要写美的东西,比如说尿壶就不能写。我就想尿壶怎么不能写呢?尿壶和茶杯是一样的材料烧成的,一样的泥土,一样的烧制过程,出来的时候一样的洁净,只是因为我们当初叫它尿壶,赋予它另外一种功能,它就和茶杯不一样了。茶杯可以堂而皇之放到讲台上供人喝茶,甚至会成为文物,如果当初我们把那个尿壶放到这里,放上茶,它是一样的东西,它的本质是非常洁净的。然而,它成了尿壶,它的功能成了接尿。晚上的时候,拿出来用它,白天的时候把它放到床底下,秘不示人。提起来的时候充满鄙夷、厌烦,写诗也不让写它,它有何罪呀?我们想一想,各位,我们是不是都有过这种命运?我们是否有过这样被误解,被歧视,被鄙夷的时候,我们是否有过这样的人生?有时候我们想一想,我们不就是那把尿壶吗?

作家就是这样,我们看到任何一个东西,我们都能赋予它不一样的感觉,都能发现与人的命运、人的处境、人心相连的心灵悸动,这就是作家的人文情怀。作为优秀作家,在人文素养上应该有更高的标准、更严的要求,他们应该涵养崇高的人文情怀,具备对整个人类、对全部世界的强烈关怀。

我们中华民族拥有浑厚璀璨的人文文化。咱们的老祖宗孔子的《论语》，用三句话或可以概括它的核心：第一句叫作"仁者爱人"，第二句叫作"己所不欲，勿施于人"，第三句叫作"己欲立而立人，己欲达而达人"。己所不欲，勿施于人，自己不愿意干的事不要让别人去干。有人还说，己所欲勿施于人，你自己愿意干的事儿，也不要让别人去干，这是一种不忍人之心，不忍是怜悯，是慈悲，是悲悯，是这样的一种情怀。把人当人看，把别人当自己看，把自己当别人看。每个人都是一个独立的人，个体的人，自由的人，有血有肉的人。己欲立而立人，己欲达而达人，自己站起来也要让别人站起来，自己要发达，也要让别人发达。这三句话事实上就概括了孔子思想的核心。那么到了孟子是延续下来了，"老吾老以及人之老，幼吾幼以及人之幼"。像孝敬自己老人一样孝敬别人的老人，像爱护自己孩子一样爱护别人的孩子，这就是一种人文情怀。后来的历代作家，大家都知道了，许多先贤、英雄，其实也都是作家，只是我们淡忘了他的作家角色。像陆游"位卑未敢忘忧国"的担当，范仲淹"先天下之忧而忧，后天下之乐而乐"的情怀。《岳阳楼记》，我们当学生去学习这篇课文，把它当知识学的时候，我们往往没有那种感受。而我们作为作家以人生体验去感悟的时候，我们会有别样的感觉。范仲淹和我们是一样的人，他也是一个作家，写出千古名篇《岳阳楼记》。如果是我们在岳阳楼，我们来写一篇散文的时候，我们能不能写出这样的句子？"先天下之忧而忧,后天下之乐而乐。""居庙堂之高则忧其民，处江湖之远则忧其君。是进亦忧，退亦忧。"我们有这种体验，有这种情怀，有这种视野，我们可能就能成了范仲淹。顾炎武的"天下兴亡，匹夫有责"的志向，林则徐的"苟利国家生死以，岂因祸福趋避之"的风骨，秋瑾的"粉身碎骨寻常事,但愿牺牲报国家"的决绝,左宗棠的"身无半亩,心忧天下"的追求,张载的"为天地立心,为生民立命,为往圣继绝学,为万世开太平"的抱负,这些人和我们是一样的人。他们写这些句子的时候和我们年龄是差不多的。我们都是在中华文化浸润下,在中华精神沐浴下成长起来的。他们这些语言不是知识,是体验,是生命的绝唱。那么我们是他们的时候,我们能否喊出这样响亮的、弹奏着中国文化人铮铮铁骨的、洪钟大吕的声音呢?这里头是有情怀的。我们举两个人,一个是谭嗣同。谭嗣同我们知道是改革家,同时他又是作家,是知识分子。变法失败之后,当时清廷正在追捕他们,日本领馆就给他传信了,说谭嗣同赶快来领馆,来到这里你就保命了。谭嗣同说:"不有行者,无以图将来;不有死者,无以召后来","各国变法无不从流血而成,今日中国未闻有因变法而流血者,此国之所以不昌也,有之,请自嗣同始"。毅然舍身报国,血溅北京。另外一个文天祥,大家都知道,人生自古谁无死,留取丹心照汗青,文天祥被捕了,元世祖对他说,"汝以事宋者事我,即以汝为中书宰相"。你就像对待南宋皇帝那样对待我,我就让你当宰相。文天祥说,"天祥为宋状元宰相,宋亡,惟可死,不可生,愿一死足矣"。遂推出城门斩首。元世祖说,好男儿不为吾用,诚可惜哉!这么好的男子不能为我用,多么可惜呀。可惜也杀了你!

一边是生,一边是死;一边是当相,一边是死尸。他们选择了死!这两颗头就是两粒种子,落在中国的土地上,种在这块土地上,为的是开出自由的花朵。镜破不改光,兰死不改香。镜子破了,哪怕碎成一万片,每一片碎片都反射着太阳的光芒;兰花死了,它的香仍然幽幽而在。这就是天下情怀,人文情怀!涵养德性以完善自我，建立功业以济福社会，著书立说以彰显思想，心忧天下以安身立命。这是一代代中国知识分子的孜孜追求和担当。正如杨叔子讲的，一个国家一个民族，如果没有先进的科学技术，一打就倒，一个国家，一个民族，如果没有优秀的人文文化，不打自倒。我们作家，在建构中华民族的优秀人文文化上有我们的责任。

但凡成就卓著的人，都具有杰出的人文素质。不管是政治家，还是科学家，还是革命家，还是其他家，人文素质都非常重要。像毛泽东，大家知道了，他的人文素质足可撼世。周恩来，他那种怀民兴邦的入世情怀、和而不同的中庸精神、信守诺言的君子人格、谦谦君子的风度气质，也都是体现了一种崇高的人文素质。曼德拉，大家知道，从年轻就被白人关到监狱里，从满头黑发到白头堆雪，从明净额头到皱纹深深，临出监狱的时候，他说："当我走出囚室，迈向通往自由的监狱大门时，我已经清楚，自己若不能把悲伤与怨恨留在身后，那么我其实仍在狱中。"白人迫害了他一生，但他当了总统，他把白人和黑人一样看待。这是什么样的情怀啊？所以当他去世，全世界为他垂下了高贵的头颅。这是这个世纪最伟大的人，能够撇除怨恨，能够平等待人，把自由平等光照每一个南非人，这是大情怀。

科学家也不例外，亚里士多德、笛卡尔等，不仅是赫赫有名的科学家，而且是著名的哲学家。爱因斯坦13岁的时候，就熟读康德的《纯粹理性批判》。13岁，想想我们的孩子，我们的孩子13岁的时候在干什么？大学的时候研读了许多哲学著作，他认为哲学对他创造性的科研发挥了巨大作用。诺贝尔，是率先发明炸药的科学家，但是他同时也是一个文学写作者。他曾经将伏尔泰的作品翻译成瑞典文,而且创作了一部戏剧《复仇的女神》。我国著名数学家苏步青,曾任复旦大学名誉校长,他的古典诗词写的也非常好。事实证明,深厚的人文素养,对一个人的成功是至为关键的。

文学史上,脍炙人口的文学巨著无不充满了人文精神。许多人认为到目前为止,中国现代思想史上没有任何一个人的思想超越鲁迅。他对中华民族的认识,对中国国民性格的认识,他的认识之深、爱之切,目前还没有人能超越。他对铁屋子人的麻木和冷漠等毫不留情的批判,揭示了对国家、民族、大众、他人,以至人类世界和宇宙的大关怀、大悲悯,放射出人文主义的光华。巴金的作品《家》《春》《秋》好,但是在思想史上、文学史上,大家觉得他的《随想录》毫不留情地解剖自己的内心世界,不怕疼,狠狠地挖出自己的心,持续地拷问伤痕累累的灵魂,成了一个民族的良知,是大作品。当代英国作家乔治·奥威尔提出他写作的原因,他作为一个理想主义者和道德主义者,是他对人类自由幸福尊严的维护和对历史真实原貌的揭示,犹如闪电穿透黑暗,照亮人心。美国作家福克纳,1950年在荣获诺贝尔文学奖时宣称,作家的天职在于使人的心灵变得高尚,使他的勇气、荣誉感、希望、自尊心、同情心、怜悯心和自我牺牲精神复活起来。诺贝尔文学奖从1901年创立到现在,已经有109名作家获奖。作为具有全球性权威的文学奖项,我们披览历届获奖者,发现他们的作品大多以崇高的思想境界和人文情怀著称。1901年,首位诺贝尔文学奖获得者法国诗人普吕多姆,他的颁奖词核心是高尚的理想、完美的艺术和含有的心灵与智慧的实证;1908年,德国作家鲁道尔夫·欧肯,因为他对真理的热切追求,他对思想的贯通能力,他广阔的观察以及他的无数作品中阐释的一种理想主义的人生哲学而获奖;1915年,罗曼·罗兰的《约翰·克利斯朵夫》获得诺贝尔文学奖,是由于作品表现了高尚情怀,以及对真理的追求;1946年,赫尔曼·黑塞的《荒原狼》获奖,是源于高度的创意和深刻的洞见;1992年,"诺奖"委员会以具有巨大的启发性和广阔的历史视野,以及对多种文化的深刻呈现,将奖颁给圣卢西亚诗人沃尔科特;2005年诺贝尔文学奖获得者,英国剧作家哈罗德·品特的作品,则让人们深深感受到了人类长期置身其中的处境。109名,我们选了一部分,他们是因为什么获奖?除了艺术上的,很重要的就是情怀上的、价值追求上的,是因为给予人类不一样的启迪。所以要当大作家,出大作品,必须得呈现这样的一种情怀。以这样的情怀去写作,以作品呈现这样的情怀。

当前,应该说我们文学创作大发展、大繁荣,但是真正在文学史上叫得响、传得开、留得住的精品力作还不够多。有的作品人文主义缺失,理想主义缺失,现实主义缺失,批判现实主义也缺失,缺乏对宇宙、人类、国家、民族、社会、民众、人生的强烈关怀,缺乏对生命意义的追问和人生终极价值的追寻。那么表现在作品上,往往就是没有大境界、大格局、大气魄,往往是狭隘平庸乏味。对报告文学作家来说,尤其需要突出理想主义、人文主义、现实主义、批判现实主义。介入现实,介入人生,介入社会,介入世界。对于我们青年作家,亟需加强人文知识的学习,人文素养的培育,人文精神的建构。在这里我们拈出一个词,就是哲学来谈。

法国存在主义作家加谬说过,"任何小说都是形象化了的哲学"。对他这句话,要全面理解。并不就是说我们的小说,我们的散文,我们的诗歌全是某种哲学理念的阐释、某种概念的表达,不是这样的,他可能指的是一种价值取向、思维取向,他要求我们以哲学的眼光、视野、襟怀去观察世界,观察自然,观察社会,观察人类本身。其实哲学生活在我们每一个人的心中,生活在我们每一个人的身边。我们就是哲学的人,我们就生活在哲学中。比如说我曾经有一个概念,叫作人生就是偶然,人生就是无数偶然组成的一个必然。我们想一想,高考的时候,如果比现在多一分、多半分,你报的学校就不是这个学校了,你录取的就可能不是这个专业,你去的城市就可能不是这个城市,你的一生都变了,就因为一个事儿,整个人生都变了。是一种偶然,但是里面有着必然。别林斯基曾经说过一句话:"人的生活像广阔的海洋一样深,在它未经测量的深度中保存着无数的奇迹。"我想这个奇迹呀,就是偶然和必然。我想起了我的几个同学和朋友,其中有一个姓刘,他是山东的。他是初中毕业之后,考中专,考到师范学校上学,师范两年,毕业后又分到了他家乡的公社中学当老师,在一个乡镇,条件很艰苦,找女朋友都找不上。过了有两年吧,山东正好有一个政策,像他这样的可以再考,结果他1983年考到山东师范大学政治系专科上学。1985年毕业后,就到了县一中当老师,到县城了,找上对象了,生了小孩儿了。又过了几年,用同等学历考到天津师范大学硕士研究生。硕士毕业之后,到了山东省委党校工作,当了副教授,后来当了副主任,爱人也调到了济南,孩子也在那上了学。后来,他又考到中央党校的博士研究生。后来到了安徽,当了一个市的副市长。我们看他的生命中出现了多少偶然呀,但是他最终形成了一个必然。最可令人感叹的是,当我们回首看的时候,他中专的同学还在那个乡镇,他专科的同学还在那个县城,他研究生的同学还在那个省城。在岁月如流的背景下,屹立的是人伟岸的身影。那么多的偶然组成了一个必然。这是哲学,这些不是空的。

人生因为这些改变而改变。我们的生活中无时不充满着这样一些人,在他们身上我们就能体会到一种哲学的东西。一说哲学,我们常常想到那些知识,辩证唯物主义和历史唯物主义学的比较多。对马克思主义辩证法,我把它概括成三句话:世界是联系的,以系统而存在;事物是发展的,以过程而存在;物质是对立统一的,以矛盾而存在。三个存在,我想是否体现了我们生活中的那些现象?我们的人生不就是一个过程吗?我们不就是生活在一个系统中吗?我们不是事事有矛盾,处处有矛盾,时时有矛盾吗?我们就生活在哲学中。

哲学是什么呀?

印象派画家高登有一幅名画,标题是"我们从哪里来,我们到哪里去,我们是谁"。这成了一个永久的哲学命题。我原来是医学院的院长,我的学生当医生的多。有一个医生一天对我说,院长,我懂了,我会回答这个问题了。他说"我们从产房走来,我们向太平间走去,我们是病人"。说得多好啊,我们就生在产房里,死在太平间里,我们的人生就在于进出医院有多少次。我们是病人,更是概括了某些时代人的状态。另外一个诗人说,那个命题我是这样理解的,"我们从大地走来,我们向大地走去,我们是成长的人"。我们生在大地上,哪怕是炕上,哪怕是床上,也是大地上,然后我们离这个大地的距离越来越远,开始爬,后来站,后来慢慢高,离土地距离越来越远,到了我这个年龄又离大地的距离越来越近了,开始弯腰了,骨头也软了、脆了,最后成为大地的一个负数，埋到大地里面，成为大地的一部分。我们不就是这样一个人吗？

　　哲学就是对世界和人生的追问，宇宙无始无终、无边无际，四面八方曰宇，往来古今曰宙，从空间上无边无际，从时间上无始无终。我们出生前在哪里，死后去了哪里，这样的问题我们考虑得太少了。宇宙是怎样的，世界是怎样的，人生是怎样的，人生有什么意义，我们考虑得太少了。因为我们人是可以从两个视角来看的，一个视角，我们是身体的我、肉体的我、物质的我、生理的我；从另外一个角度，又是灵魂的我、精神的我、心理的我、灵的我，人就是灵与肉的统一。但往往我们就生活在哪里呢？生活在具体里面了，生活在具体的生活，过着具体的日子，往往就走不出来了。什么叫做人生？有人说酒、色、财、气是人生，我们往往就在这里头。现在我们的生活里又出现了一样东西，手机。不管到哪里，你看一看，地铁上，道路上，公交车上，都在玩手机。酒、色、财、气，加手机，这就是我们的人生，我们具体的人生。我们走不出去呀，就忘了面对世界的惊奇，面对人生的疑惑。古人是怎样呀？古人没有这些东西。古人没有手机，没有电话，半部《论语》治天下，茅草屋里分三国。仅有身体的我、肉体的我、生理的我是局限的，有了后者，当了作家，我们是灵魂的我、精神的我、心理的我。我们思考宇宙，思考世界，思考人生。所以冯友兰把哲学归结为三论：宇宙论，人生论，方法论。对宇宙开始思考，对大千世界开始思考，对人生开始思考，对宇宙与人生的关系开始思考，这个时候我们就站出去了，可以俯瞰人生，俯瞰世界，俯瞰一切。这样我们的思维就能够打开了，能够思考一些大的问题。

事实上，一切杰出的作家无不是思想家，无不具有哲学上的深厚造诣，无不接受哲学的熏陶。我们看现代文学史吧，从鲁迅谈起。鲁迅的思想更多是受到尼采的影响。尼采哲学，是关注人的，是对传统价值进行重新估价，具有挽救精神文化的作用，鲁迅也是对整个传统文化进行了重新估价，意在改造国民性和立人。郭沫若，他受过康德、尼采、叔本华、克罗齐等人哲学思想的影响，克罗齐的"艺术即直觉、直觉即表现"深刻影响了他。茅盾深受马克思主义的影响，他的阶级分析方法、社会分析方法，都是从马克思那里来的。巴金，有人说巴金笔名是从巴枯宁和克鲁泡特金这两个名字中来的，他确实深受巴枯宁和克鲁泡特金无政府主义的影响。老舍，他深受英国哲学的影响。曹禺，他说，"一个剧作家应该是一个思想家才好，一个写作的人，对人类，对社会，对世界，对种种大问题，要有一个看法，作为一个大的作家要有自己的看法、自己的思想、自己的独立见解"。那么曹禺，他涉猎了东西方的许多哲学著作，老子、叔本华、尼采、所罗门等，这样的一些哲学人物，以及他们的哲学著作、哲学思想对曹禺产生了巨大的影响。中国现代文学史上的那几个大家，鲁、郭、茅、巴、老、曹，这六个人，我们都看到了。这是最著名的六大家。再说冰心，她的哲学是爱的哲学，是基督教教义、泰戈尔哲学和童年的经验，这三力的作用，三者发力形成了她的爱的哲学。我们发现他们七个人，都是出生在传统的中国家庭中，受到了中国传统思想的影响。后来又都出国留学，接受了西方哲学思想的影响。"五四"的时候，都来到北京，接受了"五四"精神的影响。他们的作品无不充满着这种哲学的影响，他们的创作过程无不接受了哲学思想的熏陶。

再说当代,史铁生,我认为史铁生的《我与地坛》是中国当代散文史上的第一名篇。他的《我与地坛》大家需要好好读一读。你看,他写到了地坛中所见到的人物。他写到15年前,一对中年夫妇,他们总是在薄暮时分来园中散步,他们是逆时针绕着园子走,男人个子很高,肩宽腿长,走起路来目不斜视,他的妻子攀了他一条胳膊走,刮风时他们穿了米色风衣,下雨时,他们打了黑色的雨伞,夏天他们的衬衫是白色的,裤子是黑色的,冬天他们的呢子大衣又都是黑色的。15年中他们或许注意到一个小伙子进入了中年,我则看着一对令人羡慕的中年情侣,不觉间成了两个老人。人生的那种沧桑感呀,它所包含的那种哲学的况味,就在这样的一圈一圈的散步形成的年轮中呈现了。他写到一个小伙子,因为一些事情受到处理,他想通过长跑获取成绩,来改变自己的命运。第一年,他在春节环城赛上跑了第15名,他看见前10名的照片都挂在了长安街的新闻橱窗里;第二年,他跑了第4名,新闻橱窗里只挂了前3名的照片;第三年,他跑了第7名,橱窗里挂了前6名的照片;第四年,他跑了第3名,橱窗里只挂了第1名的照片;第五年,他跑了第1名,橱窗里只有一幅环城赛群众场面的照片。人生就是一场大荒诞呀,大荒诞。人生的那种含义,那种荒诞性,那种不可确定性,那种隐匿性,那种哲思,都在这里面体现出来了。

人生是什么呀?生命是什么呀?他写道:"那时你可以想象一个孩子,他玩累了,可他还没玩够呢,心里好些新奇的念头甚至等不及到明天。也可以想象是一对老人,一个老人,无可置疑地走向他的安息地,走得任劳任怨,还可以想象一对热恋中的情人,互相一次次说我一刻也不想离开你,又互相一次次说时间已经不早了。时间不早了,可我一刻也不想离开你,一刻也不想离开你,可时间毕竟是不早了。我说不好我想不想回去,我说不好是想还是不想,还是无所谓,我说不好我是那孩子还是那老人,还是一个热恋中的情人。很可能是这样,我同时是他们三个。我来的时候是个孩子,他有那么多孩子气的念头,所以才哭着喊着闹着要来,他一来,一见到这个世界便立刻成了不要命的情人,而对一个情人来说,不管多么漫长的时光,也是稍纵即逝,那时他便明白,每一步每一步,其实一步步都是走在回去的路上,当牵牛花初开的时节,葬礼的号角就已吹响。但是太阳它每时每刻都是夕阳,也都是旭日,当它熄灭着走向山,去收尽苍凉残照之际,正是它在另一面燃烧着爬上山巅散布烈烈朝晖之时。有一天,我也将沉静着走下山去,扶着我的拐杖。那一天在某一处山洼里,势必会跑上来一个欢蹦的孩子抱着他的玩具,当然那不是我。但是那不是我吗?"

你看他对世界的认识,不是充满了哲思吗?一个人来到世界上,他与世界的关系,是孩子,是情人,又是老人,他必然要回去的。一个人来到这个世界上,就决定了他必然要死。我们来到这个世界上,我们出生的时候,就确定了,你要死的,人生的过程就是向死的过程。死是一个不必着急必然到来的盛大节日。这是史铁生的认识。

还有一个学员给我讲他对生与死的认识,他说有人说人生是不可能完美的,他说人生它包含了生和死两个事儿。既然这个死是存在的,那么人生的一半已经是不完美了,那么我活着的这个时候,应该是可以完美的。我说你这是对人生有思考了。就是这样的一些思考渗透到我们的创作中,它会打动人心。

张承志，他作品中体现的那种强烈的生命意识，对生命存在、生命意义的追寻，使他的作品充满了哲学意味。张承志的作品，流动着那种哲学的音乐，缓缓流淌着那种哲学的河流，大家读他的作品都会受到深深的哲学的震撼。

刘震云，大家读过刘震云的作品，每一部作品都是思考生活中不存在的一个哲学道理。比如说《一地鸡毛》，他是在讲大和小的概念；《我不是潘金莲》，是讲一个芝麻怎样变成了西瓜，一个蚂蚁怎样变成了大象的故事；《温故一九四二》，思考的是这个民族对待苦难的态度。刘震云说，文学是干什么用的呢？大家可以说它是讲故事用的，但是我的文学主要不是讲故事，而是一种思考。

余华，他的《许三观卖血记》，大家应该好好看一看。《许三观卖血记》，就是一个简洁的活动舞台，上面人的动作是重复的，就是一遍遍地去卖血，第1次，第2次，第3次……第12次，12次卖血的故事。12次暗含了一年中的12个月份，12次是否充满了哲学的寓意？

毕飞宇，对于毕飞宇与哲学的关系，有一个评论家谈到，追根溯源可以回溯到他的大学时代。大学时代的毕飞宇对哲学问题所思甚深，那时候的毕飞宇似乎天生为哲学而生，他成天在康德、马克思、黑格尔等那里驻扎，很多时候成天都不会说一句话，紧锁双眉。有人问他，毕飞宇，你最近在读什么书啊？他说一些哲学理论性的书籍，一买一摞子看着玩儿，逮着什么就翻什么，没有什么系统性。他大量的时间在读哲学、逻辑学。对哲学是着迷的、入迷的、痴迷的。

鲁、郭、茅、巴、老、曹、冰、史铁生、张承志、刘震云、余华、毕飞宇，我给你们提供了12个人。是否有寓意？

生活中处处充满了哲理、哲思、哲意、哲学，它氤氲在我们的空气中，流淌在我们的眼波中，回环在我们的大脑中。我曾经到农村一个中学支教，在那里度过了一年的时光。有一个秋天的黄昏，我和几个同事到田野中去散步。那个时候高粱、玉米、大豆都已经收割尽了，阔大田野只有一派空旷。这个时候我突然想，我停下来，我听一听田野中有什么声音。在大平原的人都会有过这种体会，在农村生活过的人都会有过这种体会，那就是当你在黄昏的田野中仔细听的时候，你会听到一种声音，但是你仔细听的时候，又没有了。有这种感觉，我听到是一种音乐的声音，缥缥缈缈，似有若无。在鲁北一对新人要结婚，一般是早晨天朦胧的时候，前一天的傍晚在他家门口，就敲锣打鼓，吹唢呐，非常热闹。另外是老人殁世，家门上的黄幡在夕阳里懒懒地摇摆，街筒子里就走来一个或几个吹唢呐的，后面跟着一队长长的白衣子孙，那男的常常是一哭三叹，涕泪皆流；那女的则拖着长腔，婉转地唱。那么这个时候，是发生什么事情呢？大家看我，看我一眼，就在刚才你们看我一眼的这一瞬间，医院产房里，一个孩子刚刚降生；你们看我的这一瞬间，一个老人，刚刚咽下最后一口气。我们在这儿交谈，这个时候正有个孩子生出来，有一个老人死了，正有一对新人在商量着明天办喜事，正有人高兴，兴高采烈，正有人痛哭，痛哭流涕，还有人在那里窃窃私语，还有人在那儿搞着阴谋诡计。就在这一瞬间，这个世界发生了多少事情。"一辆地板车丁零丁零斜过田野，碾动鲁北的黄昏，小黑驴沉思般低头前行，天边的太阳紫红地照耀着它们"。这辆小驴车呀，它是生活，它是人生，它是命运，它是世界。生与死，痛苦和欢乐，失败和成功，高尚和卑下，都被它负载着前行。这一眼啊，充满着哲学，这个世界上那些对立与统一，那些矛盾共同体，那些过程，那些系统，都在这一眼中存在着。我们的生活就是这样，我们生活在哲学中，就看我们是否有第三只眼睛去看世界，去看别人不能觉察的那个世界，去看那个真实存在的隐匿的那个世界，去看精神的另一个世界。世界上不是没有故事，根本在于我们是否有第三只眼睛。

我们观察世界，观察自然，观察社会，观察人的内心，我们会发现它的复杂性、丰富性、浑然性，发现它的偶然性、必然性、不可知性。报告文学，我感觉至少是四个方面需要考虑：新闻和文学的统一，新闻宣传与文学创作的统一，入乎其内和出乎其外的统一，道与术的统一。同时，需理解好这四个关系。

我们今天讲了人文情怀与哲学的意蕴，不是讲用我们的作品去诠释某一种哲学理念、哲学概念。中国传统文化中，中国的美学最高境界是什么呢？是"花未全开月未圆"。花全开了，它就缺少意味了；月全圆了，它就缺少想象了。我们讲哲学意蕴只是以哲学的眼光，以另外一种眼光提供给大家这样一种方向，用这样的眼光去观察世界、体验世界、叙写世界，不是说要写出当年我们上中学的时候，老师讲的卒章显志。真正好的作品是混沌的一片，混沌一片，不同的人在它里面读出不同的感觉，它没有明确的意志，没有明确的概念，没有明确的什么中心思想。它是藏着的，藏的越深，艺术水平越高，越混沌，越丰富，越多义，越博大。

真诚希望我们的各位学员能够用这样的一种情怀拥抱世界，以这样一种视角去观察世界。哲学给予我们黑色的眼睛，我们用它去寻找光明。

谢谢大家！

深重而诗性的土地挽歌
——刘玉栋小说的审美指向特征

如果人类的记忆可以分类的话，或可分为群体记忆与个体记忆，若将个体记忆再次予以划分，又可分为生命的存在记忆与精神记忆。这应该是个饶有意味的界定，当岁月执意在每个人的生命中烙下成长的印痕，而时间，则以另一种姿态，完成着对人类精神的着意镌刻，它不只是打破了时间的局限，亦是对存在的一种恒久指认。刘玉栋的小说，便是以生命的存在轨迹、精神的时间向度为坐标，将鲁北平原的大地苍生，那些阳光下深重的伤口，那些饱蘸泪水的诗意，以"清明上河图"般的美学结构，以俄罗斯文学式的饱蘸浓墨的深情深重的笔力，描摹出既独特又共知的土地之上的场景。时间的碎片、若隐若现的时代背景、符号化的历史意识，随着叙事者的故事纷纷展开，其间有自己的生命记忆，更多的则是作者以恣意驰骋的精神力量，完成对历史的自由打量与独立建构。这恰恰是优秀作品所深具的品格，它令读者得以全然重新体验那些曾经的生活，或感知从未经历的人类跋涉。

"冒险"的"轻逸"的诗性书写

一种生活,一种人人都在经历着或经历过的凡俗岁月,能引燃书写的热望,必有许多繁复的理由,而其间不可规避的一个重要因素,必源于这生活里诗性的饱满与充盈。刘玉栋的小说,无疑源自这样宽阔的诗意,从而使其文本凝结成大地上一枚枚诗性的露珠,或在太阳升起的晨光里熠熠闪动,或在星辰漫天的幕夜中兀自垂落。此间的诗性,绝非直观的眼中的诗情画意,而是神观的心中的一种更为悠长的意味,深远复深重,满怀着无数未知的冒险。这冒险来自对大地本质的"切近"之难,来自对人性意味的"考量"之艰,更来自易于为人诟病的"轻浅"之评。

《我们分到了土地》中,爷爷为了企盼得到一块好地,近乎以神圣的心情让孙子逃学一天来抓阄,在得到一号阄后,他掩饰不住内心的狂喜,而当发现一号阄所得到的土地只是五块地头子,他内心美好的期待顷刻被毁,整个精神瞬间坍塌,以致最后孤寂死于地头。土地与农民的生命如此相连,而命运的敲打如此不堪。小说结尾处,作者设计了一个梦幻般的情节,"我踩在圈沿的高处,一手攥着缰绳,一手抓着鬃毛,然后轻飘飘地落在它的背上。我觉得自己猛地长高不少";"我看到月光下有一个黑影,他一动不动地坐在那里,前面是一望无际的麦田,那是我们刚刚分到的土地。马儿突然停下来,我勒一下缰绳,它的两只前蹄跃起来,差点把我掀下去。它的身上潮乎乎的。它回过头,朝我夸张地扇动着鼻子";"我望着月光下的那个黑影";"泪水搅碎了月亮的光泽"。一个生命的逝去所带来的沉痛,却在浓郁诗意中以浅浅淡语出之。《幸福的一天》则让猝然去世的菜贩子马全以灵魂漫游的方式来满足自己对于人生幸福的怀想。这超越现实的荒诞化叙事，诗性地切入纯粹的人物内心。正如作者一篇作品的诗意浓厚的名字《风中芦苇》，对苦难的土地，生活于其上的苍生，成人世界的无奈与荒凉，孩子心念中的忧患与成长，无不以深重诗意的在场，把握着作品的律动，建构着作品的气质。作者心中诗与思的交织与印证、提示与补充，醇熟的诗意与深重，不仅不相悖，反而有着相辅相成的彼此梳理，不仅透视出作者的视野维度，亦彰显出作者大约已找到的传统与新意之间，一处弥足的中间地带。这避免了乡村题材写作的流俗，并于最为疏淡简洁的叙述中，呈现出丰富而复杂的深刻意蕴。

意大利作家卡尔维诺说，"我的写作方法一直涉及减少沉重"，他认为，"只要人性受到沉重造成的奴役，我想我就应该像柏修斯那样飞入另外一种空间里去。我指的不是逃进梦境或者非理性中去。我指的是我必须改变我的方法，从一个不同的角度看待世界，用一种不同的逻辑，用一种面目一新的认知和检验方式。我所寻求的轻逸的形象，不应该被现在与未来的现实景象消融，不应该像梦一样消失"。"轻逸"的本质所在，或可以他对米兰·昆德拉小说《生命中不能承受之轻》的评价来涵括，"实际上是对生活中无法躲避的沉重表示出来的一种苦涩的认可"。对于令人无法忍受的沉重的世界，在广阔的文学天地之中，"轻逸"的品质或可创造出与我们生活于其中的世界截然不同的世界。《给马兰姑姑押车》中的少年小红兵；《葬马头》中葬了马头的瘸子父亲刘长贵，叫骂的母亲，被斩头煮肉的滚蹄子马……这冒险的诗意中蕴含的"轻逸"，于刘玉栋用心的小说创造而言，恰如呼吸之于人的性命，无色无味、无可捕捉、无处不在、无可或缺。

时间掂量的生命存在

"所有的艺术作品,若不放在这门艺术的历史脉络下审视,就很难捕捉到它的价值:原创性、新意和魅力。"昆德拉在他的经典散文集《相遇》中,曾反复提及,关于艺术作品与其历史脉络的诸般关联,似在揭示一种写作的习俗与仪式,让人借助这位智者的心智之光,发现文学审美略显陌生的一面。

在乡村小说的传统书写中,古今中外许多类似作品的共性之一便是下意识的怜悯,如托尔斯泰的"悯农"情结,如以赛亚·柏林评价过的屠格涅夫的《猎人笔记》,"唤起知识阶级对乡下农民生活的深广同情",而"格利戈罗维奇的《乡村》与《苦命人安东》,对农民悲剧命运的描写,也曾让别林斯基与妥氏流下感动的泪水"。诚然,永远最多承受风霜雪雨旱涝灾荒的人间大地,以及大地上最为劳苦的人们,有足够的理由让人为之深掬同情悲悯之泪,而同时,这样的文本,亦折射出一种驱笔的惯性,即对某些书写传统的习惯性依赖,因此在重复阐释前人的意义之后,难免隐约透出脆弱或无力。

难能可贵的是,刘玉栋的小说作品,恰于此间展现出一种全然区别于传统作品面目的弥足新意。正是这种昆德拉式的"新意",令作品同时生发出昆德拉的另外两个宗旨:"原创性"及"魅力"。刘玉栋的小说创作多是纯粹意义的乡村题材写作,土地、马匹、粮食、饥饿、命运、希冀、生死,这些土地上一刻不曾止息的人间岁月,命运遭际中的人生苦楚、离合悲欢、苦寒深泪,于作者笔下,竟无一例外全然生发出一种宽阔的、莫可名状的梦幻般的气质,引人暗自为叹。哪怕死亡——他的许多作品均写到死亡,老年的、壮年的、青年的、动物的，离奇的、哀婉的、悲情的，这些死亡，这些人类生命中最为痛彻复惨烈的哀恸，此刻亦奇异地以一种真正意义上的挽歌的旋律，覆埋了死亡仅仅对人类精神创伤的揭示。在他的作品中，生与死出现了忘我的彼此敬意，或者说，正如这些故事本身，及作者经由故事所传达的意味一样：一切都不是源头亦非归宿，一切，包括生与死，只是时间的一部分段落，自由、平静、深重、宿命、苍远。

不可否认的是作者对题材的有效把握。没有任何一种书写，比对自己熟知一切的书写来得更为自如。正如菲利浦·拉金说的，"面对世界，一个作者只消径自退回到自身的生活中去，从中觅取写作素材"。这样的作品，极有可能成为有魅力的作品。刘玉栋的笔触，总是投向他所生长、关切的农村大地，但他的作品魅力并非仅仅来源于题材，以及对传统书写营造而出的消解，亦非刻意而为之的对传统叙述的疏离与异化，而是于精神的自由释放中，不着痕迹地解放，同时亦尊奉着文学审美的自我意识。

在这幅"鲁北平原上河图"之间，无数的人物，无尽绵延的故事，大地上的生命旅程与家园结构，既如此与你我相似，细细端详又似迥然不同，分地分马的时代，拍电报的旧年华，绵延多少年的传统的婚丧嫁娶，切真的情爱、怨怼与宽恕。此刻的鲁北平原大地，仿佛亦成了一条流动不息的时间的河流，安静浩大而深邃，每一段从容而来的生生死死，都被岁月镌刻于河面之上，生命的喜悦与哀哭，成了那些不朽的笔画，看似诗意、闲散，实则深重而哀婉。这条不动声色的河，暗藏乡村岁月文明的潜流，每个故事都漫溢出明亮、朦胧、安静、忧伤，如鲁北平原上一曲深藏在喉不能吟出声响的挽歌，或午夜里一个母亲哀恸的泪水，只于眼里深深包含,却从未溢出。

一个人与土地同样恒久的对话,土地、母亲、挽歌与泪水,既是向外以个体记忆揭示出的群体记忆,亦即向内对自我抵达了一种迷人的身份重塑。读者分明认知到,作者差不多就是作品中的每个人,而事实上又几乎不可能。身份上的能指与所指的巨大统一与相悖,亦令作品格外意味深远,冷静而繁复。

童年记忆的寓言意味

昆德拉曾经说过,"童年与少年……是一个我们无法重返也无法恢复的年龄,于每个人而言,都已成为一个恒久的秘密,而惟有小说家,才能令我们再次靠近"。作为一个具有特殊敏感气质的作家,刘玉栋擅于运用童年视角进行乡村叙事,用文字唤回逝去的记忆。法国哲学家巴什拉说:"在岁月老去时,童年的回忆使我们具有细腻的感情,具有诗人波特莱尔在浩渺气氛中那样'微笑的懊恼'。在这位诗人所体验的'微笑的懊恼'里,我们似乎已实现了懊恼与安慰的奇特综合","童年深藏在我们心中,仍在我们心中,永远在我们心中,它是一种心灵状态"。童年感觉的细腻、纯真、新鲜、敏锐,使作家手中的笔摆脱了成年的理性桎梏,在回忆中激活鲜活的艺术智性。像《我们分到了土地》《给马兰姑姑押车》《跟你说说话》《葬马头》《平原六章》《公鸡的寓言》等作品,都因为独特的童年视角而使记忆叙事赢得了灵动气质。这种儿童视角使小说呈现出两个世界,现实世界和超现实世界。表层看,他的小说无不瞄向现实:故乡记忆、乡民生活、人们内心世界的冲突与痛苦;同时,他的小说又具有超现实的映像,神秘、梦幻的色彩氤氲于小说字里行间,各种人物被蒙上一层传奇的光环,具有广泛的象征意义,甚至可以将之当作民族的寓言来读。对于现实世界和超现实世界的复写,前者写实,后者写意,前者显,后者隐,前者明,后者暗,两者交错融合,赋予他的小说以变幻莫测、神奇瑰丽、摇曳多姿的艺术魅力。

在《我们分到了土地》中,作者有这样一段描写,"我爬上我们家的土房子,然后把那两块砖头挪到北面去,炊烟马上就从烟囱里钻出来","我看到太阳红得就像徐家铺子的油炸糕;我看到村北枣树林里有一个扛着猎枪的人在追赶野兔子,他的前面有一条黑色的猎狗;我看到村西马颊河大坝就像课本上的长城一样拐了个弯儿;我看到村南的土路上,卖豆腐的刘迷糊正推着小车往村里赶;我看到槐树底下刘长河跟几个小孩子正玩一种叫'骑马'的游戏;我看到刘土地正坐在猪舍里,跟我们家那头白色的大肥猪友好地说着什么;我看到高台阶的老婆张春梅正扭着圆圆的屁股追赶她家的一只母鸡。太阳越来越红了,有一半已经扎进枣树林子。我看到炊烟罩住了整个村子"。在儿童俯瞰下的八个凝造含蕴生命质素的独特意象,组合为一个乡村生活的立体画面,形成色彩斑驳、声响混杂、动静相间、浑然天成的具有童话意味的独特艺术氛围,产生了一种令人身临其境、回味无穷的艺术效果,寄寓作者感伤的回忆。《给马兰姑姑押车》,以一个孩子的眼光,细致传神地描绘了鲁北娶亲的习俗和押车儿童的心理,结尾处画龙点睛地放大了故事的内涵,"红兵隐隐地感觉到,这些令人向往的事情,结果并不是都那么令人高兴。红兵似乎明白了马兰姑姑为什么在这样的日子里失声痛哭。红兵坐在马车上,盯着冬日阳光下暗绿色的麦田,猛地觉得自己长大了不少"。

巴乌斯托夫斯基说,"对生活,对我们周围一切诗意的理解,是童年时代给我们的伟大"。刘玉栋以童年视角这一童年时代的馈赠,借助儿童生命本真的存在状态,捕捉象征人性的"存在的话语",达至去蔽还原,呈现成人世界本来的面目,展现出一个暴力虚妄的世界,揭示历史乖谬之中人的抗争与韧性、无奈与决绝,表现了对人性的深层揭示。当然,与同样长于以童年视角叙事的莫言、余华、迟子建等人相比,刘玉栋的童年叙事还需要寻找自己的独特质素,以姿态鲜明地凸显出来。

《老实街》：难被一眼看穿的"活书"

山东文学在中国文学界具有不可忽视的地位，也是不可替代的存在。王方晨是泉城的，也是齐鲁的，更是中华的。作为一个有相当影响和地位的作家，他是独具文学风格和品格的作家。读他的《老实街》，我体会到了一个字，就是"大"。

"大"，其一是体现在他的深刻内涵和独立思考上。他透过济南这座城的文化和风俗，表达了对传统文化的慨叹。正像他所说的，"与其说小说呈现的是城市的灵魂，我看至为重要的还是人的灵魂。《老实街》表面上是写那么一帮中国人在一条老街空间的生活，而我真正的用意，是要我们能够看到个体的人，看到人的差异性，看到命运的恒常和流变。一座城的文化品格，实际上正是由这无数的个体和差异性、命运的恒常和流变组成的"。确然，他的小说里面有对中华传统文化发自内心的认同，有对传统文化失去的惆怅，有对传统文化深沉的反思，亦有对焕发传统文化的期待，在老实街的温厚淳朴后面，有隐藏的文化缺陷、有对一个道德小世界的缅怀，但更有无限的反思和质疑，其中传达的哲学意味很深。在他眼里，老实街虽小，却是一座城的浓缩。他的创作是在给这样一道街、一座城寻找在历史时空中的位置，借以探寻当代人的文化处境。正是由于方晨有着在构建一条具有浓郁地域特色的老街老巷的同时，探讨现代化进程中中国传统文化的命运与作用的宏大文化意愿，于是，我们在老实街中可以读到天人合一的祈愿，作为中国传统哲学最基本的命题，他写人与自然、人的行为与自然、道德理性与自然理性的统一和割裂，天人合一、知行合一、情景合一，这构成了他真善美的哲学境界；可以看到以人为本，人为万物之灵的传统文化的基调，他把人放在父子、夫妇、兄弟、朋友、邻里关系中考察，放到整个济南器物文化、制度文化和人文文化中考察，具有道德化、伦理化的特色；可以读到贵和尚中的求取，读到或舒或卷、刚健精进与独善其身、儒道统一的大意蕴。

其二，"大"也体现在他的作品的蕴藉上。他的作品创造了一个混沌的世界，风俗的世界，文化的世界，人性的世界。中国哲学最高的境界就是"花未全开月未圆"，他的作品常会让人有读不懂、读不透之感，而正是这样，才成就其"大"。就像劳伦斯说的，"如果一本书被彻底看穿，一旦他被理解、他的意义被固定和确立，这本书就死了。一本书只有在能够感动我们，而且以不同方式感动我们的时候才能有生命。只有每次阅读都有新的感受，才是活生生的"。我感觉方晨的小说就有这种特质。他是混沌的、读不透的。从接受美学来讲，每一个读者在阅读时是结合着自己的人生体验和经验来读的，一千个读者心中有一千个哈姆雷特，一千个读者心中有一千条老实街，不同的读者从中得到不同感受。此可谓一种"大"的作品。

其三，"大"，是因为他的作品具有独特的艺术风格。像他的语言，古雅、俭省、凝练，语言之美，让人怦然心动；他的叙述，不温不火,时疾时徐,有跳跃,有留白;他的意象,时或呈现奇崛诡异;他的意味悠长,兼具温暖盎然的诗意、风流云散的风雅、沧桑蕴藉的味道。在王方晨这里,老实与不老实、现实与现代、低调与自信、纯真与复杂、俭省与丰富、典雅与平俗、平与奇都得到了统一。这样的一种统一构成了王方晨的哲学、王方晨的文学、王方晨的艺术。

报告文学创作的思辨力
——论任林举的报告文学特质

在当下报告文学创作中,许多作家围绕报告文学"新闻""文学"两个特征维度,对这一文体的纪实性、及时性、文学性特征做到了有效把握,而往往忽视了报告文学应有的思辨性。

应当看到,我们已经处于一个信息化、网络化时代,新闻事件已得到全媒体及时跟进关注,并获得淋漓尽致地传播。因此,报告文学存在的价值,已经主要不在于对新闻事实的即时报道,而在于对事件的深刻揭示和理性思考。报告文学的深度,根本取决于思辨的力量。

雨果说:"哪里有思想,哪里就有威力。"阅读任林举的《粮道》《贡米》《玉米大地》等名作,我们就会无时不感觉到其放射出的思想光华。在美丽感性的散文化语言、张弛有度的可感性情节表象后面,在纵深时间、纵横空间内里,呈现的是强劲的思维张力。这乃是任林举报告文学的尊严所在,也是他创作风格的鲜明表征。

任林举创作的思辨力,源于他创作的大道之念。毋庸置疑,《粮道》《贡米》《玉米大地》等精品佳作中,贯穿的一条主线就是对农民与土地、农民与庄稼关系的思考。面对那些淳朴善良、像黑土地一样老实深沉的父老乡亲，面对那如一部史诗交响一般天赐之土，面对庄稼这鞠养万方的大地的呈贡，任林举饱含深情地体认，融汇理性地思考，在壮美的大地叙事里诘问："为什么农民用自己的血汗滋养了一茬茬生命，仍然得不到赞美和感恩？为什么农家用自己的筋骨支撑了一个又一个时代，仍被死死地压在底层？为什么历经了种种悲伤、疼痛、无奈、苦难，他们仍然如大地一样沉默无声？难道他们从来也没想过要发出自己的声音？从来都不知道如何发出自己的声音？"他深切感觉到"有一种隐约的呼唤一步步引导着我走向我生命的起点。当我的情感与灵魂一贴近大地，我便感觉到有一种巨大的能量注入了我的生命，使我变得通体光明、力量强大、富有激情，我像懂得自己一样懂得他们"。最终，任林举抒发了饱含情感和意志的真切心声："我将代表他们向这个世界发出声音。"

列宁在评价托尔斯泰的作品时，曾感叹："通过他的嘴说话的，是整个俄罗斯千百万人民群众。"托尔斯泰也说，"我在整个革命中都处于为一亿农民辩护的律师的身份，这是我自觉自愿承担的"。可以说，一切扛鼎之作，无不具有深刻的人民性，无不是痛彻的代言、自觉的发声、贴心的呈现。马克思倡导，"真诚地同情人民的一切希望与忧患、热爱与憎恨、欢乐与痛苦"；卡夫卡曾说，"文学的本质是同情"；评论家陈晓明断言，"文学是弱者的伟业"。对老百姓命运关怀与否，是检验作家良知的试金石。"从水管里流出来的是水，从血管里流出来的是血"。没有大襟怀就拿不出大作品，缺失大悲悯就注定与大制作擦肩而过。只有始终把人民的冷暖、人民的幸福放在心中，把人民的喜怒哀乐倾注在自己的笔端,为天地立心,为生民立命,才是报告文学的大道。任林举的报告文学创作正是对民族、对国家、对社会、对人民,自觉的担当之举,壮阔的大道之行。

任林举创作的思辨力,来自他独立的判断力。独立的判断基于对事实真相的现实把握。任林举在报告文学创作中,始终坚定地把真实性举过头顶,无论是《粮道》的创作,还是《贡米》《玉米大地》的采写,他都是采用田野调查方式,通过自己真人实地采访,掌握第一手材料,把握事实真相,形成独立见解。应该说,正是"真实",构成了报告文学的骨骼,铸就了作品的灵魂;只有"纪实",才赋予他的作品巨大的冲击力、感染力,使其具有了其他文学作品难以抵达的境地。再伟大的虚构,也抵不上活生生的生活本身。一个个真而切真的历史片段与现实截面中,含蕴的才是报告文学的质地。

独立的判断也基于对事实真相的理性还原。法国著名诗人波德莱尔认为,"艺术是记忆的产品"。法国著名哲学家米歇尔·福柯认为,记忆存在"传统记忆"和"反传统记忆"两种方式,人们对传统的认同记忆,往往感情多于理智;而"反传统记忆"则是以批判态度对待传统,它比认同记忆更具文化价值和意义。报告文学创作离不开对历史真相的追寻,创作过程事实上就是以文化视野对历史的识记与重建。只有把"传统记忆"和"反传统记忆"结合起来,以理性冷静的历史视野和感性心理的体验对历史进行重新建构,才能还原历史饱满丰富的深邃内涵,发现真实的历史世界。任林举在报告文学创作过程中,十分注重唤起历史记忆,《贡米》一书,就通过实地调查体验,查找历史资料,尽力还原从努尔哈赤到康熙、乾隆,从"伪满"统治到民国各个时期,贡米制度的形成、贡米种植的历史。从一处文化景观、一种风俗中，发现一段历史，寻求一种价值，并在对历史的追忆叙述中展开价值评量和批判重构，撤除真相背后的假象，揭示真实的本质。

独立的判断还基于对事实真相的深刻揭示。任林举在创作中总是善于穿过事物的表象向更深层挖掘，探寻复杂的社会问题。在《粮道》创作中，他提出了有关粮食发展的诸种问题：转基因食品安全问题；种子市场和粮食市场被外资劫持和操控的潜在危险及其可能导致的国家经济安全问题；农村土地撂荒、农民进城改变身份后谁来种地、谁来养活中国的问题；大量使用农药的风险；克隆技术、杂交粮食是否存在隐患等。敢不敢直面问题并予以揭露，是对一名报告文学作家的严峻考验。任林举说，"一个作家有什么理由顾及个人的安稳和安逸？最要紧的还是要把良知、责任和使命放在前头！"密切关注现实、主动介入现实、勇于呈现真相、大胆揭示问题，这恰是任林举报告文学创作的风骨所在。

任林举创作的思辨力，离不开他精到的思维力。任林举的《粮道》，不仅写粮道，亦写人道、世道和天道；不仅以生花妙笔叙写粮食故事，而且以哲学、经济学、社会学、人类学、伦理学等多学科、多视野、多维度，展现和阐释粮食的存在。他的《贡米》，涉及土壤学、气候学、种植学、食品学、营养学、市场学等丰富学科，既追寻历史，又观照现实；既以科学精神考察，又以人文情怀眷顾；既有史料性探究，又有物理性追寻；既体现出文学性、学理性、知识性，又呈现出现代性、启蒙性、批判性。应当说，目光如炬、先于天下的严峻思考，庄严无畏、尖锐透彻的深入解析，广阔深远、精密细微的层层揭示，成就了任林举的报告文学创作。

一朵雨中的笑莲

真是一个特别的女子。

温婉而洒脱,清纯而练达,齐眉刘海,灿烂笑靥,眉宇间透出一股子飒爽英气。

初见她,是在鲁院第十八期中青年作家高级研讨班结业前的最后一月。正是离别季,伤感氤氲在那个回字形殿堂,歌声与眼泪齐飞,吟咏与掌声共鸣。有几个夜晚我离开鲁院时,曾听到他们站在廊厅对歌,开始是高亢的,继而是缠绵的,不知何时在低沉委婉里有了啜泣……冬日的枯枝在月光铺满的地上投下斑驳的影子,寒风呼呼穿过树林。我的心中充满忧伤的甜蜜。

临别的那个夜晚,鲁院那座四合楼宇成了一个巨大的音箱。四、五、六楼厅廊站满了人,只见她白皙的脸颊隐显在五楼同学们长发短发之间,在缱绻的拥抱和泪水中她凄然笑着。这让我产生了一种幻觉,仿佛看到淅沥泪雨中的一朵纯白雪莲。后来,我才知道,一贯坚强的她,羞于当面流泪的她,每隔一会儿就悄悄跑回寝室,孤独地坐在床上,任感伤的泪水汩汩打湿衣衫。而第二天,她又含笑穿行于为孟繁华、贺绍俊等几位评论家接风的餐桌旁,仰首一饮,地华天芳。

她原是一个有故事的人。

她本攻读于荆楚大地喻家山下闻名遐迩的华中科技大学，所学专业是计算机应用，可谓标准的"工科女"。但走出校门时，也许是军人世家的耳濡目染，抑或是听惯了军营的号角，她毅然选择了军旅，并且弃理从文，开始与文字缠绵。工科女成了女秀才，花木兰上了点将台。再后来，在走过十余年记者编辑生涯后，她转业到广州市文联，继续为他人作嫁衣，由《广州文艺》编辑部主任而副社长、副总编辑，如今担任了广州作协副主席兼秘书长。前一段我与同事郭艳去广州参加一个评奖活动，已是夜里11点，她不顾当天的劳顿和第二天的繁重事务，一定要接，一定要见。依然是温婉而洒脱，依旧是清纯而练达，灿烂笑靥，遮不住眉宇间那股子飒爽英气。

又是出人意料！

前一段，收到她的邮件，原以为肯定是她的散文新作出版，哪怕想象饱餐刚刚出炉的精神美食，也堪称异常惬意之事。她本长于报告文学和散文创作，报告文学和散文作品都曾获全国、全军的各种奖项。然而打开邮件，不禁瞠目结舌，这竟然是一部诗集！印象里的不少女诗人是瘦的、孱弱的、有点神经质的、略带些病态的，而她常常是火、是风、是哗哗笑的阳光、是健美的红木棉。她能写诗？

且读下去："有许多想要的东西\连篇累牍　从一能数到三十\能不能得到要看天意\而不是我的努力\所以　我能够摊手摊脚\在四月的天空和大地间\想象自己是任何一种动物或植物\只要能在四月醒来和生长"（《四月》），她本沉醉于一颗心灵的成长，不求无厌的获得，惟求自然的赐予。豁达，来自无欲的缘,源自醒来和成长的欣喜。"我不是你的偶遇\来是来　去也还是去\真实　自然\清新得如你呼吸山间的空气\所以　不能当作是匆匆过客\有多少能跨过沧海的心事\来到这里折断了翅膀\我早已将它们放下\你留下也好　或是不屑一顾\都没关系\任它们落地生长吧\长出一棵树　或是生出一根草\开花不结果　结果不开花\都是自由的选择\只要你看着就好\不置一词　才是我想要的最深刻的解读"(《心事》),追求真实和自然,珍视自由和随缘,一个小女子的心,竟是如此洒脱;一位女诗人的精神,竟是如此开阔。这应是饱经沧桑后的淡然,应是阅尽人事后的安恬,而她竟能做到!是游走校园、奔波军营、经营文字的人生之旅使她对人生况味比同辈人多了一些感悟?是纷纭时代、尘嚣社会在一个表面潇洒其实内心善感的小女子心中一经折射便放出的光华?"早已没有了\一千零一夜的故事\谁　还能牵挂这样的夜晚\我只要\一棵开花的树　不经世事\怒放在我的窗前"(《退让与坚守》),禅意、诗意出之于透明的渊深、平易的深刻。一部《无以言说》,莫不饱含对人生的理解、对自然的憬悟、对社会的穿透和对自我的把握。而这每首诗,又不同于常见的或强说新愁,或无病呻吟,或玩弄技巧,或陷入泛滥的流派主义,诗句是如此平实、自然、纯粹,仿如一股清新的春风,这春风是绿色的,充满了树叶、花朵、青草、鸟鸣、蜂声,让人醒悟:原来诗歌应该是这样的。它让我们能够读懂诗的内涵,它让我们领悟诗意是什么,它给我们的生命、情感以真切的启迪。

　　细细揣摩这充满知性和情感的诗,在技巧上亦不乏独到之处,首首是为表达诗意的自然流露。古典诗歌的情调,唐诗宋词的韵致和葱茏的意境渗透于每首诗的字里行间,而这在表达上又不失新诗的现代感。这确是难能可贵的，中国新诗无论如何发展，它都不可能离开我们民族伟大的传统，只有传承"本来"，借鉴"外来"，才能催生"新来"，面向"未来"，在这个意义上，《无以言说》是值得推崇的。

"诗集大部分是我在鲁院写成。也许是一种对鲁院生活的纪念，或是一种莫名的情愫，我想让它被更多的人读到"，"我知道这是些不成器的文字，但对于我，一个写纪实作品的记者出身的写作者，在鲁院这个特殊的环境里，充满了诗意，是件非常奇妙的事情。这是我的第一本诗集，而且，如果能请到您为我作序，那将是我最大的荣幸！"我仿佛又一次看到泪雨中的那朵纯白笑莲，那样纯粹、纯净、纯洁、纯美！

朱珠，你的心原是诗做的。

诗，不仅仅是你的心事。

血性的文字
——评郭守先的《士人脉象》

如果能够心平气和地读完郭守先的评论集《士人脉象》,那你似乎确凿是一个"成熟"的人了,只有熟透了的果子,才会心绵皮软,气定神闲,静待春光秋风,冷观夏阳冬雪……不得不承认,当下多少人,成了所谓"成熟"的人,既没有了青春,亦失却了热血。热血,贯通血脉的血,贲张精神的血,凝聚起来是激越的惊雷,发射出去乃诛杀的箭镞。面对陋习恶俗,人们习惯了低头臣服,习惯了谀辞谄媚,习惯了逆来顺受,当习惯固化为一种文化,几千年的劣根仍然在那里枝干盘虬、根须深扎,以致我们仿若走不出冠盖下的暗影。暗影如黑夜一样的沉重,仿佛怎么去捅,也难以迎迓漫天的星光,开启神性的黎明。

不,总有热血斗士,擎举启蒙的火炬,去点亮寒夜,挑战愚蒙。

很久没有读到这样的文字了,这样尖锐、这样犀利、这样急切、这样沸腾。独立的思想、自由的表达、纯真的情怀,贯通着"五四"的血脉,凸显出真正知识分子的精魂。

余英时在《士与中国文化·引言》中说:"西方人常常称知

识分子为'社会的良心'。认为他们是人类基本价值（如理性、自由、公平等）的维护者。知识分子一方面根据这些基本价值来批判社会上的一切不合理的现象，另一方面则努力推动这些价值的充分实现……所谓'知识分子'，除了献身于专业工作以外，同时还必须深切地关怀国家、社会以至世界上一切有关公共利害之事，而且这种关怀还必须是超越于个人（包括个人所属的小团体）的私利之上的。"历经"五四"洗礼的知识分子，大多具备这样的身份特征和价值认同。但从文学百年流变的历程考察，以张扬独立自由的精神为美学追求、建构文化创造精神的意志常常受到诘问甚至抨击，但以独立个性与人格展示作为价值抉择的精神性文学如涌动潜流，滚滚不歇。所幸改革开放的来临，使现代知识分子的"精神性"重新焕发、张扬腾升。郭守先确乎具备这样的精神气质，长久修炼的文化自觉使他不停反思和比较人类的文化母本，犀利地解剖社会痼疾，敏锐地审视现实的文化缺憾。他在《阳刚之气：刷新民族精神势在必行》中倡导"镜破不改光"的献身精神，崇尚自强不息的奋斗精神，赞颂清心直道的法治精神，呼唤特立独行的自由精神。在他心目中，为天地立心，为生民立命，为往圣继绝学，为万世开太平，乃知识分子不可推卸的责任和使命。他将古代精英知识分子的终极诉求赋予现代意义，将知识分子的公共性、现代性、批判性、建构性、担当性炉熔一体，如此宏大的精神自命于此或见一斑。他的文章充满对于独立自由人格的追求。他在《男人是怎样变成太监的？》一文中，从封建历史上某些国人对权力的过分痴迷、对富贵的变态追求和极权专制的摧残、阴性文化的泛滥等方面深刻分析了旧有的文化土壤和人文生态。《蓟荣孝：逃离生活现场的风吟与涂抹》一文，则深入论说个体精神与文学创作:"如果说文字是能工巧匠雕琢的珠玑,那么'个体精神'就是串联这些珠玑的链条","如果说文字是一群受压迫的黑奴,个体精神就是促使黑奴觉醒和抗争的力量"。在他心目中,人的自由独立状态本身是社会发展的目的,只有舒张人的个性和思想,才能够自我发现、自我创造、自我解放,文学由此成为"人的文学",这从本质上确立了文学的品格。自由的而不是桎梏的,个体的而不是群体的,关注生命的而不是见物不见人的,审美的而不是功利的把握、体验和垂询的生成,意味着文学主体性的生发,这使得郭守先得以写出焕发着启蒙色彩、独特思想和精神魅力的佳作。

阅读郭守先的文章,我们很难不被他的真诚、率真所震撼、所感染。文学本是真情流露,古人最重"真"字价值。晚明唐顺之的"真精神",李贽的"若失却童心,便失却真心;失却真心,便失却真人。人而非真,全不复有初矣",都是对"真"恰切的诠释。鲁迅也曾说:"真,自然是不容易的,但总可以说些较真的话,发些较真的声音,只有真的声音才能感动中国的人和世界的人。"胡适的《文学改良刍议》发新文化运动先声,强调"真挚之感情"和"高远之思想"。狄德罗更是一针见血,"任何东西敌不过真实"。通读《士人脉象》,我们发现,郭守先的文字"真"得逼人。论乌衣的精神血统,他锐笔直指其"硬伤":"沉溺于中国传统文化,对中国传统文化缺少清醒的批判意识","文化思想偏倾东土,对文艺复兴以来的西学涉足不深,对卢梭、孟德斯鸠、爱默生等著述视而不见,没有依靠现代思想激活传统文化中休眠的优秀基因的自觉,以至其中前期诗文,一直走不出儒、道、墨三家前贤绘制的文化版图"。评说摩罗的文章《中国站起来》及其相关言论,其浓墨直泼"摩罗之谬":"把解决社会图式的现代性启蒙立场与应对世界图式的国家民族主义立场对立了起来","高估了现代性启蒙者的影响,对中国当下的社会图式评估不足","借口西方殖民者的罪恶史和全球一体化形势下的政治经济问题,执意要否定西方先进的普适文明"。其文笔纵横,真意灌注,泼辣爽利,排山倒海,不讲任何隐瞒、不留任何情面,无愧于青海文坛"第一快刀手"之美誉!

《士人脉象》乍一看是文学批评,但文学评论乃是其解剖刀的切入点,内核是文化批评和社会批评,其渊源大致可追溯到"五四"一代及20世纪80年代学者的批评,特别是汲取鲁迅、柏杨、李敖杂文的营养更多,其精神根基则在于其对国家、民族、人的命运的责任感与使命意识。常年遨游于东西方思想家的卷帙之中,他对不同文化的比较鉴照,渐次生成了个人独立思想的汇聚和溢散,加之其对文字的历练和把握,使他能够率性地一吐块垒,随意张扬自我,倾心表达其对于人类、民族、国家和个人命运的深度思考,而这样独特的思想识见和精神骨相不是填充在刻板的文学理论的网格中的,而是以粲然绽放的诗性来表达的。对外来思潮的主动承接,对传统观念的颠覆解构,赋予这部《士人脉象》震撼人心的思想魅力。

我们的时代需要这样的精神。

我们的文坛期待这样血性的文字。

就让我们葆有这样的热血吧,为现实,为未来。

生活意义的参与者
——赵燕飞小说创作散论

赵燕飞的小说堪称是作者将自己打量世界的目光,投放到生活内部从而产生的现实主义作品。作者以写实手法,将生活呈现给世界的本质,以小说的形式予以揭示,从而把人生的复杂性与多样性,进行了文学意义的描摹与阐释。

《春晚》《阿里曼娜》是两篇对当下都市情感的矛盾性进行真实解读的文本。《春晚》的女主人公从乡村到城市的打拼经历,是当今时代背景下整整一代人甚至几代人正在经历的,或曾经经历的。对情感的渴望与回避,对孤寂的惧怕与习惯,成了不可调和的一对博弈对手,牵一发而动全身,这博弈同时也牵出了更多生活中时时存在的烟尘。个性难免等同愚笨,自由难免流于草率,对生活的探索,同时也是对人心的探索,没有答案,却必定引人深思。而《阿里曼娜》中的男女主人公有着独特的情感历程,漫长流连,却仍旧败在时代隆隆前行的多元结构之下。生活的境遇关乎情感的质地与走向,更关乎于人的精神上的深刻或浅俗,人性关于情感的一切尴尬,几乎是与生俱来的宿命,朝向任何一个方向，几乎都是错误的，而试图改变一种错误，又几乎是错上加错。这仿佛是一种不可规避的怪圈，或者说更接近一种无解的困境，这困境中奔突的人，似乎都成了伤者，正如法国精神分析学家、哲学家拉康·雅克所说，"社会往往是一个伤口"。无疑，这些受困于其间的人们，就成了社会这个伤口中的组织结构，有着与社会相通的共性，同时又极力表现出一种异化的倾向，试图以一种区别于伤口的实践方式解放自我，却最终发现一切都是徒劳。这不能不说是悲情的。人生的复杂与多样，再次呈现出一种深不见底的险境，个体生命的精神力量到底有多少值得信任与依赖，在人心、人性与人生面前，成了一个不可言说的隐喻，甚至流溢出一种戏剧化倾向，并将凡此种种的纠结，一并消弭于一种模糊的寄托与愿望，尽管这样的愿望，几乎是不可实现的。

毛姆对人性的探索与揭示，可以说足够犀利。他在作品《人生的枷锁》中说过："要使世界成为一个尚可容忍的生活场所，首先得承认人类的自私是不可避免的。"而这样的自私与不可避免，正是赵燕飞另外两篇小说《赖皮柚》《地下通道》中意在表达的。这是两篇以死亡为底色和主线的作品，几个主要人物无一例外命运多舛，悲情荒凉，这样的境遇，无疑令作品有了更深层次的寓言似的气蕴，希望必然落空，人心必然幻灭，生命必然消陨，如一条条残酷的人间律令，将生命的真相与人们的希冀生硬地剥离开来，真实而直白，不寻求解释，也无须任何慰藉，生命的另一个永不愈合的伤口，再次被死亡托举而出。一切都是不可拯救的，无可豁免的，人生的繁复、冗杂与多样，在死亡面前格外具有新的力量。这种超出人心普遍经验的悲情，在文学作品中，有时会形成一种难得的审美，使读者在死亡中更加渴望寻觅生、寻觅莫名的怜悯，而遗憾的是，在两篇作品中分别逝去的"母亲"与"舅妈"，却以同样永恒的沉默，提供了更为永恒的答案，那就是生命原本就是悲情的，这悲情不可置疑，没有争议，这一切的核心指向，便是人心中最为顽固而卑劣的自私，或者说，生命中与生俱来的私心杂念有如荒草，漫溻于每个凡俗的生命，使圣洁经受玷污、高贵走向落魄、智慧变为蠢钝，一切的自私似都意在最大限度地占有而止于付出，却终究难逃命运的轮转。因为自私的代价，是向死神交出自己的整个性命。这样的象征意义，在死亡的映衬下，成了一道别有意味的黑暗之光，强化着生的希冀与死的寥落，令人感叹唏嘘。

纵观赵燕飞近期创作的其他作品，如《魔幻时刻》《卜算子》等，其最大共性乃是其现实主义的意义指向，语言的质朴，情节的真实，人心的探究，对人生真相的直面，对当下人们生存境遇的叙事，都达到逼真的程度。在写实化的文本结构中，作者尽力营造一种与生命、生活本身相疏离的东西，使读者时刻意识到生活的繁复多样，命运的无常无助，而这些，正是生活为文学艺术所提供的审美之源，恰如格鲁克对美的理解："我深信，质朴和真实是一切艺术作品的美的原则。"在现实主义小说写作中，质朴和真实犹如两支顽强的桨，引着作品中的各样人生，在命运的海洋中、在文学的巨澜中乘风而行。

当然这样的质朴与真实，必然以包含更为深广与无限的精神指向为艺术前提，否则一切不过是对世界的单纯描绘，将不具有任何艺术的审美意义可言。此间的精神指向，内涵与外延均丰富杂芜，比如个体生命内在的广阔的迷茫与焦虑、命运所蕴含的外在的空间图景，以及二者之间的奇妙关联，既时而相互印证，又仿佛彼此指证，茫茫时间与空间之内，殊途同归。而生活给予人的，是同样的杂芜与丰富，矛盾、挣扎、纠结与困惑，卑劣与懦弱，盲目的勇气，包括最终的死亡，以及对死亡的恐惧，对生的终极眷恋等，事实上这一切，也许都是人作为人的诸般使命，而这使命，才使得生活的繁复与多样得以呈现，使得人在世间的意义变得完整而真实，才成全了世界作为一个整体的深刻内涵。马可·奥勒留，这位著名的"帝王哲学家"，在他的传世经典之作《沉思录——一个罗马皇帝的哲学思考》中，将自己的审美价值观，表达得深重而无可争辩："不管你将自己摆在什么地位上，你都是宇宙目的的参与者。"若以这样的审美为标尺，那么是否也可以这样说，无论怎样类型的叙事，小说创作无疑都应该是生活目的的参与者。

西藏的声音

——读史映红诗集《西藏 西藏》

史映红是鲁院第十九届中青年作家高级研讨班的学员,他的淳朴与真诚、谦恭与勤奋、人品与才华都给我留下深刻印象。

映红入学时还在西藏部队服役,是由西藏自治区作家协会选送来的。在那一批来自全国各地的50名作家里,会很容易找到他,他有一张经过高原强烈紫外线灼射的脸,灿若桃花,那是高原特有的标记,我常喊他"映山红"。无论上课、研讨、座谈,还是社会实践及各种活动,他都积极踊跃参加。上课时他像小学生一样,以军人特有的坐姿,认真听讲,一丝不苟做着笔记;课间休息或者在校园里,即使遇到打扫卫生的服务员,或者送快递的小青年,他都彬彬有礼,像是面对博学的长者。我想这既缘于他的品质心性,又与他在西藏高原的经历有关,面对无数屹立的"神山"和雪山下碧波万顷的"圣湖",20余年身处这样的环境,自然会觉得天地之博大,自身之微小。

映红的诗集《西藏 西藏》,就如雪山般圣洁、碧波般荡漾、大地般深沉,是一曲发自心灵的高原之歌。

《西藏 西藏》中的映红,是军人的映红、西藏的映红、游子的映红。先来看看作为军人的映红,"你知道/他命运多舛/注定虎狼为邻/不要奢侈谁的善良/不要祈求/虎狼以草为食/想毫发无损/只能箭弩上弦,刀斧锐利",这些文字,展露出他的经历和才华。这些词语,放在别处,会让人觉得全身发凉,而出现在一位戍边军人的文字中,就会让人感到亲切、妥帖,全身充满豪情与力量。雪域高原的一草一木、巡逻战士的爬冰卧雪、背水战士的手脚并用、探亲军嫂的千折百回、韶华战士的孤单坟墓,都基于军人的道义、责任和担当,他把军旅生活的见闻、感悟和历史事件凝聚笔端,变成诗行,以朴实、厚重的文笔,娓娓道来,把西藏高原的艰险、戍边军人的忠诚、岁月深处的炮火硝烟次第呈现在读者面前,给人一种深刻隽永、唤起历史钩沉的思考。

"认识高原三十年/走近高原二十年/在一座雪山怀里/我轰然下跪/向这个世界低下高傲的头"。"来到这里/我不愿回去/决心像索南达杰那样/留下热血和骨骼/陪伴可可西里/她性情耿直/不算计于人/她目光清澈/见不得污浊"。不难看出,这是作为西藏的映红,从一个十几岁的孩子,到一位从军20余年的老兵,他在西藏的时间比在内地的时间还要长。西藏既有众多的"神山"、"圣湖"、奇特的风俗习惯、厚重的民俗宗教文化、金碧辉煌的寺庙,也有高原的风霜雪剑、高寒缺氧、物资匮乏,在这样的环境下,我估计他也动摇过,甚至产生过退缩的念头,但他最终选择了坚守,把人生最美好的时光留在雪域高原,无怨无悔。没有对西藏山水的热爱、对藏族同胞宗教信仰的热爱、对淳朴善良的藏族同胞发自内心的热爱,是做不到的,可以说,那一片高天厚土已经融入他的血液,诗集中100多首诗作中,大约四分之三在写西藏，用他的话说："我低着头 / 次第写下神山，圣湖，宗喀巴 / 界碑，故乡，祖国 / 有的是图腾 / 有的是祖宗。"在严酷的自然环境中，在繁衍生息数千年的藏族同胞面前，在勤劳智慧创造了光辉灿烂文化的人民面前，任何人只能心生敬畏，双目仰望。

一个人不管走得多远，飞得多高，对于故乡，都是孩子，故乡的老屋小院，小院的鸡鸣犬吠，屋脊上的炊烟旧瓦，和其情其景里忙碌的亲人，对于游子来说是一缕看不见摸不着却又真实存在的血脉，是一条跨越千山万水、延绵不断的脐带。这在映红笔下体现得淋漓尽致，比如他眼里的父亲："此刻窗外正在飘雪 / 从珠穆朗玛峰赶来的天使 / 次第沸腾 / 与白大褂，银针 / 药水和父亲的痛交织 / 在眼前纠缠 / 心里堆积 / 连喜马拉雅山劲风都吹不去。"再看他眼里的母亲："母亲不知道 / 照常洗侄儿衣服，缝父亲袖口 / 抱柴生火，择菜添水 / 想用七十二岁的眼睛和受过重伤的手 / 给我做曾经的味道 / 但有时盐少 / 有时多醋 / 有时锅煳。"再看他心里的家乡："院落，土路 / 高矮或新旧的门 / 像泄气的车袋 / 石磨大碗 / 穿梭的身影和笑容 / 有的陪伴荒草和鸟鸣 / 有的用大江东去的姿势 / 钻进雾霾寻梦。"通过这些文字，仿佛看到一个从黄土地走出来的血性军人，看到一个忠孝不能兼顾但力争做到最好的儿子，看到一个迎风斗雪、左手持枪右手执笔的游子，字里行间充满真情、真诚、真性。把对故乡和亲人的思念熔铸成诗，没有玄奥的理念、艰涩的哲理、陈腐的模式，但又展示着一名高原军人独特的人生阅历和丰富的内心世界。

当然，作为一名诗歌创作者，由于特定的工作环境、职业习惯，映红的诗句难免稍显直白，但我相信，凭他的好学和认真，假以时日，会呈现给我们更加出色的作品。

无尽的光阴

——谈温青诗集《光阴》

挺拔的身板,严肃的面容,偶尔一笑,嘴角一歪,剑眉下锐利的眼神,平添几分纯净和温情……

正是京师最美的季节。池塘边,弱柳扶疏;蓝天上,白云舒卷;秋日的芍药居,迎来了又一批文学俊彦。

这是中央领导同志亲自批示开设的"作家的责任与使命"专题班。铁凝、李冰、钱小芊、张健、廖奔、陈崎嵘、白庚胜、李敬泽,悉数出场,盛大阵容,欢迎鲁20——面向未来的骨干作家的到来。

49名意气风发的青年才俊,将在这文学的殿堂、作家的摇篮,经受特殊的淬炼,享有众声喧哗中的静谧研修时光。

国歌声中,站起来,一排排挺秀的青春树,一张张激越的、沉思的、庄重的、微笑的面庞。

几位身着挺括军装的军旅作家,在五颜六色的人群中分外醒目。一双锐利的眼睛一闪。

后来,我常常回顾起当初的"发现"。

平素空旷宁静的"回形"教学楼沉寂半个月了，就如一艘静海上的船，默默镶嵌在静穆油画里。

似乎一根头发丝落下来，也会惊起喧腾波澜。

就在那一天，蓦然间，呼啦啦涌进了一群人。

各种面孔、各色服装、各地方言。

旧朋。新友。纸上早闻、人间方识。诗人相聚，分外喧哗；小说家叙谈，温文尔雅；散文家对视，默默不语；评论家紧紧握手，嘴里正是犀辞利语……

但……仿佛起了什么幽微变化？

喧嚣过后，不经意间，有些莫名情绪袭上眼角、眉梢、心头。

他们毕竟陡然从外地到了京都，忽然告别家庭生活进入集体活动，倏然从工作状态变为学生角色，就有那么一点寂寞、落寞、孤独、感伤、思念、牵挂、无聊，氤氲开来。

然而，又是突然间，这方静水，活了起来。

鲁20博客，登上案头。

鲁20QQ群，小小企鹅在每张电子屏上闪动光亮起来。

哪位学员建的，请起立！

他站起来，就如一棵碧绿的树，军姿严整，眼神犀利，间有一丝不被人觉察的羞涩。

常常浮现在眼前，挥之不去的是，十六岁，那少年，告别贫困的家园，别了学堂，走向熙熙攘攘的社会。

建筑工地上，寒风中，一张青涩的脸、乱乱的发，沾满泥沙的衣服，他掂着瓦刀，一丝不苟地砌砖，闭上一只眼，瞄向基准线；豫北矿井深处，撑杆林立，一灯如豆，狭窄的只容一人侧身的地方,他满脸的黑,一铲一铲,煤屑洒落;广阔大平原上的庄稼地里,在急速旋转的太阳下,像着了火,一个单薄的身影,一起一落,锄把上汗水和血珠黏合在一起……响亮激昂的军队进行曲中,他穿上军装;静谧严肃的考场,只有沙沙的笔头摩擦纸张的声音;军校操场上,回荡着节奏鲜明、高拔沙哑的口令;一个佩戴中校肩章的军官,缓缓举起右手还礼,眉目间有了些许沧桑,眼神锐利,因过于严谨而微微略歪的嘴角……

一份份刊物、一张张报纸,簇拥着落下来,落下来,他的名字如此醒目。

一步一步,他,推开文学殿堂的大门。

或许阅尽许多人间的苦难,那行行诗中,才爆发出精神的嘶鸣。但那不是悲伤,是苦恋:

> 我咀嚼黑洞底的乱石
> 指头中的灵魂
> 与石壁苦苦相恋
> ……

艰辛岁月,没有击垮他,他却在诗歌中获得生命的升腾:

> 每次天降大雪,
> 我一定是其中的一片,
> 落地、翻卷、融化……
> 只有诗歌,

才能让一个人如同雪花爬上枯草，
不断地重生、不断地湮没……

或许不是英雄情结，是童年、少年的苦难赋予他一颗善感悲悯的魂灵，当地震在玉树发生，他主动请缨，远赴高原救灾。玉树抗震给他留下双重记忆，著名长诗《天堂云》，化作诗坛永远的回响；高原缺氧造成的心脏损伤，成为他对玉树贴心的回望。

天堂里云来云去……
没有人看清它的面目
那些飘扬的光阴
挂在了拥挤的天堂里
所有过往的精灵
都向下俯瞰
白云铺地，
大雪无乡……

一场灾难，缘成一种心灵的皈依，没有撕心裂肺的呐喊，有的是通透的灵性和神启：

一个皈依高原的生灵
是不能毁灭的
如同佛主的经卷和匍匐在地的草
用无数的轮回
描摹一个永世的希望

>   路途的艰辛
>   其实不只是一种磨难
>   是神明生长的过程
>   把天堂的云彩
>   一丝一缕挂在心间
>
>   从此
>   死亡不再是死亡
>   苦难也不再是苦难
>   神明引导的生命
>   永生于山石泥水和青草之间

面对灾难，他超越灾难，对于生命、生存、永恒，有了彻骨体验：

>   让我们原谅所有的厄运吧
>   包括那些山崩地裂的颤动
>   那些地动山摇的雷电
>   那些冰雪掩埋的泪滴
>   那些侵入内心的风寒

一切过去了，天地间，唯留下这朴素的神景、这哲学的传奇：

>   风醒了，水醒了

> 太阳照开了冰雪的泪眼
> 青稞抬起了头

天堂在哪里？在他的心中，乃是：

> 无须指引，
> 随时出现在回家的时候
> 从此，他有了一个新的名字"天堂云"。

光阴依旧流逝，他面对世界的眼光，总是有着新的发现和缄默中的抒发：

> 有弯曲才有弹性
> 一个人在弯路上积攒的力量
> 可以远远地射出自己

原来那些弯路，那些曲折，那些泥泞，那些旷远，无不具有人生的深意，人与世界，与存在，暗中有缘：

> 那个痒起来的伤疤
> 那个深潭是一朵残花睁开的眼

人生的痛与折磨，在他看来，本是生命中的"暖伤"，即便"所有种子的伤口吐出鲜嫩的匕首"，但"复苏的暖色"，正是这个世界写给人类的"光阴书"！

对存在的探求，对人性的揭示，对生命的敞开，对高梦的开放，对苦难的呈现，对地域文化符号的强化，对赞美诗境的开掘，对具体物象的升华，对意象的捡拾与选粹，对适切体裁叙事散发人性光芒的挺进，对诗歌形式的拓展……这不正是从《天生雪》《水色》《天堂云》到《光阴书》的精神指向？

我又看到那个少年，在诗歌的原野，在文学的巷道，在创作的基建现场……

我又看到那个军人，缓缓站起来，挺拔的身板，严肃的面容，剑眉下锐利的眼神中闪过一丝羞涩，英武中透出几分俊美几分纯净几分温情……

就送到这里吧，温青，前路看远，道阻且长，珍重无尽，拥抱芬芳！

与乡村大地共成长

——评黛安散文集《月光下的萝卜灯》

读黛安的《月光下的萝卜灯》，回返故乡，追忆童年。

故乡是什么？故乡是空旷的自然，月光、繁星、北风，无尽的田野；是蓬勃的植物，香椿、槐花、棉花，簇拥的麦田；是亲切的动物，恬静的羊羔、勤苦的驴驹、咳嗽的刺猬、嘎嘎叫的鸭子；是满目的农具，风车、木箱、撅头、默默的石碾；是童话的时间，上阳春、醉花阴、秋夜静、白雪词；是挚爱的血亲，爹、娘、姐、弟、童年玩伴、邻里乡亲；是被悠远时间、辽阔空间阻隔，被记忆虚化、情感美化、想象幻化的心灵憩园。《月光下的萝卜灯》，充满作者对故乡、对童年、对养育自己生命与心灵的那块土地的深情告白、对生于斯长于斯的那片土地上百千风物的着意描摹、对童年经验的深情细腻观照。

怀乡，是中华民族在长期农耕生存中形成的一种"集体无意识"。由于"农耕民族与其耕地相连系，胶著而不能移"（费孝通语），人们的生命与土地密切相连，由此积淀形成安土重迁的文化心态，经由一代代人对土地和故乡合一的"原始意象"的继承和遗传,恋土思乡、心念故土,沉潜为中国人心灵深处的"情结"。作为人格结构中一个最为主要的原型,乡土情结凝结了人们对故乡的眷恋,对既已远去又似从未走远的乡村生活的回溯与回返。中国作家大多具有乡村背景,乡土不仅仅是其一生挥之不去、割舍不了的情愫,更是其文学精神不可或缺的重要构成、创造灵性生息繁衍的重要场域。对在乡村度过童年时光的作者而言,乡村故园始终蔓延于其倾情创作过程,氤氲于作品之内,外显为特殊的气韵与品格。或许,正是得于对乡村沃野丰富芜杂记忆的采撷,文学作品——这种人类精神文明的产物,才被注入纷纭生长的活力与生机。

丹纳曾在《艺术哲学》中指出:"精神文明的产物和动植物界的产物一样,只能用各自的环境来解释。""各自的环境",大约没有比故园土地所赋予人对世界的解释,来得最为深刻与恰切了。作者正是将怀乡情结隐性贯穿于文本,并形成一条显性线索,从而完成一个都市生活的现代人从现实生活到故园风物的艺术性过渡,并成为其精神回返的出发点。作者以小说笔法、童话神韵,对故土人情风物深情展现。那里有天真活泼、无忧无虑,有神奇,有智勇,有张扬的热情、纯真,有健康、优美,当然也有沉郁的悲伤、痛苦、死亡和别离,这繁复的人类的生活。"月亮"是其作品的重要意象。"天上挂着一个白晃晃的大月亮","一个大月亮静静地飘在胡同上面","天井里白花花亮堂堂的,像开了一天井白杏花",这是鲜明的物象,更是纯净的心象,亲情深深、乡邻和谐、农人友善,一轮家乡的月亮,朗照着思乡人的心田。而这月光之下,最动人心魄的却是隐匿着乡村五味杂陈、难以言说的秘密隐痛:被爹爹像打驴一样打出血的秋香,再也睁不开眼睛喊声爹娘的旺,"两只眼像我们剥过的空莲蓬壳"的三婶,一瘸一拐的柱子叔,险些成了哑巴的二姐,谁和谁长得都不一样的姐弟仨,闷声抽烟的广平叔等,这些乡村的人,这些人的命运,是另一种看不见的风物,是与乡村大地共生长的传统,是土地上遥远而近在咫尺的悲欢。是谁在捉弄人的命运,或是命运在捉弄人的生活?悲剧,这中国乡村大地上从不缺失的属性,它与个体意识的苏醒既对立又相成,就像大地上的夜晚与白天,更仿佛生与死,最终从对抗走向融合,共同完成乡村风物的轮转。作品看似轻描淡写,实则力敌千钧,将作为个体的人面对世事的无能为力,具象而真切地呈现出来,这种细腻具象的呈现,深入整部作品的写作,进而成为一种文学的肌理。

乡土之为情结,亦来自童年的记忆和经验。丹纳说,对于孩童,"他拿未熟悉的眼睛看一件事物,他还具有未被沾染的能力,把物作为物来吸收"。童年是人生的起点,最初看见的世界,是母亲怀抱的温暖、父亲眼神的关切……故园的星光日月、山水草木,一丝一缕、一饮一啜,都溶入童年的血液。童年总是与纯净、纯粹、纯洁相联,一张白纸般的童年心灵,最易于铭写对世界最初的印象。因此,"童年经验"潜藏于每个人心中。特别当一个人远离故乡日久,遭遇人生坎坷之时,源自童年经验引发的怀乡之情便愈浓愈烈。"化了雪,过了年,正月十五上完灯,再有几场春风,杏花就又开了。那时,二娘娘家的院子上空,就又静静地飘浮着一朵清亮的云彩了。""天井里,端午和小草的笑声,像用绳子牵着,清清楚楚地传了出来,整个胡同的人都听到了。""三婶接过去,叹了口气。那声轻轻的叹息,像月光下,一朵槐花飘下来。""麦芒黄了,麦穗黄了,麦叶黄了。晌午,明晃晃的大太阳下，每朵麦穗都在嘎嘣嘎嘣地响。晚上，整个村庄都霍哧霍哧地把镰刀磨成了天上亮汪汪的月牙。"杏树之上的云彩，月光下的槐花，麦芒与麦穗，明晃晃的大太阳，亮汪汪的月牙，童年的温情梦幻记忆充盈着岁月的单纯美好，仿佛一幅幅质朴生动的乡土风情画，摇曳于纸卷之上。当然，此时的怀乡并不仅仅意味着回归童年乡土生活，而是对纯粹生命、纯净人生的向往。

加里·斯奈德说："我们生活过的地方早已融入我们的生活之中，成了不可或缺的一部分。"应该没有任何地方比童年的故园土地，更有理由成为一个人一生不可或缺、永远不会存在陌生和疏离的纯粹精神传统。乡土生活的生命经验，准确无误地成为乡土写作的精神底色，作品以对故乡的回返，以对那片土地上人心人情的吟咏与守望，介入了对中国现代乡土写作的继承。童年深刻的记忆，使作者日渐成熟的心灵情不自禁地向着故乡土地趋近，目光下意识地流连于那些隐秘的岁月，并试图通过对乡村生活普遍性的探索，超越对现实物质之乡单纯的怀念与向往，内蕴指向对生命原点的追求，对人性自然自由境界的皈依，对人类心灵家园的沉浸，从而达成对"乡土情结写作"的鲜明的审美力量。

但是正如生与死结构了这个世界一样，沉沦与升腾同样结构着乡村土地上人的命运之轮。如果在"还乡"之旅上，不仅仅表达对一种情结和经验的展现、对风物的赞美与歌咏，而是深刻关注人类精神的艰难跋涉、人类生存困境的焦虑、人类变化无常的命运和不可预测的未来，那么作品才可抵达对民族文化内在蕴意的深沉关怀、审视与观照。

南方的高度
——评刘迪生报告文学《南国高原》

费孝通在《乡土中国》中提到维系中国社会演进的两种情结：一是故土情结，二是历史情结。前者促使中国历史在安土重迁的圆规下行走着完整而残缺的圆圈，后者则以"祖制"和"圣言"囿禁着延续千年、行将就木的传统世界。

以费氏的理论看来，刘迪生的长篇报告文学《南国高原》中的徐克成无疑属于异类。他不仅是故土的背离者，告别过往舒适生活，客家人似的从南通辗转至沿海乃至世界，更是传统习俗与惯性的叛逆者，创办"私"立广州复大肿瘤医院，并经营得如此风生水起："全国最佳肿瘤医院""全国诚信民营医院""最具社会责任感医院""三级甲等医院"。"时哉，时哉"！徐克成有幸与非常时代无缝对接，让自己的非凡人生"羽化"得喜惊失措：创立癌症"3C治疗模式"，膺任国际冷冻治疗学会（ISC）主席，荣获中宣部"时代楷模"、全国卫生系统"白求恩奖章"、"感动广东十大人物"、"广东好人"等荣誉称号……

是不是因了骨子里的"叛逆"情结呢？徐克成选择了一条布

满荆棘的生命旅途：他在最得意时背井离乡，在最信守处遭际合作伙伴背弃，在最艰难境况下创办复大肿瘤医院，自身遭遇癌症的挟持……他的全部生活总是充满逼仄与险阻。诚如书中写到的：一个雨中托钵芒履天涯的孤行者，一叶风涛浪里扁舟蓑笠的独钓人……

刘迪生在报告文学中将徐克成与普罗米修斯相提并论。普氏盗取"天火"的那一刻，背弃了神界的冠冕，在他殷红的血迹上，倒映着苍生顶礼膜拜的余影。有时叛逆或是为了成就另一种皈依，背弃乃是完成另一种拯救。

徐克成受知于袁庚等先贤的青眼，在南粤这片土地，海上丝绸之路的起点，客家人大海朝宗的文化家园，让他的后半生告别平庸，践履非凡。完全是"盗火者"精彩的徐克成，将东洋、南洋、西洋一切医学硕果，"全盘"搬上他的"复大"盛宴。最令人惊讶的是，在复大医院，"红包"绝迹，捐助丛生，犹如他捧出的一片血肉之心，仿佛对众生的献祭，全球70多个国家7000多患者由此在阴影中死里逃生，一个个生命的歌谣缠绵悱恻，动人魂魄。他行的是医，送的是爱，守的是信，奉献的是善与美。这令人想到北岛的诗，"是笔在绝望中开花，是花反抗着必然的旅程，是爱的光线醒来，照亮零度以上的风景"。医乃是向仁的皈依。

"徐克成和他的医学世界，确乎是一块突兀在东方文化板块的精神高原，一千个作者笔下会有一千个徐克成，徐克成是这个时代极为罕见的南国地标式人物。"作者在报告文学中不禁深情赞叹。

古人擅以"高度"述境。孔子"登东山而小鲁，登泰山而小天下"，是以山峰高度来抒情；庄子"水击三千里，抟扶摇而上者九万里",是以天空高度来写意;王守仁"宇宙即吾心,吾心即宇宙",是以心灵高度睥睨红尘。刘迪生笔下的"南国高原",则是一种精神文化的心理高度,是对功利哲学、伦理沦陷、操守沉降、道德崩溃、人格矮化的感召与救赎。

《南国高原》所称羡或寓意的正在于此:刘迪生笔下的徐克成和他的复大医院,有如一块"天外飞来的——空中花园"。于是,徐克成其人其事和他的复大肿瘤医院,便有了一种琼楼玉宇般的蜃云景象。也正因为这块"飞地"是如此异类和珍稀,故而才显得如此高贵、如此为时代推崇。

作为报告文学,《南国高原》是一部深具思想张力和艺术构建的独具匠心的作品。毋庸置疑,当下我们的生活迫切需要向上的"正能量",也许我们的生活中并不缺乏类似的"正能量",但却不易读到与心灵默契、同脉搏共振的上乘佳作。面对自己心目中的精神高原,作者以敬慕者与诠释者的双重姿态,以感性与理性的深刻诠释,将我们时代发展中的贵重与力量,呈现得既繁盛又冷静,既鲜活又沉实。其映照出一名有胸襟、有视野、有情怀的当代青年作家对时代发展的深度关注、对民生的深情关照、对善与美的深切呼唤。

《南国高原》的出现,不仅使我们感知到一位医人和医人的事业,更为欣悦的是,令人觅见了南方文化青年的艺术标高——想来这也许是南国大地的另一方高原吧。

小说应有传达独特价值的力量
——刘克中小说集《红葵》漫评

山东是出文学、出作家、出作品的地方。山东还有一个很大的特色，也出军旅作家，像李心田、李存葆、李延国、苗长水……都是军人，都在山东。刘克中是山东近年来涌现出来的新锐军旅作家，他的长篇小说，像《英雄地》《蓝焰兵锋》等都广受关注。特别是《英雄地》，是近年在国内军旅题材中具有较大影响力的一部长篇小说。

刘克中的小说集《红葵》，是一部有力量的作品，富有张力、魅力和感染力。

克中的作品，有三个方面的突出价值。

一是价值观的价值。或许是与他的工作、身份有关，他的小说主要围绕军人而写，围绕战争而写，甚至围绕死亡而写。当然这个战争有真战争，有准战争（如演习），死亡有真的死亡，有准死亡。就像海明威讲的"死亡与爱情是文学永恒的主题"。里尔克也说"死亡很大，我们是他嘴巴里发出的笑声"。克中的作品善于在战争、在死亡的背景下描写人的生存、人的境遇、人的心理和人性。人类的历史，事实上就是一部战争史，是一次一次的战争相连而成。战争是人类一种特殊的生存方式。从有人类以来，人类的生活中，战争年代比和平年代多得多。克中的作品写战争，写死亡，也写爱情。在生与死、爱与恨、战争与和平这样的一些矛盾中，体现英雄主义的正义、善良、勇敢、血性、理想、阳刚，这样的一种价值观。这种气象，如果用一个词来概括，那就是"正大光明"。在一个没有英雄的年代诠释英雄，在一个怯弱的时代表现生命的阳刚，在喧嚣的红尘里呈现人性的坚守。我想这是对现实的救赎，是一种高贵而慈悲、辽阔而深远的价值理念。这样的一种价值观，在当代是特别需要张扬、弘扬的。

二是时代价值。克中的作品写军人，有的写了过去年代的军人，而更多的是写当代的军人：有中国的，有外国的；有和平时期的、有战争状态的；有交战的、有维和的。总的是以部队生活为主。同时，他的小说又不仅囿于此境，而是拓展向广阔的当代生活，突出描绘了现实和精神的矛盾、日常生活的困境，以及我们这个社会难以解决的一些难题。这样他的作品就超越了军事文学的疆域，面向现实生活、一个时代、整个世界。任何作品都打着时代的烙印。一个时代有一个时代之文学。我们这一代作家，就应该写出这个时代的特质。当然克中是通过军人的形象来写出这个时代的特质，即写这个时代的正与邪、高尚与卑下，以及这个时代以军人为代表的人民群体，他们的痛苦和欢乐、失望与希望、困境与诉求。这是有时代价值的。

三是审美创造价值。克中特别长于讲故事，他是一个编故事的能手，他的作品许多被改编为电视剧。他也擅长环境描写，包括自然环境描绘。我们常常看到，现在许多小说就像韩国的电视剧，就在那个屋里，那几个演员，在那里活动，外面的世界，广大的自然似乎是置身于文学之外。但是克中用大量的笔墨去关注环境，事实上，环境是能够烘托故事背景、衬托人物性格、表现人物心灵的。他还注重人物心理刻画。我们看西方的许多优秀小说，写心理，一写十几页。一阵风，一丝微小的响动，给心理造成的万千变化，这一秒和前一秒完全截然不同的心理的那种震颤，极富表现力。我们看当下的作品，真正描写一个人的心理，似乎没有超过一页的。克中在这一点上表现比较突出。写小说就是写人物。克中的《红葵》写了二三十个人物，对他们的情感的、思想的、生活的描写，都给人们留下很深的印象。那些人在痛苦中选择，在矛盾中徘徊，在爱恨中成长，在冲突中凸现。有的人物形象接近于形成"这一个"的典型的意义。另外，他的小说充满了镜头感、情景感、画面感，令人感叹。读作品的过程，也是读者从可感到可思再到可叹的过程。可感性是初始的，也是重要的。这部作品集中，《谁是我的敌人》是一篇相对突出的优秀之作。从表现手法讲，既有现实主义的，也有浪漫主义的，还有批判现实主义的、现代主义的……我们不给它贴标签，但是其丰富的艺术探索是可观的。

　　当然，他的作品也有可以提升的空间。一是有的作品有简单化倾向。就说写战争吧，写中日战争的一些东西，感觉有点标签化，似乎简单化了些。作品是对人的精神世界的探究，对人类心灵方面的探寻，对民族性的描写不能简单化。二是有的作品线索过多。在不长的篇幅中，同时展开多条线索，导致对有些需要精笔细描、层层缕缕探寻的，难以展开和深入，而只能简笔勾勒。这是什么问题造成的呢？可能在于他的长处在长篇写作，像《谁是我的敌人》本来是一个长篇的框架，只是作者把它缩成了一个中篇。浓缩成一个中篇的时候，它不应该是故事的减少，不是原有人物的袖珍化，而应该是大幅度的删减，突出片段性，在片段的"一斑"中呈现"全豹"。三是有的作品中人物对话不够个性化。对话作用极大，许多小说包括经典小说往往用对话来反映人物的心理、体现人物的性格、推进情节的发展。对话一定要有特殊性，不同的人，他的话语自然不同。话语要与人物的身份、性格、学识，甚至与他的成长都是相连的。这部小说集中有的作品人物的对话不够个性化，有的是书面语，这都可以再作进一步改进。

《守望初心》：
一部追求史诗性的大作品

一部追求史诗性的大作品。

《守望初心》写出了中国革命进程中个体命运与国家命运相融共进的那一巨大的部分，具有"百年红色史"的大况味。它着力于描写革命中的普通人群，即那易于被历史淹没的最底层的小人物。作家以女性作家特有的视角，原生态描绘了历史长河中翻卷着的一个个人的爱恨情仇、一个个家庭的悲欢离合，一群女性的平凡人生和不凡命运，她们集合起来就是一条历史的洪流。大历史与个人史紧密相连，小人物的个人成长史，从某种程度上几乎就是社会的沧桑巨变史、中国的百年革命史，力透纸背的是大格局、真本质、铁规律——历史是血泪写成的，是人民创造的！人民才是历史发展中最基本、最本源、最根本的力量。

一篇有担当的大散文。

纵观余艳的作品，无论是《杨开慧》系列，还是这部《守望初心》，她没有写自己的小情调、写身边琐事杂事，而是以关照现实和历史的视野，书写重大题材——国家命运、民族精神，以及人的疼痛和苦难。她倾向于对真相和苦难的揭示，阻拒纯个人意绪和心态的自我欣赏，承担的是历史担当、社会担当和时代承担。

《守望初心》阐发了党和人民的关系：党和人民血肉相连。中国共产党是铁锤、镰刀交抱的穷苦人的党，大庸、桑植那些穿着草鞋或赤着脚板，肩扛铁枪、火铳，或干脆拖着锄头、棍棒的庄稼汉们，就汇聚在一面"工农革命军"旗帜下，用性命兑现他们的承诺。侯家八口走长征，大漠荒野，喋血黄沙，有山一般的不死精神；不屈的红嫂，面对敌人的追杀，把揪心疼痛化作无尽怀念，用痴情坚贞把岁月等老；雪峰之间，更多的英魂，于地下还在向往前方。作家是为人民立传、为革命立传、为历史立传、为中国立传。余艳的这部作品以一个感人肺腑的鲜活人物、一段段痛彻心扉的故事，回答了我们是谁、我们为了谁、我们依靠谁、我们从哪里来、我们到哪里去等大问题。

一份以初心追寻初心、以苦心拷问初心的优秀答卷。

《守望初心》有一条隐线，就是作家的采访线。看得出，余艳一次次去大湘西，去张家界，去桑植，去感受湘西第一代怀揣中国梦的年轻人，他们的爱情、家庭和信仰。无数小人物在不确定的命运里苦苦挣扎；众多家庭在复杂变化前情感纠葛，然而，她们哪怕个人牺牲、全家遭难，最终却携一颗初心跟定红军跟定党。

余艳在"后记"中有这样的感慨："一回回感动，唤醒初心；一次次回访，大爱传承。作品，追寻英雄初心，信仰高于生命。深扎三年——向英雄致敬；一个个采访，深入底层；一步步跋涉，丰富作品。作家，初心寻找初心、脚步丈量真实。六易其稿——向人民交卷。"

余艳耗时三年、六易其稿，去红原、下金川，遍走大湘西，深扎张家界，采访了近百个红军、红嫂和他们的后代，最终用立体的史实，寻找信仰的初心，以绝对的忠诚，书写真实的力量，以坚韧的步履向我们的文学界，向社会交上了一份优秀的答卷。

2019年散文一瞥：栖居心灵的审美诗学
——以《中国散文年度精选》为例

　　散文家、报告文学作家辛茜主编的《中国散文年度精选》即将出版，这是散文界、文学界的一件盛事。每年年终对过去一年的散文创作予以筛选结集，不遗过往，不缺席在场，虔诚捡拾，阔大包蕴，犀利透视，寥亮人心，这本是散文经典化之举，亦是选家之初衷。

　　中国当代散文深深根植于中华大地，当代中国人行走于中华自然山川，跋涉于社会现实生活，洞观这块古老而青春的土地上时代风云变幻，饱满丰富的内心世界如斯激荡。何以将自身的价值取向、心性气质和文化情怀尽情袒露？如何自由绽放精神诗性、尽兴呈现独特艺术趣味、着意表达执着精神追求？散文，或恰是赖以展示他们充盈丰富诗性内涵和审美诗学品格的文体。

　　文学乃精神的外化。精神的品格，决定文学的品质。散文作为人类观照世界的一种创造性审美形式，也是散文作家主体精神的一种自由审美载体。相较于其他文体，散文无疑是个体生命经验最直接、最自如、最自由的诉诸与表达。它不仅饱含作家对自然界、人类社会等客体世界的深刻体验与揭示，更是作家心灵的真实自传。

优秀的散文创作，要求散文作家首先要葆有内在于生命的主体能动性，抱持精神的独立和自由，坚守对世俗的警觉和反抗，着力探寻生命的根本价值和终极意义，从而使文本成为作家自由的而不是桎梏的、个体的而不是群体的、关注生命的而不是见物不见人的、审美的而不是功利的把握、体验和垂询。2019年度精选中的散文，大多具有这种品质。如邵燕祥的《说"天"》，洋洋洒洒，纵横捭阖，从古到今，由中及外，兼及科学与人文，对"天"做了全方位考察和探究，畅言"天所不容者，首先是逆天而行的，不合理的一切"，并深刻评说"历代皇帝自称天子，奉天承运，受命于天，来君临天下。他们所发的'大人'之言也成了跟'天命'并列的必须敬畏的金科玉律"。堪称言自己之志，抒独立之言，杜绝公共体验、公共话语，抒写特质性、创造性经验。李汉荣在《水边的智者：重读〈道德经〉》一文中，直面现实，直切表达自己的认知："如果我们老老实实化验自己的灵魂，会发现置身人群的时候，灵魂的透明度较低，精神含量较低，而欲望的成分较高，征服的冲动较高，生存的算计较多"，"在人堆里能挤兑出聪明和狡猾，很难提炼出真正的智慧"，进而发出"我们还需要一种高度、一种空旷、一种虚静，去与天地对话、与万物对话、与永恒对话"的呼吁，阐释了"以天真看天真，就看见了生命的本体；以清澈看清澈，就看见了宇宙的究竟；用镜子照镜子，就照见了存在的真理"的哲言。谢大光在《告慰苇岸》中，借苇岸之语，浇自己块垒，"十八世纪瓦特发明蒸汽机，人类社会从'无机'过渡到'有机'，与此同时，在精神领域，人们的文字表述却逐渐从'有机'蜕变为'无机'了",“生物多样化的逆向生长,不只影响到人的生存环境,更严重地隔绝了人与自然的联系,从而肢解了人的完整性,人的一部分或大部分变成了机器,甚至成了机器的机器"。可谓振聋发聩,直击现实。

优秀的散文创作,必然是散文作家个性的真实的心灵呈现。"五四"时期,周作人宣称,散文不仅是自己个人的,而且还须有"真实的个性""真的心搏"。刘半农在《我之文学改良观》中鲜明提出:"尝谓吾辈做事,当处处不忘有一个我",主张"心灵所至,尽可随意发挥"。郁达夫则主张活泼泼地显现出作家"自叙传的色彩"的"最可贵的个性的表现"。李素伯推崇小品文的意义和特质在于"作者最真实的自我表现与生命力的发挥,有着作者内心的独特的体相"。李广田在《银狐集·题记》中强调:"这些文章中依然有我的悲哀,我的快乐,或者说这里边就藏着一个整个的'我'。"奥地利著名作家、哲学家维特根斯坦则指出,"关于写作,你不可能写出比你自己更真实的东西"。王宗仁的《柴达木的河向西流》表达了一个青藏线上战友的深情缅怀和对逝去岁月的深切流连:"我们汽车兵一天到晚扒着方向盘跑车,日子单调得连个说话的伙伴都难得遇到。那是一个寂寞的日子,我在长江源头楚玛尔河兵站食堂的阅览台上——砖砌的像农家火坑大小的一个平台,零散地摆着有数的一些报刊,一本《可爱的柴达木》被几张报纸遮掩得只露着'柴达木'三个字。柴达木这三个字一下子放大了我的喜悦,不就是此刻我脚下的这块土地吗?我像饿极了的汉子,抓起这本书就读了起来。两只眼睛如同铧犁翻地般的快速插进字里行间,浏览,心神掉进书里不能自拔","踩着催征的哨音,三进三出食堂。拿起那本书放下,放下又拿起"。

一个酷爱读书的战士形象毫发毕现。当作者"跑断腿似的四处打听王宗元在哪里",终于了解到他调离高原,去了西安。"我不但没有失望,反而萌发了新的希望","西安我的老家,隐隐有一种亲切感","只是对一个远在家乡之外青藏高原上我来说,这种亲切感像隔在玻璃背面,也许可以看得见却不知何时不用割切玻璃就能相握!"情之厚、见之切,热腾腾的心就跳动在字里行间。张守仁《在那〈道德经〉诞生的地方》倾情表达对道德经的尊崇,不惜用"我个人认为,把我编选的10人的名作加在一起,放在天平上称,其重量不如一册五千言的《道德经》",《道德经》"精炼五千言,竟有上百条箴言、熟语流传至今","仅此一端,已使我这个终身以编辑、写作、翻译为业的人,佩服得五体投地"这样的语言,极而言之,坦露心迹。阎晶明的《燃烧到最后一刻的写作者》平静叙说对红柯的印象:"红柯是我的同龄人,我比他虚长一岁,可自从认识开始就没觉得他有什么从前年轻如今年老的改变,他似乎是不变的;红柯是我的朋友,是君子之交式的往来,交情从始至终既无升温也未淡漠,是老熟人却无多少只属于我们之间的特殊故事;红柯是我的校友,我多年前曾在陕西师大求学,他多年后成了那里的教授;红柯是我的同道,他是小说家,我在作协供职多年也写一点小文章。"不以红柯创作业绩丰硕而渲染,亦不如同类文章极力表白相互间关系,而是沉静地表达对红柯的印象,"作为作家,他是很典型也颇具代表性的。在一个自己向往的世界里活着,并努力以笔为旗,试图带领更多的人通过文字喜欢上那里。他简直就是一个疯狂的写作者,谁也弄不清楚他的写作目标和终极地究竟在哪里"。作者冷静而蕴含热烈、理性而不乏感性、纯粹而有着通达的个性跃然笔尖。狄德罗说，"任何东西敌不过真实"；巴金说，"讲真话，把心交给读者！"强化主观情绪，凸显生存感受，逼近生命之实，切近灵魂之真，表达真的自己，描绘心的体验，警惕陷入虚无、虚假、虚伪境地，先哲的嘱托，无疑是散文创作者应该牢记的箴言。

优秀的散文创作，总能散发出独特的艺术趣味。"趣味"，属于艺术学范畴，具有感性的实践性意蕴，主要是指文学艺术鉴赏中的美感趣好。"趣"在魏晋时代进入文论之中，指称艺术的美感风格，在审美意义上，"趣"包含多种意涵，如"高趣""情趣""欢趣""逸趣""雅趣""真趣""美趣""辞趣"等。而"味"作为批评术语运用于文艺领域，首称魏晋之际的阮籍，最早将"味"用于文学鉴赏和批评的是西晋时期的陆机，陆机之后，"味"被广泛运用于文学批评，出现了"滋味""可味""余味""道味""辞味""义味"等概念，指向文学作品内在具有的、欣赏者品评文学作品所获得的美感享受。直接将"趣"与"味"组合在一起，用于品评诗文之美，则以司空图为最早，指作家创作的一种美感风格，一种情趣指向。总之，在中国传统文论中，"趣味"既与具体文学艺术鉴赏实践相联系，又与文学创作主客体相关联，是特定主体的感性达成，也是主客体之间的完美契合。"趣味"在西方美学史上亦是一个重要概念，在休谟那里，趣味是一种审美能力，是一个与情感、创造联系在一起的概念。在康德美学中，趣味一方面是主体情感的真实体验，另一方面又具有以反思为途径的形而上的批判意义。席勒美学将审美趣味设定为与主体生命相连的一种境界。柏格森的生命哲学，则把趣味自然与主体生命的感性活动发生深切的联系。由此看来，西方近现代美学把趣味作为一种审美学范畴的美学特征，与主体的生命、情感、体验等审美心理紧密相连。事实上，山水之趣、生活之味、文化之意，只要契合知识分子的心灵，便自然会焕发出异样的别趣、深长的意味和悠远的回响。无论是涵泳于中国古代以至"五四"时期的散文，还是徜徉在蒙田、毛姆、罗素的小品，我们自会领受到作者那自由不拘的精神放逸、个性凸显的兴会情味、艺术营构的相异旨趣。周作人的闲适与隽永，郁达夫的颓废和旷达，废名的渊静与脱俗，冰心的纯粹与飘逸，蒙田的闲谈与严整，毛姆的幽默与朴素，罗素的锐利与讽刺，可谓妙趣横生，情趣盎然。本散文精选集中，梁衡的阔达与哲思，朱以撒的书卷与闲散，潘向黎的明慧与隽永，冯秋子的感性与沉思，杨晓升的明澈与宁静，查干的纯净与空灵，穆涛的驳杂与悠远，韩小蕙的智慧与深情，傅菲的独语与绵远，王兆胜的坦荡与真诚……无不体现了"文词与思想"之外，自具的一种"风致与趣味"，那是人生态度与审美情趣的相契，是人生价值与审美追求的圆融，是人的气质与文的风格的统一。如果没有旷达与隐逸、放诞与温厚、狂与狷、愤激与闲适、华丽与朴素、幽默与庄重、冲淡与浓烈等各种艺术趣味的存在，散文哪会具有兴味盎然、情味绵远、意味悠长、百味杂陈的艺术魅力？

优秀的散文创作，绝不拒绝散文创作手法上的多元创造。中国当代散文，不仅在精神上超越了既往的散文创作，而且在文体的语言表达、结构营造、叙述选择等各方面都实现创造性发展。细考本精选文集，在结构上，散文文体形态自由呈现，形态多样，令人目不暇接；散文结构形成多种结构样态，获得多元拓展。有随意化，不讲起承转合，摒弃上下承连，阻拒左右衔接，背弃围绕某一主题创作的观念，而是以个人情绪为本，缘情而发，顺意起笔,随物赋形,既不刻意铺垫,也不着意渲染,更不刻意编排,尽兴抒写个人体验和感受,行即行,止则止。有冥想型,将刹那的感觉和情绪投射到自然景物、文化景观或社会现实生活上,然后充分展开想象,不断自由发挥,随情设色,心怀覆景,浮想联翩,自由开阖,个人感兴的时间沧桑感与广阔浩渺空间感糅合在一起,别是一番情味在其中。有秉持意象型结构:或是围绕某个中心意象展开思绪,或是思维呈散点辐射展开,构成一个个意蕴丰富的审美空间。有混合型结构:将游记、散文、诗歌和小说笔法融而为一,把地方志、风俗志、民间传说、写人叙事引入散文创作……这种种结构形式,使散文摇曳出多彩多姿、错落有致的文体之美。在语言上,所选散文体现出创造的旨趣,既继承传统又打破规范,既不泥古又尚创造,既大胆吸收外来语言又不生硬接受,使语言这种符号化了的人类情感形式,成为人诗意栖居的存在家园。在叙事上,有谈话式叙述,有自语式叙述,有冷静客观全视角叙述,多数作者追求日常生活中人与人相互交流的语境,呈现为聊天、对话的叙述方式,顾及读者"缺席的在场",并以亲近、平等、朋友式态度赢得读者的心灵交流,如李广田所说:"写散文,实在很近于自己在心里说自家事,或对着自己人说人家的事情一样,常是随随便便,并不怎么装模作样。"这些叙述方式仿若老友之间对所见所闻所思所感的任心闲话和精神漫步,其叙述的氛围充分自由、自然放松,又如作家与读者心灵的沟通、精神的互补,双方以平等、尊重、亲切的态度,讲述并倾听一切,又如作家自言自语,充分坦露,真诚坦率,无话不说,无感不发,无所保留,或闲适、或畅达、或沉郁、或朴质,都通过私语、对话、倾诉,随情任意表达出来,使人从中感受到自由美好精神的快意。当然实质上，散文创作就是"主体与世界的充分对话"。

质言之，2019年散文创作无论是在精神意蕴上，还是在外部形式上，都有了新的发展。这种发展，源自主体自由的精神、开放的心灵，源自时代的巨变、社会的进步，源自当代散文作家对传统的扬弃、对外来因素的借鉴，适应了当代人的审美精神和文化心理。

相信这部散文精选集必将获得读者的青睐，也必将推进当代散文经典化的进程。

心中的园子
——序《鲁十八》

那个园子,最初留给我的印象,是一个隐居闹市的静谧所在。

四年多前,在作协参加完考试,天就突然下起了蒙蒙细雨。离京之前,怀着一种不敢相见、终须一认、忐忑、新奇的心情,我曾悄悄进入这个园子。正是七月,古朴典雅的几座小楼,默默静立,不见一个人影;池塘边,万木葳蕤,柳绿花红,六七座名人雕塑,或坐或立,隐在绿丛中。偶有几声嘀嘀咕咕的鸟叫,远处弹起扑闪扑闪的白的灰的翅影。院门外,高楼耸立,直插云霄,而扰扰市声进入园门,就仿若被绿色吸纳过滤,竟变得缥缥缈缈。漫步小园,雨丝扑面,沁凉润泽,恍在红尘滚滚之外另一个世界。

就是这个园子,这个在许多人的作品中被写、被记、被怀恋的地方。

后来终于每天在这园子中工作了,出出入入,也便觉得寻常。而每天被激越、不能忘怀的是这园中的人和事。

鲁十八,我在这里最初的相遇。

我来时，他们离告别这个园子仅有一个多月的时光了。

当我被作协领导引着第一次见到他们，是在地下室餐厅，欣喜的、温暖的、坚定的、秀美的眼神，还有几声尖叫，一片掌声。

我开始参加他们的研讨会，到教室听课，熟悉着名字，印证着人。

离别季，伤感氤氲在那个回字形殿堂。有那么几个夜晚我离开时，曾听到他们站在廊厅对歌，开始是高亢的，继而是缠绵的，不知何时在低沉委婉里有了啜泣……冬日的枯枝在月光铺满的地上投下斑驳的影子，寒风呼呼穿过树林，我的心对这文学的生活，充满忧伤的甜蜜。

那个夜晚，会餐后，面对翌日的远离，三楼、四楼、五楼，满满当当全是人。独唱，忧伤的蒙古长调、高拔的藏地歌曲、婉转的维吾尔族民歌，如泣如诉，不绝如缕；合唱，男声粗壮沉雄，女声清脆高亢，男女声混唱，或深情凄婉，或气势恢宏；时或是大吼一声转而归于沉寂，时或有汨汨而哭缓缓而行；一会儿是一高一低两人对唱，一会儿是众音复起歌声雷动；这边的，长号共鸣，那边的，横笛疾声，嗡嗡然、訇訇然、悠悠然，此起彼伏，连绵不绝……整个教学楼，成了京城东北一架巨大音箱，那个不眠的夜晚，在生命记忆里常常回响……

一个又一个作家班，开学了，结业了。

园子里的玉兰花，开了，又谢。

我在那个园子里度过了三年。

终于，我也离开了。

是否离开一点距离，才更能看清一些人，认清一些事？

这个园子，无疑是一本大书，值得细读。

多袖珍的一个园子，隐在大都市，既不豪华，又不轩敞，但在多少作家心里，她却是神圣的殿堂、温暖的故乡。为她而来，跋涉千里；从此而去，频频回眸。时间万水，空间千山，一根肠子拴牢思念与向往。她，或许意味着纯粹，文学栖居的远方；或许意味着青春，金子一般的时光；或许意味着美好的记忆，心底最柔软的一角；或许意味着文学的宝藏，曾经在此获取终身享用不尽的珍宝；意味着攀爬上升的经历，云梯从来会在成功者生命里悠荡……回望，相忆，引颈，怅惘，成了离去学员定格的精神形象。

鲁院，鲁园，更像一个故事，成为多少人的梦中往事。

鲁院叙事，则成为铭刻当代文学史的行迹。

翻阅这可谓卷帙浩繁的三卷本《鲁十八》，一张张面影浮上来。

那诚恳的、坚毅的、深沉的、善良的、安静的、调皮的、忧伤的……多少次回环脑际的面容。

诗歌、散文、小说，一页页，一首首，一篇篇，我又看到了四年前的自己，走过的路、见过的人、经过的事；我从中读出生命的孤独、忧虑、焦灼、恐惧、期望、追求、梦想，体味生的艰难、活的过程、人生的不可复制、命运的不可捉摸，见识了光与暗胶着、黑与白混合、净与浊共处的实景，倾听到同情与批判、喟叹与劝解、无奈与无解的心音，身心融入了变中不变、不变中变，这大千的世界。

我们所处的世界，本是事实世界和价值世界。存在与意义，物质性与精神性，才构成世界的全部。

如若没有价值，生存之核桃只是一个空壳（尼采语）。

如若没有精神，世界又何迥于茫茫沙漠？

幸亏有文学，这世界不只是物质。

幸亏有文学，人类的存在有了意义。

幸亏有鲁院，这永在的园子。

鲁十八，

一个月，

一辈子。

生命在鲁院
——序鲁院丛书

鲁院,一个神奇的所在。一个小院,隐在十里堡;一座小楼,藏于芍药居。居于大都市,却没有豪华,缺乏轩敞。但在多少作家心里,她却是殿堂般神圣,故乡般温暖。为她而来,跋涉千里;从此而去,频频回眸。一根肠子拴牢思念与向往。时间万水,空间千山,更使她成为记忆虚化、情感美化、想象幻化中的心灵憩园。鲁院,意味着单纯、纯粹、青春、美好,意味着心底最柔软的地方、文学栖居的远方。从与她结缘那天起,"鲁院"便凝为一个永不消逝的"情结"。回望、相忆、引颈、怅惘,成为离去学员定格的精神形象。

在鲁院,他们经历着,思想性引领,底蕴性打造,研究性学习,创新性研讨;他们坚守着,明净的价值自觉,明晰的精神秉持,滚烫的心灵追求,深沉的文学担当;他们发愤着,孜孜不倦、兀兀穷年的阅读,沉浸浓郁、含英咀华的涵泳,博考经籍、撷华摘艳的覃思,如切如磋、如琢如磨的交心,且行且思、且珍且惜的实践,投身生活、扎根实际的体验,吟安一字、捻断数须的磨炼;

他们享受着，思与思的碰撞、诗与诗的交融、传统与现代的对接、诊断性研究与方向性发展的融通，拒绝知识性傲慢，呈现平等性亲和，力行研究性对话，达致成长性提高。

在鲁院，他们，阅读先人著作，聆听音色清晰的经典，追远溯源，捕捉远古的回音；披览当下文丛，沉潜涵泳，如鱼在水，探寻未知的秘境；清夜独坐，一桌、一椅、一笔、一纸、一键盘、一屏幕、一腔心绪、一幅剪影……

在鲁院，他们步入精神世界，感受读书写作的灵性之美。

美在品位。一个人抛却物欲，远离浮躁，沉下心，稳住神，坐得住，学得进，写得沉，不论是狂风暴雨、电闪雷鸣，还是烈焰炽炽、热风难耐，潜心攻读，养性修身，自是一种境界、一种修炼、一种品位。灯红酒绿，太醉；香车美女，太俗；追名逐利，太累；鸡毛蒜皮，太碎。只有读书写作，最好、最妙、最美！

美在享受。读书写作，拍案而起，击掌而坐，捧腹而笑，拊掌而哭，扪胸而问；为之歌、为之舞、为之泣、为之诉；找到自尊、自信、自强、自己；寻回真情、真意、真志、真理；使人生得其所、生活充实、生长快乐、生命美丽。书人默契，会心而悦，读书写作真好！

美在进向。书到用时方恨少，写到深处最有味。读自然，一朵花上见命运，蓬松白云有人生；读社会，红尘滚滚藏清明，关系交织蕴涵深；读人心，大海般喧腾，密根般纠结，一个针眼，穿过八级大风；读佳制，形象上入心，理论上入脑，全局上着眼，细微处体验，读出语言、读出情感、读出哲学、读出诗性。读书，可救急；写作，能救命！

于是，读书写作，成为他们的生存方式、生活追求、生命状态。

有一种力量,叫文学;
有一种美好,叫回忆;
有一种感动,叫青春;
有一种生命,在鲁院!